古典文學研究輯刊

六 編

曾永義 主編

第 13 冊

浙崑改編戲研究
——《十五貫》、《風箏誤》、《西園記》

黃思超 著

國家圖書館出版品預行編目資料

浙崑改編戲研究——《十五貫》、《風箏誤》、《西園記》／黃思超 著 — 初版 — 新北市：花木蘭文化出版社，2012〔民101〕

目 2+210 面；19×26 公分

（古典文學研究輯刊　六編：第 13 冊）

ISBN：978-986-254-957-5（精裝）

1. 崑劇　2. 戲曲評論

820.8　　　　　　　　　　　　　　　　101014845

ISBN-978-986-254-957-5

9 789862 549575

古典文學研究輯刊

六　編　第十三冊　　　　　　ISBN：978-986-254-957-5

浙崑改編戲研究
——《十五貫》、《風箏誤》、《西園記》

作　　者　黃思超
主　　編　曾永義
總 編 輯　杜潔祥
出　　版　花木蘭文化出版社
發 行 所　花木蘭文化出版社
發 行 人　高小娟
聯絡地址　新北市永和區中正路五九五號七樓
　　　　　電話：02-2923-1455／傳真：02-2923-1452
網　　址　http://www.huamulan.tw 信箱 sut81518@gmail.com
印　　刷　普羅文化出版廣告事業
初　　版　2012 年 9 月
定　　價　六編 18 冊（精裝）新台幣 30,000 元

浙崑改編戲研究
——《十五貫》、《風箏誤》、《西園記》

黃思超　著

作者簡介

黃思超，1979 年生，臺灣臺南市人，中央大學中國文學系博士。博士論文《集曲研究——以萬曆至康熙曲譜的集曲為論述範疇》探討曲譜對集曲的收錄、考訂之觀點與方法。著有〈論沈璟《增定南九宮曲譜》的集曲收錄及其集曲觀〉（《戲曲學報》第六期）、〈沈自晉《南詞新譜》集曲增訂論析——「備於今」的作法與價值〉（《中央大學人文學報》第四十六期）等，並協助洪惟助教授製作《崑曲重要曲譜曲牌資料庫》（檢索光碟）。

提　要

　　「浙崑」在近現崑劇史上所扮演承先啟後的關鍵地位，不僅在於延續「姑蘇正宗南崑」血脈，從崑劇演出劇目的變遷來看，「浙崑」在傳統劇本整理改編的嘗試對於當代崑劇改編戲有相當重要的影響。

　　《十五貫》為浙崑所編演最為重要的一個劇目，對當代崑劇發展有著重要的影響，被譽為「一齣戲救活了一個劇種」。《十五貫》開創的改編方式，繼承在《風箏誤》、《西園記》等幾個劇目上，可明顯的看出五個不同的特點：

　　　　1. 情節結構的整體性。

　　　　2. 衝突安排方式的改變。

　　　　3. 人物塑造的不同手法。

　　　　4. 表演的創新與突破。

　　　　5. 傳統曲牌格範的忽略。

　　從《十五貫》開始所作的突破是具有關鍵意義的。而如果單純就浙崑的改編戲來看，從劇本結構、演出場次及對其他劇團改編戲的影響三方面來看，《西園記》、《風箏誤》可作為浙崑改編戲的另外兩個代表，這兩本戲不僅有相當高的演出率，其成功更為浙崑帶了相當高的成就。本論文針對改編戲，提出「傳奇劇本為因應實際演出的需求對劇本甚至整個表演體制進行更動」為傳奇劇本改編演出的指導概念，從這個概念出發，對浙崑改編戲進行分析研究，探討浙崑改編戲在情節、唱唸及演出三方面的特色及其藝術價值，尤其當代改編戲重點在於情節，不同於傳統劇本較於著重抒情，此點在論文中將被突出討論。本論文研究目的，除了直接探討浙崑改編戲的藝術價值，更重要的目的在於，「改編戲」為當代各大崑劇團演出的主要形式之一，其背後的發展因素、編劇手法及對傳統傳奇劇本根本性的改變，有待進行全面且深入的研究。本論文針對當代崑劇「改編戲」的一個重要部份進行深入的探討，期許對未來崑劇改編戲的全面研究有所貢獻。

目次

緒　論 ……………………………………………………………… 1
　一、研究動機 ……………………………………………………… 1
　二、研究範疇 ……………………………………………………… 4
　三、研究目的與方法 …………………………………………… 12
第一章　崑劇「改編戲」發展概述與浙崑改編、
　　　　新編戲 …………………………………………………… 17
　第一節　清末至傳字輩「全本戲」演出概述 ………………… 17
　　一、清末至傳字輩以前崑劇演出劇目概況 ………………… 18
　　二、傳字輩演出全本戲、小本戲概況 ……………………… 26
　第二節　浙崑的改編、新編戲 ………………………………… 32
　　一、一九五六年以後至一九六六年文革前的
　　　　改編、新編戲 …………………………………………… 35
　　二、一九七五年文革後迄今（二○○四）的
　　　　改編、新編戲 …………………………………………… 40
第二章　《十五貫》改編本析論 ……………………………… 51
　第一節　原作的主題思想與情節結構 ………………………… 51
　　一、「尚奇」的追求與主題呈現 …………………………… 52
　　二、雙線式結構的商榷與分析 ……………………………… 55
　第二節　《十五貫》改編劇本分析 …………………………… 62
　　一、主題與人物塑造──主題思想的轉變以
　　　　及人物的典型化 ………………………………………… 63
　　二、結構的完整──由串本「封閉式」到改
　　　　編本「開放式」 ………………………………………… 72
　第三節　《十五貫》改編本的曲文書寫與曲牌運用 ………… 78
　　一、背離傳統規律的曲牌改寫 ……………………………… 79
　　二、曲牌位置的安排與效果 ………………………………… 88
　第四節　《十五貫》改編本導演與表演藝術 ………………… 90
　　一、表演及導演的構思──史坦尼斯拉夫斯
　　　　基體系與演員的體悟創造 ……………………………… 91
　　二、演員的表現及人物創造 ………………………………… 94
第三章　《風箏誤》改編本析論 ……………………………… 99
　第一節　《風箏誤》原作情節結構及語言特色 …………… 100
　　一、情節的奇巧與多層次結構 …………………………… 100
　　二、喜劇語言及其特色 …………………………………… 106
　第二節　《風箏誤》改編劇本分析 ………………………… 110

　　　一、情節結構的輕重對比——折子戲的完整
　　　　　與其他情節的極度濃縮……………………………111
　　　二、從「情節」到「表演」——編劇手法造
　　　　　成審美角度的微妙改變……………………114
　　第三節　《風箏誤》改編本唱唸的設計安排………122
　　　一、沿用與改寫、重新創作的曲牌………122
　　　二、唸白的改寫與喜劇語言的運用…………127
　　第四節　《風箏誤》各版本的舞台呈現………132
　　　一、由丑至六旦——浙崑改編本人物行當的
　　　　　設計與改變……………………………134
　　　二、個別演員表現的差異………………137
　第四章　《西園記》改編本析論…………143
　　第一節　《西園記》原作主題與情節結構………143
　　　一、主題及呈現手法………………144
　　　二、情節結構與敘事元素的分佈………147
　　第二節　《西園記》改編劇本分析………152
　　　一、主題思想的改變………………152
　　　二、喜劇情境與情節的經營………158
　　　三、人物的設計安排——錯綜的人物關係及
　　　　　隱藏人物的巧妙運用………………163
　　第三節　《西園記》曲牌與唸白的設計………167
　　　一、曲牌的沿用與創新………………168
　　　二、唸白設計與唱唸安排………………172
　　第四節　《西園記》的舞台呈現………179
　　　一、《西園記》舞台呈現的重點——「喜劇」
　　　　　需求影響表演的構思………………179
　　　二、行當特色與喜劇效果的表現………181
　結　論……………………………………185
　　一、《十五貫》、《風箏誤》、《西園記》的共性與
　　　　特性——從選材、主題、編劇四方面總結前
　　　　文………………………………………185
　　二、浙崑改編戲在當代崑劇改編戲表現的開創性
　　　　意義……………………………………193
　參考書目……………………………………197

緒　論
——研究動機與研究範疇

一、研究動機

　　二〇〇三年十一月，上海崑劇團團長蔡正仁先生蒞臨中央大學，在兩個小時的訪談中，蔡正仁先生談及崑劇「改編戲」的看法，認為改編戲編演的難度不亞於新編戲，有時還更甚於新編戲。

　　確實如此，改編戲雖有可供參考的原作劇本，卻也同時受到原作劇本的限制，歷經數百年的表演積累，藝人不斷琢磨，產生了折子戲的藝術精品，這些藝術精品，也成為改編過程亟待處理的難題，在編劇與表演者改編的思考之中，如何保留原作架構？如何滿足觀眾的審美期待？又如何縮減以符合當代劇場？例如：《牡丹亭》、《長生殿》中精采的折子，根深蒂固存在於觀眾的審美印象中，一打出這些全本傳奇的名號，大部分觀眾期待見到的不是被改得面目全非的〈驚夢〉、〈拾畫〉、〈定情〉、〈驚變〉，而是原汁原味、典雅細膩的傳統崑劇折子戲，即便如上崑、北崑本《牡丹亭》的大肆修改，〈遊園驚夢〉、〈拾畫叫畫〉仍相對完整的被保存下來。可見觀眾的期待，以及對傳統劇目表演的重視，成為這些舊本傳奇改編時面對的困難，應如何裁鎔，使之能夠承載編劇理念，同時使原作多達三、五十齣的鉅作，適合於今日舞台大約三個小時的演出，是編劇在改編舊本傳奇劇目所面對最直接而根本的問題。

　　一九五五年國風崑蘇劇團花了二十多天排演《十五貫》，翌年進京演出，被譽為「一齣戲救活了一個劇種」。

　　《十五貫》所引起的討論，以及對崑劇的影響廣泛而深遠〔註1〕，因其思想內涵符合政治需求，引起相關單位對崑劇的重視，直接影響了江蘇省蘇崑劇團（1956年10月）、北方崑曲劇院（1957年6月）、湖南湘崑劇團（1960年）、上海青年京崑劇團（1961年）的成立，一九五六年九月及十一月更舉辦了兩次大型崑劇會演，清中葉以來逐漸沉寂的崑劇，在浙崑《十五貫》的影響下，得到了復甦的契機。

　　桑毓喜在《崑劇傳字輩》提到〔註2〕：

> 二面王傳淞、小生周傳瑛等又先後搭入朱國梁創建的國風蘇劇團，……他們與該團朱國梁、龔祥甫、張艷雲、張鳳雲、張鳳霞（後易名爲張嫻）等蘇灘名藝人緊密合作，互教互學，取長補短，使彼此成爲既能唱蘇劇又能唱崑曲的全才，從而使「國風蘇劇團」逐漸成爲一個以演出蘇劇爲主，也兼演或夾唱少量崑曲的民間小劇團。他們演出蘇劇整本戲時，一般是兩折崑、兩折蘇，被戲稱爲兩葷（崑）兩素（蘇）（諧音）。以致在碩果僅存的崑班——仙霓社報散多年後，姑蘇正宗南崑一脈仍能依附於蘇劇。

「浙崑」在近現崑劇史上所扮演承先啓後的關鍵地位，不僅在於延續「姑蘇正宗南崑」血脈，作爲當代崑劇的第一本改編戲，《十五貫》的改編經驗，在一九五〇、六〇年代相當受到重視，甚至到了一九八〇年代，仍有著作討論傳統劇目的整理改編時以《十五貫》作爲重要的範型〔註3〕。這些討論集中在

〔註1〕 關於《十五貫》的影響參考以下著作。最早引發的討論見《人民日報》1956年4月18日社論〈從「一齣戲救活了一個劇種」談起〉、〈《十五貫》在北京演出獲得很高的評價——毛主席和許多國家機關領導人觀看了表演〉，1956年4月17日並舉辦崑曲《十五貫》座談會，包括周揚、田漢、丁西林、夏衍、白雲生、郝壽臣等人均參與座談，座談會內容發表於1956年4月18日《人民日報》。1956年5、6月份的《戲劇報》（藝術出版社，1956‧06、07）分別刊載了梅蘭芳、白雲生、李少春等人的評論，並發表王傳淞、戴不凡、黃克保自述、訪問周傳瑛、朱國梁對如何對人物進行塑造。影響參見鈕驃、傅雪漪、張曉晨、朱復等撰《中國崑曲藝術》，頁251～268，北京燕山出版社，1996‧08；胡忌、劉致中，《崑劇發展史》，頁684～696，第八章第一節、〈「百花齊放‧推陳出新」和十五貫〉，中國戲劇出版社，1989‧06。

〔註2〕 桑毓喜，《崑劇傳字輩》，頁113，江蘇文史資料編輯部，2000‧12。

〔註3〕 如吳戈，〈從《十五貫》到《胭脂》——略論傳統劇目的推陳出新〉，《藝術研究資料》1，頁42～74，浙江省藝術研究所。文力，〈關於崑劇傳統戲的整理改編〉，《藝術研究資料》5，頁89～108，浙江省藝術研究所，1983‧12。吳乾浩，〈去蕪存菁，推陳出新——關於戲曲傳統劇目的整理改編問題〉，《戲曲

《十五貫》如何提出原作隱而未現的「現實主義」精神，以此作爲選擇並改編傳統劇目的標準，強調傳統劇目的改編必須突出「主題」。一九五○年代的崑劇改編戲，在編劇手法上少有不受《十五貫》影響者，如浙崑一九五七年改編的《風箏誤》、一九五八年的《救風塵》至一九六○年的《西園記》、上崑一九五九年的《牆頭馬上》等諸多優秀劇目，這些劇目各有不同的旨趣，編劇手法對於主題的突出卻是相當一致的。

回過頭來，重新聚焦浙崑。爲《十五貫》進京演出，浙崑一九五六年由「國風崑蘇劇團」改名爲「浙江省崑蘇劇團」，此後編演的新戲，無論是主題思想、編劇手法及表現形式的諸多方面，均產生了不同於以往的改變，尤其是傳統劇目的整理改編。與傳統串本的「全本戲」比對，其情節結構、衝突安排以及人物性格的塑造等各方面都有所不同。《十五貫》開創的改編方式，繼承在《風箏誤》、《西園記》等幾個劇目上，可明顯的看出五個特點：

1. 情節結構的整體性。
2. 衝突安排方式的改變。
3. 人物塑造的不同手法。
4. 表演的創新與突破。
5. 傳統曲牌格範的忽略。

這五個特點將成爲本論文的主題，並在〈結論〉作完整的論述。

崑劇演出劇目的發展歷史上，浙崑的《十五貫》，改變傳統崑劇的編劇方式，對當代崑劇具有關鍵的影響。在浙崑的改編戲中，從劇本結構、演出場次及對其他劇團改編戲的影響這三方面來看，《西園記》、《風箏誤》則是浙崑改編戲的兩個代表劇目。這兩本戲不僅演出場次多，其成功更爲浙崑帶了相當高的成就。雖然地位不如《十五貫》，然而《西園記》以集中的筆法表現出錯綜複雜的情節進行，編劇手法是相當成功的；而《風箏誤》在表演上的改變，則爲避免過於醜化人物，把老演法丑扮的詹愛娟改爲花旦扮演，產生了不同的趣味。編劇及演出的改變，不僅關係到劇作的成功，在崑劇改編戲的發展及編演等各方面，其經驗都是值得重視的。因此，本文擬研究浙崑改編戲的編演，並把研究重點集中在《十五貫》、《風箏誤》、《西園記》三本改編戲，藉由三本戲的探討，突出其成功因素，以作爲崑劇改編戲編演的參考。

研究》第一輯，頁 218～231，吉林人民出版社，1980・07。

二、研究範疇

　　討論浙崑改編戲之前，必須對浙崑發展的歷史脈絡有基礎的認識。浙崑前身為朱國梁主持的「國風蘇劇團」，由蘇州的國風劇團到浙江崑劇團，劇團名稱幾度變遷，主要有兩個影響因素，其一是王傳淞、周傳瑛等傳字輩藝人的加入，其二是 1951 年以後中共戲改政策的影響，其改變的歷程如下〔註4〕：

　　1.　　　　－1941：國風蘇灘社

　　2. 1941－1951：國風蘇劇團

　　3. 1951－1952：國風劇團

　　4. 1952－1953：國風蘇崑劇團

　　5. 1953－1956：國風崑蘇劇團

　　6. 1956－1962：浙江省崑蘇劇團

　　7. 1962－1966：浙江崑劇團

　　8. 1977－1994：浙江省崑劇團

　　9. 1994－2001：浙江京崑藝術劇院

　　10. 2001　迄今：浙江崑劇團

　　雖然幾經變遷，劇團內部的主要人員一脈相承，同屬一個團體，為了稱名的方便同時避免錯誤及混亂，論文中一律以「浙崑」代稱。從劇團的營運型態、演出形式（如編導元素的加入）及劇目內容、風格的差異，可以將上述的發展歷程劃分為三期：

　　第一期：一九五五年《十五貫》的編演以前。

　　第二期：一九五五年底的《十五貫》編演至一九六六年文化大革命。

　　第三期：一九七七年浙江省崑劇團恢復建制迄今。

　　三個階段的劃分，體現了政治、經濟、觀眾等因素的不同，同時配合當代中國戲曲改革運動的歷程，更可看出各期演出劇目與戲改推動的政策離不

〔註4〕 此處參考資料如下：洪惟助主編，《崑曲辭典》：〈組織·院團〉，頁 1000～1001，國立傳統藝術中心，2002.05。吳新雷主編，《中國崑劇大辭典》：〈劇團機構·崑劇院團〉，頁 245～246，南京大學出版社，2002.05。史行主編，《中國戲曲志·浙江卷》：〈綜述〉、〈大事年表〉、〈志略·劇種·崑劇〉，頁 1～30、頁 33～72、頁 89，中國 ISBN 中心出版，1997.12。洪惟助主編，《崑曲演藝家、曲家及學者訪問錄》：〈張嫻〉、〈周世瑞〉、〈汪世瑜〉，頁 73～80、頁 167～176、頁 189～196，國家出版社，2002.11。周傳瑛口述，洛地整理，《崑劇生涯六十年》，頁 76～112，上海文藝出版社，1988.07。

開關係，以下分別論述三個階段的特徵：

第一期

　　一九五五年以前浙崑大體屬於傳統劇團的營運方式，流動演出於太湖東岸的「三府九縣」（無錫、蘇州、嘉興、江陰、常熟、崑山、太倉、吳江、湖州、桐鄉、嘉善等），早期國風蘇劇團的營運至一九四九年後稍有變化。一九五一年參加嘉興專區戲曲會演，編排古裝崑劇《光榮之家》以配合「抗美援朝運動」，由於反應踴躍，獲准登記，隸屬於嘉興專區，並改名爲「國風劇團」。翌年因田漢觀賞半崑半蘇的《遊園驚夢》的提議，改名爲「國風蘇崑劇團」，同年年底參加「杭州市戲曲會演」演出蘇劇《杜麗娘》，受到政府單位、專家的好評，因此決定國風劃歸杭州市，並進入杭州市人民遊藝場唱戲。這段期間劇團的營運性質屬於「民營公助」，在遊藝場的演出一天演日夜兩場，爲適應觀眾需求，劇目的需求量大，從《崑曲辭典》附錄六載國風一九五二年至一九五六年在杭州、上海的演出概況就可以得知，這段時間共演出 964 場，傳統崑劇折子戲及小本戲有 107 場，編演的本戲（包括蘇劇）共有五十本，演出了 867 場，約占整個演出場次的 90%〔註5〕。

第二期

　　一九五五年底《十五貫》編演成功，隔年在上海的演出引起陸定一等人的注意，決定讓《十五貫》進京演出，於是浙江省文化局批准國風轉爲國營劇團，並改名爲「浙江省崑蘇劇團」。營運方式的改變，表示演員生活相對有保障，新編或改編本戲的數量減少，從一九五六及一九五七兩年在杭州及上海演出戲單來看，除了《十五貫》之外，尚有一九五四年串本的《長生殿》及一些崑劇折子戲，一九五七年五月由周傳瑛、貝庚執筆，改編《風箏誤》一劇，由於政治風氣影響戲曲改革的需求，這本戲因徒具娛樂效果不具教育意義，雖然在浙江省第二屆戲曲觀摩演出大會獲得劇目、演出、導演、音樂、演員等十二個獎，仍被評爲「有益無害、有害無益、無益無害」。同年六月由周傳瑛改編《鳴鳳記》，以串本的形式，加入了《吉慶圖・扯本》使情節更爲完整。一九五八年爲參加浙江省暨杭州市紀念關漢卿創作活動七百週年演出，由貝庚改編《救風塵》

〔註5〕　周世瑞也曾提到：「我們這一批同學，都是跟著團裡的老師演出、學戲，所以我們世字輩的這些師弟兄，由於跟著劇團演出，所以小戲演的少，大戲演的多。」（洪惟助主編，《崑曲演藝家、曲家及學者訪問錄》，頁168，國家出版社，2002・12）

一劇。此後一年約編演一個劇目，其中以一九六〇的《西園記》影響最大。一九六三年以後由於左傾政治思潮，劇目以現代戲為主，劇本主要移植自其他劇種。一九六六年文化大革命開始，浙江崑劇團遭到裁撤的命運。

第三期

　　一九七六年文革結束，浙崑於一九七七年六月復團，並於杭州、蘇州兩地共招收六十名學員〔註6〕。如果說第二期主要受到的影響是政治方面的，第三期影響浙崑營運及劇種生存的因素則遠為複雜，政治力的影響在此時期退居次位，主要影響的是文化衝擊造成兩個的問題，一是戲曲本身定位的問題〔註7〕，一是觀眾群的變化〔註8〕；前者表現在劇本內容、演出形式以及舞台設計等各個方面，後者則反映了傳統戲曲生存發展的危機。關於第一個問題，浙崑這個時期多本新編戲在編劇手法、作曲及舞台設計、人物造形等方面均有

〔註 6〕 周世瑞，〈浙江崑劇團學員班（「秀」字輩）概況〉，浙江崑劇團周世瑞手稿。
〔註 7〕 廖全京，〈大戲劇觀與現代川劇藝術〉，頁4～5，。文中提到的「大戲劇觀」包括了三層內涵：「突破某一特定的地方戲曲劇種本身不可避免的侷限，而將這一特定地方戲曲劇種本身置於由各種藝術樣式（所有舞台演出樣式和非舞台演出樣式）構成的藝術族類之中，在相互參照和彼此吸納中加以把握，此其一。突破某一特定地域的戲劇文化置於中國現代藝術的大背景即中國現代文化的結構系統之中，在相互聯繫和彼此制約中加以把握，此其二。突破某一特定戲劇文化在特定時間和空間中的侷限，以傳統文化和現代文化前後傳承、東方文化和西方文化彼此融匯的文化觀念，對這種戲劇文化加以把握，此其三。」這段文字從三個面向說明傳統戲曲處於傳統與現代、東方與西方文化的激盪下，所遇到的定位問題。事實上這一問題早在晚清戲曲改良運動就已出現，（田本相主編，《中國現代比較戲劇史》，文化藝術出版社，1993‧06）然而當時戲曲作為主要娛樂樣式，整體文化氛圍仍未產生真正的改變，因此尚未成為影響傳統戲曲整體表現的重要因素。真正開始對傳統戲曲產生影響使於「解放」後一系列討論傳統戲曲如何表現現代生活，問題主要集中在現代戲，文革後愈到近現代文化衝擊產生的問題愈趨嚴重，關係到傳統戲曲的整體表現，從劇本內容、表現方式到服裝、佈景等各方面。參考高義龍主編，《中國戲曲現代戲史》，頁147～156、397～423，上海文化出版社，1999‧09。呂校平，《戲曲本質論》，頁303～373，南京大學出版社，2003‧09。王蘊明，《當代戲劇審美論集》，中國戲劇出版社，2002‧05（主要為第一部分「劇論」的十八篇單篇論文）。（日）松原剛，叢林春譯，《現代中國戲劇考察錄》，〈第四章、南京研討會的紀錄〉，頁196～208，中國戲劇出版社，1992‧06。
〔註 8〕 戲曲觀眾的流失，在《當代中國戲曲》第十九章〈戲曲隊伍的建設〉頁 675 註腳引述一九五四年觀眾上座率的統計：北京市 1953 年上座率 70%，1954 年下降為 54%；天津市 1953 年為 64.1%，1954 下降為 53.97%；上海市 1953 年為 70%，1954 下降為 63.3%，1955 夏季後更有下降趨勢。

嘗試性的作品，如《浮沉記》、《楊貴妃》等。這些作品於第一章第二節論述浙崑改編、新編戲一併討論之。第二個問題方面，一九八〇年代有許多針對戲曲觀眾的討論〔註9〕。觀眾減少這一狀況對劇團的影響是最大的，其影響一方面在於演出劇目方面，一方面則在於演員對劇團的向心力不足，導致劇團演出品質的下降甚至解體〔註10〕。這些問題都直接反映在劇本及演出上。

　　以上三期的劃分影響到對浙崑改編戲的研究。根據以上三期的劃分，透過劇本及相關資料，把浙崑一九五二年以後編排的本戲分爲改編、新編二大類〔註11〕：

1. 改編戲

劇　名	演出日期	來　源
翡翠園	1952・12・29	根據朱素臣傳奇原作改編，崑蘇合演。崑蘇。
販馬記	1953・1・8	在〈哭監〉、〈寫狀〉、〈三拉〉外加演前半場，崑蘇。
紅娘	1953・1・11	又名《西廂記》，根據《西廂記》改編，崑蘇。
琵琶記	1953・1・26	崑劇串本。
誠實與刁蠻	1953・4・20	根據《呆中福》改編，崑蘇。
江天夜雪	1953・5・13	根據南戲《崔君瑞江天暮雪》改編，崑蘇。
白兔記	1953・5・16	根據南戲《白兔記》改編，崑蘇。
漁家樂上本	1953・5・19	串本，崑蘇。
蘇武牧羊	1953・5・25	根據《牧羊記》傳奇改編，崑蘇。

〔註9〕　如洪毅，〈時代、戲曲、觀眾——戲曲觀眾學學習札記〉，《藝術研究》第 10 期，頁 90～105，浙江省藝術研究所，1985・07。蔣中崎紀錄整理，〈了解觀眾——浙江省藝術研究所召開觀眾座談會〉，《藝術研究》第 11 期，頁 110～127，浙江省藝術研究所，1985・12。戴平，〈當代觀眾的審美心理定勢〉，《藝術研究》第 13 期，頁 151～177，浙江省藝術研究所，1987・07。王永敬，〈戲劇觀眾學芻議〉，《劇藝百家》第一期，頁 8～17，劇藝百家編輯部，1985。

〔註10〕　如周世瑞就提到受到市場經濟衝擊演員的流失。見洪惟助主編，《崑曲演藝家、曲家及學者訪問錄》，頁 175，國家出版社，2002・12

〔註11〕　此處所整理劇目來源，主要爲《崑曲辭典》附錄七〈六大崑劇院團新編、改編劇目表〉，浙崑表末列有資料不全、僅列出劇名者，參考附錄六〈國風崑蘇劇團 1952～1957 年於杭州、上海一帶演出概況〉及吳新雷主編，《中國崑劇大辭典・新編新排劇目》，頁 159～193，南京大學出版社，2002・05。因此劇目後標明「見演出紀錄」者，後標年份爲 1952～1957 年間發現首次演出的時間，是否爲首演時間則須進一步考證。

躍鯉記	1953・6・12	根據《躍鯉記》傳奇改編，崑蘇。
趙五娘	1953・7・12	串本，崑蘇。
連環記	1953・9・29	又名《呂布與貂蟬》，根據《連環記》傳奇改編。
王魁負桂英	1953・10・29	根據《焚香記》傳奇改編。
十五貫	1953・11・17	崑劇串本。
孟姜女	1953・12・6	根據《納書楹曲譜》所載「時劇」改編。
漁家女	1953・12・8	根據《漁家樂》改編，崑蘇。
長生殿	1954・7・28	崑劇串本。
白蛇傳	1955・7・8	串本，崑蘇。
十五貫	1955・12・29	陳靜執筆改編。
風箏誤	1957・5・29	貝庚執筆改編。
鳴鳳記	1957・6・1	崑劇串本。
救風塵	1958・6・27	根據關漢卿原作改編。
牆頭馬上	1959・9	
西園記	1960・5	貝庚執筆改編。
長生殿	1984・10	周傳瑛、洛地
獅吼記	1987・10・7	陳西冷改編。
牡丹亭	1993・11・21	周世瑞、王奉梅改編。
長生殿	1994	周世瑞
繡襦記	1999・3・30	陳西冷、王世瑤改編。

2. 新編戲

劇　名	演出日期	備　註
光榮之家	1952・12・23	又名《熱愛祖國》、《薊州雄風》，新編，崑蘇。
血淚城	1952・12・26	移植自京劇，崑蘇。
牡丹亭	1952・12・29	根據《牡丹亭》越劇本改編，崑蘇。
牛郎織女	1953・1・1	根據《牛郎織女》滬劇本改編。
武松與潘金蓮	1953・1・16	根據歐陽予倩京劇本改編，崑蘇。
潯江怒潮	1953・1・19	在《漁家樂》框架下重新創作，崑蘇。
瘋太子	1953・1・22	根據莎士比亞《哈姆雷特》改編，崑蘇。

殷桃娘復仇記	1953・1・29	又名《血濺總督府》，新編，崑蘇。
正德與劉倩倩	1953・1・29	新編崑劇。
孔雀膽	1953・2・1	根據郭沫若《孔雀膽》話劇改編，崑蘇。
劈山救母	1953・3・11	根據越劇《劈山救母》改編，崑蘇。
沉香像	1953・6・9	新編，《孔雀膽》下本，崑蘇。
瀟湘夜雨	1953・6・27	又名《臨江驛》，根據京劇本改編，崑蘇。
玉堂春	1953・10・29	根據京劇《玉堂春》移植改編，崑蘇。
董小宛	1953・11・25	根據京劇《董小宛》移植改編，崑蘇。
秦香蓮	1953・12・30	根據京劇《秦香蓮》移植改編，崑蘇。
三姐下凡	1954・7・1	根據婺劇《三姐下凡》移植改編，崑蘇。
煉印	1955・7・7	根據閩劇《煉印》移植改編，崑蘇。
尋寶記	1958・10	新編現代戲。
三關排宴	1962	根據上黨梆子《三關排宴》移植改編。
血淚塘	1963・8・27	新編現代戲。
燕燕	1963・11・26	根據川劇《燕燕》移植改編。
紅燈傳	1964・1・6	根據話劇《三代人》移植改編。
豐收之後	1964・5	根據山東話劇《豐收之後》移植改編。
蘆蕩火種	1964・9・4	根據滬劇《蘆蕩火種》移植改編。
奇襲白虎團	1964・12・7	根據北方崑曲劇院移植本復排
曙光初照	1965・7・31	新編現代戲。
慰忠魂	1977・9・9	新編古裝戲。
同心結	1980・3	新編歷史劇。
楊貴妃	1981・10	新編歷史劇。
貴人魔影	1982・6	
青虹劍	1983・5・5	新編歷史劇。
浮沉記	1983・12・19	根據溫州高腔《報恩亭》改編。
伏波將軍	1985・10・7	新編歷史劇。
雷州盜	1985・11	
風流誤	1989・7・10	根據李漁《風箏誤》重新創作。
尋太陽	1994・12・31	根據西湖民間故事改編。
少年遊	1996・8・25	新編歷史劇。
呂布與貂蟬	1999・3・27	根據戴英祿、鄒憶青同名徽劇本移植。

以上改編、新編戲的分類標準爲〔註 12〕：改編戲爲傳統崑劇舞台上曾經演出者，以傳統劇本（原作或折子戲）作爲基礎，進行整理、改編等工作者，如《西園記》雖查無折子戲存留至今，仍屬改編範疇；新編戲爲近代創作或移植的劇本，除了全新創作、前無所本者之外，尚包含移植自其他劇種以及改寫自小說或各類文本者。

從浙崑所有改編、新編戲的數量來看，依照以上的分類，新編戲的數量要比改編戲多出許多，尤其在第三期，十二本新編歷史劇與五本改編戲在數量上的對比相當懸殊，然而如果要從這些劇目中挑選最足以代表浙崑的劇目，卻都集中在改編戲，尤其是第二期的作品。本論文爲求更精確的了解浙崑改編戲的重要性及整體特色，選擇三本改編戲作爲主要研究對象標準有三：

第一、演出次數，演出次數愈多，表示愈受到觀眾的歡迎。若以演出達100 場以上作爲標準，則《十五貫》、《風箏誤》及《西園記》的演出超過百場甚多。《十五貫》從編演之初至文革前，共演出了 937 場，《風箏誤》及《西園記》的演出次數，根據《崑曲辭典》的統計，分別爲 147 場及 186 場〔註 13〕，其中《西園記》已成爲浙崑的保留劇目，至今仍見演出，並影響越劇《西園記》的編演，其他改編劇目的演出次數均與這三本戲相差甚遠，由此可見這三本戲在浙崑的改編劇目中是相當受到歡迎的。

第二、劇本結構特色，是否有別於傳統串之「全本戲」。傳統崑劇演「全本戲」多由折子戲串演而成，這一形式在傳字輩的演出已略有改變，至浙崑《十五貫》開始運用新的手法改編傳統劇本。此標準的提出，一方面有別於傳統串本方式，突出新手法的改編在結構上與串本形式的差異，一方面針對改編本如何運用新手法改編傳統劇本。

〔註 12〕此分類標準參考林慧雯，《當代崑劇全本戲改編本析論──以 1956 年《十五貫》後之崑劇劇本編寫爲討論對象》，第二章第二節，〈「當代崑劇全本戲」劇本分類說明及特色介紹〉，頁 60～81，清華大學碩士論文。文中分類大體可基於「演出型態」及「劇目來源」兩種標準。而劇目種類的複雜性致使劇目無法完全劃歸於各個詳細類別。因此本文不擬作過於細部的分類，僅把劇目略分爲「改編戲」及「新編戲」兩大類，前者以舊有崑劇舞台上曾經演出的劇目爲主，包括全本戲、折子戲、串本等種種形式，後者則爲崑劇舞台未曾演過的劇目，包括其他劇種劇目的移植，這種區分方法從「劇目來源」的角度著手。

〔註 13〕見洪惟助主編，《崑曲辭典》，頁 1282～1283，〈附錄七·六大崑劇院團新編、改編劇目表〉，國立傳統藝術中心，2002·05。

第三、對浙崑本身或其他劇團編劇、演出等各方面是否產生影響。這個標準的提出，顯示劇目本身具有一定的重要性——包括編劇及表演上的成就，足以作爲浙崑本身的代表劇目，或者成爲其他崑劇團的參考來源。《十五貫》在崑劇史上的影響相當深遠，不僅在於浙崑的本身的未來，更關係到當代崑劇命脈的延續。《風箏誤》在表演上的突破，改變了傳統詹愛娟丑扮的演法，並由於王傳淞、王世瑤父子的精釆演出，使得《風箏誤》成爲浙崑廣受歡迎的劇目，一九九七年江蘇省崑劇院的《風箏誤》即根據浙崑本略爲修改，並曾來臺演出，二〇〇三年臺灣崑劇團演出的《風箏誤》亦由浙崑所授。至於《西園記》已成爲浙崑的代表劇目之一，並影響越劇《西園記》的編演。

這三個標準，分別呈現觀眾、編劇、劇團（或表演者）三個指向。因此在浙崑所有改編劇目中，選擇《十五貫》、《風箏誤》、《西園記》作爲主要研究對象，前二者爲浙崑劇目的兩大里程碑〔註14〕，影響故不待言。《風箏誤》演出場次高達一百四十餘場，情節結構在運用折子戲的基礎上，根據原作濃縮情節，使得劇本重新成爲「開放式結構」，同時影響了一九九七年江蘇省崑劇院《風箏誤》的整理及演出，因此同樣可作爲浙崑相當重要的改編戲作品。至於一九五四年的《長生殿》、一九九三年的《牡丹亭》以串本爲主〔註15〕，基本上仍保留傳統面貌。一九八七年的《獅吼記》及一九九九年的《繡襦記》產生的影響不大，因此這四本戲不列入本文主要研究對象，在第二章整體論述浙崑改編、新編戲時一併討論。

本論文分爲四章。第一章第一節梳理清末以來「全本戲」的演出概況，分爲「清末到民初」以及「傳字輩藝人」兩個階段，後者對於前者在「全本」的概念以及改編手法雖略有差異，然而基本上二者仍是同質的，即「全本」的概念——特別指舊本傳奇的全本改編——從清末到傳字輩的演出一直是以

〔註14〕 見洪惟助主編，《崑曲辭典》，頁 1280～1290，附錄七〈六大崑劇院團新編、改編劇目表〉，2002·05。洪惟助主編，《崑曲演藝家、曲家及學者訪問錄·周世瑞》，頁 167～176，國家出版社，2002·12

〔註15〕 《長生殿》所集折子參見周傳瑛《崑劇生涯六十年》，頁 103，上海文藝出版社，1988·07。洪惟助主編，《崑曲演藝家、曲家及學者訪問錄·周世瑞》，頁 171，國家出版社，2002·12。二者所列折子略有不同，茲錄於此以供參考。周傳瑛所列折子爲：〈定情〉、〈賜盒〉、〈進果〉、〈絮閣〉、〈舞盤〉、〈密誓〉、〈小宴〉、〈驚變〉、〈埋玉〉、〈罵賊〉。周世瑞所列爲：〈定情〉、〈賜盒〉、〈進果〉、〈舞盤〉、〈密誓〉、〈小宴〉、〈驚變〉、〈埋玉〉、〈罵賊〉。《牡丹亭》折子參見北京威翔音像出版社錄影，有〈遊園驚夢〉、〈尋夢〉、〈寫眞〉、〈離魂〉等折。

集折爲主要方式，第二節則廣泛的從劇本結構、形式及表演上的特色探討浙崑的改編、新編劇目，尤其集中在幾本改編戲的討論，以爲全文論述之基礎。第二章至第四章分別論述《十五貫》、《風箏誤》及《西園記》三本戲，主要由四個面向切入：一、與原作的關聯比較；二、改編本情節結構及編劇手法；三、曲詞與念白的設計安排；四、改編本的舞台呈現。這四個角度的切入，分別涉及了劇本本身及舞台實踐，以期對這三部浙崑改編戲中最具代表性及影響力的作品有更全面的了解。結論總結全文，並提出這三部劇作對傳統傳奇劇本的整理改編具有什麼樣的影響及指導性原則。

三、研究目的與方法

　　本論文針對改編戲，提出「傳奇劇本爲因應當代實際演出的需求，對原作劇本、折子戲甚至整個表演體制進行更動」爲傳奇劇本改編演出的概念。從這個概念出發，本文對浙崑改編戲進行分析研究，探討浙崑改編戲在情節、唱唸及演出三方面的特色及其藝術價值。此一研究的目的，除了直接探討浙崑改編戲的藝術價值，從中提取成功的改編經驗，以期作爲未來傳奇劇本改編的參考之外，更重要的目的在於，「改編戲」爲當代各大崑劇團演出的主要形式之一〔註16〕，其背後的發展因素、編劇手法及對傳統傳奇劇本根本性的影響，有待進行全面且深入的研究。本論文針對當代崑劇「改編戲」的一個重要部份進行深入的探討，期許對未來崑劇改編戲的全面研究有所貢獻。

　　上述改編戲的概念，在崑劇演出的歷史中可找到一貫發展的脈絡，其劇本形式、編劇手法的演進，陸萼庭及王安祈老師均有專文論述〔註17〕。王安祈老師在〈從折子戲到全本戲──民國以來崑劇發展的一種方式〉文中對崑劇演出劇本體製的演變，有詳盡的論述，此文所論範圍較廣，當代崑劇涵蓋了新編戲及改編戲。然而若把範圍僅限在上述「傳奇劇本爲因應當代實際演出

〔註16〕王文章主編，《蘭苑集粹──五十年中國崑劇演出劇本選‧第一卷》，頁 2，文化藝術出版社，2000‧03。

〔註17〕陸萼庭，《崑劇演出史稿》修訂本，國家出版社，2002‧12。陸萼庭，〈清代全本戲演出述論〉，收錄於《明清戲曲國際學術研討會論文集‧上》，頁 327～361，中央研究院中國文哲研究所籌備處，1998。王安祈，〈從折子戲到全本戲──民國以來崑劇發展的一種方式〉，《傳統戲曲的現代表現》，頁 1～57，里仁書局，1996。王安祈，〈關於京劇劇本來源的幾點考察──以車王府曲本爲實證〉，《民俗曲藝》第 131 期，頁 113～168，財團法人施合鄭民俗文化基金會，2001‧05。

的需求，對原作劇本、折子戲甚至整個表演體制進行更動」的概念，則這一演出形式從明末至今有相當複雜的變化歷程，對此變化歷程的梳理，即可看出當代崑劇改編戲的編劇手法，產生了根本性的改變，這種改變以浙崑《十五貫》的編演爲起點。

論文第二章開始分別以專章對《十五貫》、《風箏誤》、《西園記》三劇進行分析研究。研究主要由情節、唱唸及演出三個面向切入，並於每章第一節論述原作劇本，本論文的研究十分重視原作劇本與改編本的關係，二者的差異及比對，可突顯改編者運用何種技巧及手法處理原作劇本，因此各章第一節討論原作，以作爲改編本研究分析的基礎。在情節結構、唱唸安排及舞台演出三個方面，研究方法如下：

情　節

如果把「情節」視爲戲劇最爲表面、觀眾最直接接受的訊息，則「情節」的內部包含了主題及人物心理性格〔註18〕，此二者透過「情節」具體展現在觀眾面前，情節的安排設計也莫不受此二者的影響，因此情節、主題及人物三者的關係是極爲密切的。本論文分析劇本情節，除了針對其設計及結構安排之外，同時對於劇作主題、人物的設計亦將一併進行討論。

事實上，中國戲曲的「情節」，其設計與結構方式都與西方戲劇有所不同。這方面的問題在許多論及傳統戲曲情節結構的著作有詳盡的討論，如李曉在《比較研究──古劇結構原理》書中論及中國傳統戲曲結構特色爲「點線結構」，即各出（或各場）作爲情節上的一個一個的「點」，本身具有相對的獨立性，因而可以構成「局部的高潮」，但就全劇結構來看，卻「很難像聚焦式地把全劇性的衝突集中在一個點上」〔註19〕。另外，呂效平在《戲曲本質論》亦曾由傳統戲曲的「抒情詩本質」以及「史詩樣式」著眼，並與西方戲劇比較，詳盡論述了中國戲曲敘事方式的特點。書中亦對傳統戲曲邁入當代在敘事手法上產生的劇烈變化有完整論述〔註20〕。

然而本文所論之改編戲，編劇手法已受到西方戲劇的影響，《十五貫》編劇陳靜出身話劇，編劇手法自與傳統中國戲曲不同，因此本文論情節結構，

〔註18〕此處參考譚霈生《論戲劇性》，北京大學出版社，1984‧04。
〔註19〕李曉，《比較研究──古劇結構原理》，頁 30～35，中國戲劇出版社，1989‧01。
〔註20〕呂效平，《戲曲本質論》，南京大學出版社，2003‧09。

一方面強調「中國戲曲敘事手法的特點及其抒情本質」這一觀念的確立，一方面則試圖運用西方戲劇理論，以求掌握個別劇本之結構特徵。另外，本文亦透過從原作到改編本的比對，了解當代崑劇改編本在編劇手法上不同於傳統劇本的創新與突破。

唱　念

正如著名劇作家范鈞宏所提到，「唱念」作爲與情節結構相應的「技術安排」〔註21〕，其編寫及安排，對戲曲劇本場上搬演的效果有決定性的影響〔註22〕。

針對改編本，唱念的設計安排——即曲牌的運用，包含曲牌的選擇、曲文的編寫、曲牌位置的安排等——爲改編的重點，此一設計安排直接關係到改編本是否保留崑曲風貌〔註23〕。因此分析浙崑改編戲，唱念的設計安排亦是研究的重點之一。

崑劇是曲牌體，曲牌創作、運用的規範相當嚴格：傳奇劇本的每一齣，即等於一個套曲，聯套的曲牌間有許多規範與原則；而每一曲牌的格律、板位、腔句，都有嚴整的格律。然《十五貫》運用白話的齊言體撰寫曲文，目的在於使文句淺白，讓觀眾能夠理解。當時由浙崑笛師李榮圻將此齊言曲文譜入長短句的曲牌腔句，使這樣的曲文聽之仍似崑曲。這樣的曲牌寫法，對當代崑劇新編、改編戲影響深遠，並引起關於曲牌規範存廢的論爭。

傳統曲牌規範的存廢，筆者認爲是不應有爭議的，然今日確實有不少討論，這些討論主要的問題便在於：傳統曲牌的運用有一套嚴格的規範，當代觀眾已不知曲牌格律有何意義，那麼，這些規範是否仍有存在的必要？新編崑劇劇本在創作曲牌時允許多大的突破？其突破的界線又在哪裡？這個問題直接關係到的是：劇種傳統「味道」保留程度的問題。丁修詢認爲，「曲家」、「學者」站在保存歷史文化的立場上，首要工作在於切實的繼承、保存，而「演員」考量到觀眾的喜好，則主張「改革」以適應觀眾〔註24〕。另外，筆者二〇〇三年在台北國家戲劇院及中壢市文化局觀賞豫劇《曹公外傳》，就曾直接接觸到這方面的

〔註21〕 范鈞宏，〈戲曲結構縱橫談〉，《戲曲藝術二十年紀年文集·戲曲文學、戲曲史研究卷》，頁1，中國戲劇出版社，2000·11。

〔註22〕 范鈞宏，〈唱念安排縱橫談〉，《戲曲研究》第二輯，頁237～270，吉林人民出版社，1980·02。

〔註23〕 傅雪漪，《崑曲音樂欣賞漫談》，人民音樂出版社，1996·04。

〔註24〕 丁修詢，〈百年實錄的啓示——《崑曲演藝家、曲家及學者訪問錄》讀後〉，《戲曲研究通訊》第二、三期，頁115，中央大學中文系戲曲研究室，2004·04。

兩難。台北場的演出，中場休息與一豫劇老戲迷閑聊，她認爲《曹公外傳》在音樂上沒有豫劇的「味」。中壢場的演出，與此劇作曲耿玉卿先生略談自己看法，曾以這個老戲迷的說法詢問耿先生的意見，耿先生認爲，「創新」是當代戲曲的重要走向，在音樂上勢必有所突破及改變。這種認知的差異顯示了兩種不同傾向的意見。崑劇在音樂上有悠久、堅實的傳統規範，當代崑劇在音樂方面的設計也格外受到注意，如林慧雯碩士論文對顧兆琳先生的訪問，顧先生便認爲「格律是要，但是不能墨守成規」，因此在實際的音樂創作上，除部份名著「嚴謹地按照崑曲格律去作」之外，其他均或多或少打破了傳統的格律〔註25〕。綜觀當代新編崑劇，「曲牌格律」的打破是一個普遍的現象，其間的差別只是程度上的，如《十五貫》完全以淺白爲目的、不顧原曲牌格律的例子有之，《西園記》新編寫的曲牌完全依照格律的例子亦有之，這些情況顯示了，在不同劇作家及作曲者的不同觀念下，對於傳統曲牌格律的定位及運用有不同的看法，其間的差異是很懸殊的。面對這樣的情況，本論文在分析時運用較爲傳統的觀點，即在重視傳統曲牌格律的基礎上，對個別改編本曲文的編寫、曲牌與念白的安排及音樂設計進行較爲保守的討論，由此並希望突出在與傳統曲牌的對比之下，當代改編戲對曲牌使用有何不同於傳統的差異及改變。

　　表　演

　　劇本創作的目的本是爲了舞台的演出，尤其本論文提出改編戲的指導概念爲「傳奇劇本爲因應實際演出的需求對劇本甚至整個表演體制進行更動」，因此當代崑劇「改編本」的劇本完全可視爲「舞台演出本」。在演出的前提之下，劇本因應演出需求作出表演上的設計，並留給表演者足以發揮的空間，是改編本在編劇階段就必須留意的重點。

　　論及傳統戲曲的表演，「程式」可作爲一個切入的重點。關於戲曲「表演程式」的定義、內涵及性質，有許多專文曾進行深入的討論〔註26〕，這些討

〔註25〕林慧雯，《當代崑劇全本戲改編本析論——以 1956 年《十五貫》後之崑劇劇本編寫爲討論對象》，頁 175，清華大學碩士論文。

〔註26〕關於「表演程式」的討論，參見戴平，〈一個獨特的信息符號——論戲曲程式〉，《戲曲研究》第 20 輯，頁 71～95，文化藝術出版社，1986・11。錢世明，〈論程式〉，《戲曲研究》第 20 輯，頁 96～111，文化藝術出版社，1986・11。阿甲，《戲曲舞台藝術虛擬與程式的制約關係——談戲曲藝術的內部關係》，《戲曲研究》第 24 輯，頁 1～14，1987・12。黃克保，〈戲曲表演程式〉，《中華戲曲》第 5 輯，頁 7～37，山西人民出版社，1988・03。

論把「程式」視爲「構成戲曲藝術表演這個有機綜合體的細胞,也是戲曲演員創造角色的藝術語彙」(黃克保),其本身「比較生活已是去蕪存菁、編織有章」(阿甲。按,即指表演程式源於日常生活,而一般平常的動作更爲誇大、美化),並爲「中國戲曲美學的一項重要原則……如果取消了程式,就等於取消了戲曲」(戴平)。崑劇在所有劇種中被視爲最高度的「程式化」,因此上述幾個程式的特質,在崑劇皆能找到最直接而明確的例證。而筆者更以爲,如果把「表演程式」置放在「行當系統」的架構下來理解,其本身即具有把劇中人物「類型化」的作用,即劇本規定某一人物必須以某一行當來表現的同時,已是對劇中人物作一個最基本的分類。依照此分類,表演者塑造人物時,基本上必須在該行當「表演程式」的範疇之內,個別、特殊情況則允許有突破此範疇的創造性動作,要言之,「表演程式」一方面爲表演者塑造人物的工具,一方面也成爲一種規範,此規範使其表演能不脫「人物類型」的基本風貌,卻也同時限制了人物塑造的自由性。降至當代戲曲,「表演程式」的定位已有微妙的改變,人物性格受到重視,對表演產生最主要的影響,在於「人物性格」成爲表演考量的首要重點,「表演程式」退居次位,成爲具現人物性格的工具。這個概念是否適用於當代崑劇改編戲?即原作劇本與流傳至今的折子戲,在表演上已成爲嚴格的規範,此規範是否仍允許有所突破?這也是本論文關心的重點。

因此論述改編本的舞台呈現,本論文有兩個關心重點:改編戲承繼傳奇原作而來,運用折子戲的精華,不同的演員有何詮釋的差異?又改編戲受到原作(包括折子戲)的影響,在表演方面是否允許有所改變?在論文的討論中,通過與原作、折子戲演出的比對,浙崑改編戲在表演上的突破是相當值得注意的,尤其是本論文特別提出的三本戲。因此本論文論述改編本的舞台呈現,首先透過文獻資料的爬梳,追溯該劇歷來在表演方面的情況(如折子戲、全本戲的演出形式等)由此確立改編本在表演上做了哪些改變,又此改變的意義價值及藝術效果爲何,均是論文討論的重點。

以上三個切入面向,囊括劇本、音樂及表演三個層面,論述中同時重視原作劇本與演出傳統的影響,以期分別由橫向(同時代各改編戲的比對)及縱向(演出形式的演變)對浙崑改編戲的藝術成果、地位價值有完整而客觀的論述及定位。

第一章　崑劇「改編戲」發展概述與浙崑改編、新編戲

前　言

　　本章探討自清末以來「改編戲」的發展概況。此「改編戲」的概念相當於清末戲單所載「全本」或「全部」的演出，即根據當時的演出需求，針對「傳奇劇作」的完整情節架構，進行「串本」的演出——即串連情節上的重要折子以構成相對完整的情節。（主、副線的差異在此不被考量進去，演出以該劇作存留的折子戲作爲基礎，因此，「串本」所選可能爲原作的副線情節）。這種「全本」或「全部」的演出方式延續到傳字輩藝人的表演，而傳字輩藝人對此「串本」觀念則產生了些微的變化，主要關鍵在於「情節」觀念的加強，使得傳字輩藝人在「串本」的基礎中，運用兩種方式使情節更爲完整：一、加上頭尾；二、加入學自京劇的武戲劇目。

　　「浙崑」沿襲傳字輩而來，繼承了「姑蘇正宗南崑」的血脈，王傳淞、周傳瑛等人在一九四一、四三年加入「國風蘇劇團」，可視爲「浙崑」的前身。此時期也曾編演崑劇串本戲，主要仍是承襲「串本」的形式，一九五五年底《十五貫》的編演正式打破了傳統「全本戲」形式，使崑劇「改編戲」的編演產生了全新的變化。

第一節　清末至傳字輩「全本戲」演出概述

　　在論述浙崑改編、新編戲之前，有必要對清末以來「本戲」的演出作一梳理，以使改編、新編戲發展的歷史脈絡更加明確。所謂「本戲」的概念，

是綜合、考證清末以來註明「全本」及「連台本戲」的演出而來，這些演出並不是指傳奇原作的直接搬演，而是相對於折子戲的片段，對於傳奇原作進行刪減、改編，或者以串連折子戲構成情節完整的演出，另外，部分劇作分為前後本或頭二三本的形式也含括在這樣的範疇。這樣的演出形式，實包含了現當代「改編」的概念，至於演出上標明「新戲」字樣者，則可視為「新編」的範疇，因此從清末至一九二、三十年代傳字輩的演出，這一包含「改編」、「新編」意義的本戲或新戲具有一貫的繼承發展意義，進而影響現當代崑劇改編戲。以下分別由清末至民初以及傳字輩的演出兩個階段分別論述這類本戲的演出劇目、特色，以及其所代表的時代意義。

一、清末至傳字輩以前崑劇演出劇目概況

清末興起的「戲曲改良運動」，參考並借鑑西方話劇的戲劇樣式及思想，透過知識份子對戲曲改革的提倡，以達到改變社會風氣的目的形成一股風潮〔註1〕。事實上，在戲曲改革運動的風潮之下，仍需考量到「娛樂」仍是一般大眾看戲的目的。傳統戲曲在當時是百姓的主要娛樂，對演員、劇目的市場性需求遠較劇作的思想性來的迫切，戲曲改良的思想對演員雖不無影響，但劇場的上座率仍是他們關心的重點之一，這可以透過清末民初一些京劇演員的傳記、回憶錄中記載的演出實況獲得例證。

與其他劇種相形之下，崑劇在這段時間的轉變是相當緩慢的，陸萼庭認為，從鴉片戰爭以後，近百年的崑劇活動從蘇州轉移到上海，並把光緒十六年以後（一八九〇年）劃分為上海崑劇活動的後期〔註2〕，到一九二二年全福班的報散為止，這段時間崑劇已如風中搖燭，其岌岌可危的情況，當代幾部重要的崑劇史著作都有相當詳盡的敘述〔註3〕。

〔註1〕 此處的論述參考張庚主編，《當代中國戲曲·緒論》，頁1～23，當代中國出版社，1994·04。高義龍、李曉主編，《中國戲曲現代戲史》，頁15～34，上海文化出版社，1999·09。胡星亮，《中國話劇與中國戲曲》，學林出版社，2000·09。程華平，《中國小說戲曲理論的近代轉變》，頁181～222，華東師範大學出版社，2001·10。

〔註2〕 陸萼庭，《崑劇演出史稿》修訂本，頁424、454～461，國家出版社，2002·12。

〔註3〕 如陸萼庭，《崑劇演出史稿》修訂本，頁397～530，〈第五章·近代崑劇的餘勢〉，國家出版社，2002·12。胡忌、劉致中，《崑劇發展史》，頁609～683，〈第七章·崑劇的沒落〉，中國戲劇出版社，1989·06。鈕驃、傅雪漪、張曉

　　如果我們把這段時期的崑劇，與十九世紀末至二十世紀初的「戲曲改良運動」重疊檢視，並與當時幾個劇種——包括京劇、秦腔、河北梆子等比較，則可發現崑劇是沒有改革的。這段期間，京劇有汪笑儂、劉藝舟、潘月樵、夏月珊、夏月潤等創辦「上海大舞台」，河北梆子有田際雲的「玉成班」及楊韻譜的「奎德社」，秦腔則有李桐軒等人創辦的「易俗社」，川劇有康芷林、楊素蘭的「三慶會」等，加上個人自覺的改革，如京劇的王瑤卿、梅蘭芳、周信芳、楚劇的沈雲陔、越劇的袁雪芬等。同時期崑劇的演出則完全是市場取向。除了傳統折子戲之外，從劇本到實際演出，清末民初的崑劇可以分為三個面向來看。第一個面向是傳奇劇本的創作。如果把傳奇視為崑劇劇本的載體，這個時期傳奇作品的創作，根據莊一拂《古典戲曲存目彙考》附錄一〈近代作品〉所載劇目〔註4〕，並以一八九八年作為戲曲改良運動的起點〔註5〕，粗略的統計計有七十餘本。郭英德《明清傳奇綜錄》附錄一〈傳奇蛻變期現存作品簡目〉的統計〔註6〕，這個時期創作的傳奇劇本數量仍然相當多，同樣約有七十餘本。這些統計仍不包括未曾考明刊刻日期者。另外，《戲曲研究》第六期整理了戊戌變法至辛亥革命在報刊上發表的戲曲劇作，可與上述兩個統計比對。這個統計共有 169 本戲，其中傳奇、雜劇有 109 本〔註7〕。然而這些作品純為抒情、言懷、諷寓、宣教之用，並不見有任何舞台演出的記載〔註8〕。

　　清末民初的崑劇舞台主要演出的是仍是折子戲，經常在舞台上演出的折

　　晨、朱復、沈世華、梁燕，《中國崑曲藝術》，頁 15～25，〈第一章‧崑曲的產生、形成、發展和盛衰‧五、明代後期至清末江南崑曲活動概況〉，北京燕山出版社，1996‧08。

〔註4〕　莊一拂，《古典戲曲存目彙考‧下》，頁 1725～1753，木鐸出版社，1986‧09。

〔註5〕　陳白塵、董健，《中國現代戲劇史稿》，頁 34～90，中國戲劇出版社，1989‧07。

〔註6〕　郭英德，《明清傳奇綜錄》，頁 1195～1217，河北教育出版社，1997‧07。

〔註7〕　趙晉輯錄，〈戊戌變法前後至辛亥革命報刊發表的戲曲劇作編年〉，《戲曲研究》第六期，頁 291～298，文化藝術出版社，1982‧07。

〔註8〕　鈕驃、傅雪漪、張曉晨、朱復、沈世華、梁燕，《中國崑曲藝術》，頁 183，北京燕山出版社，1996‧08。提到：「上述作品的作者中（指近代傳奇、雜劇作家及作品），有曲家、作家、學者、教授，都是享有一定社會知名度的作家，然而他們的這些作品中，僅僅吳梅的《湘真閣》曾經交『新樂府』，由顧傳玠、朱傳茗、施傳鎮、倪傳鉞等首排，但因顧棄藝求學而沒能多演，不曾產生什麼影響，其他各劇則沒有一部立於崑壇舞台傳演下來。」〈戊戌變法前後至辛亥革命報刊發表的戲曲劇作編年〉前附簡短的說明文字也提到這些作品幾乎全部是當時文人的作品，大多是案頭之作。（頁 291）

子戲共有五百五十二折。在此之外，清末民初崑劇演出的第二個面向則是以市場需求爲主要目的新戲或小本戲，爲了號招觀眾，這些戲常以「燈彩」、「新戲」、「全本」作爲號招，這一現象是值得注意的。根據陸萼庭所錄清末《申報》演出劇目〔註9〕，劇目如下：

1. 《紅樓夢》：光緒十五年曾排演《全本紅樓夢》，疑仲振奎本。按：仲振奎《紅樓夢》作於嘉慶四年，共二卷五十六出。

2. 《南樓傳》：爲崑班小本戲保留劇目，常演有〈歸家〉、〈服毒〉、〈私吊〉、〈寫狀〉、〈官吊〉、〈廟審〉、〈前探〉、〈許探〉、〈斬刁〉等。

3. 《呆中福》：崑班每演全本，重要出目有〈央友〉、〈代替〉、〈洞房〉、〈還銀〉、〈擇婿〉、〈秉燭〉、〈達旦〉、〈鬧房〉、〈後還銀〉、〈自說〉、〈定妻〉、〈三洞房〉等。

4. 《混天球》：疑即《渾儀鏡》。

5. 《火雲洞》：燈彩戲，全部出目有〈興妖〉、〈演陣〉、〈上路〉、〈誘僧〉、〈火困〉、〈請魔〉、〈幻魔〉、〈遇龍〉、〈龍戰〉、〈鬥法〉、〈遣戒〉、〈賺拾〉、〈露機〉、〈求救〉、〈收嬰〉、〈皈依〉。

6. 《白蛇傳》：演全本，標明「新彩新燈」、「文武燈彩新戲」。

7. 《折桂傳》：演全本。主要出目有〈賞桂〉、〈竊婢〉、〈樓訴〉、〈拷婢〉、〈產子〉、〈訓媳〉。按：此劇作者佚名，共三十二折。

8. 《描金鳳》：演全本，或分前後本。

9. 《三笑因緣》：爲朱素臣《文星現》改本，一名《笑笑笑》，演全本。如僅演〈送飯〉、〈奪食〉、〈亭會〉、〈三錯〉則稱《桂花亭》。按：清乾隆間有佚名《三笑因緣》一劇，《崑曲辭典》載此本常演十七出，爲光緒年間周鳳林、周釧泉常演劇目。此本與朱素臣《文星現》不同（見《明清傳奇綜錄》，頁646）。

10. 《王老虎搶親》：一名《天緣合》。按：即《三笑因緣》周文彬、王月娥的幾折。

11. 《雙珠鳳》：又名《並蒂蓮》，細目爲〈遊園〉、〈拾鳳〉、〈賣身〉、〈投靠〉、〈祝壽〉、〈賞荷〉、〈送花〉、〈樓會〉、〈贈鳳〉、〈受計〉、〈詳夢〉、〈來唱〉。

〔註9〕見陸萼庭，《崑劇演出史稿》修訂本，〈附錄‧清末上海崑劇演出劇目志〉，頁512～530，國家出版社，2002‧12。。

12. 《文武香球》：細目有〈山會〉、〈赴試〉、〈奪魁〉、〈狐媚〉、〈引見〉、〈演法〉、〈擒寶〉、〈奪寶〉、〈繡球〉、〈邊報〉、〈營會〉、〈鬥法〉、〈殄妖〉、〈結拜〉、〈賜婚〉、〈球圓〉。

13. 《紅菱艷》：共二十四出，敘採菱女救劉夜蘭事，即為《混天球》後本。

14. 《崑山記》：共八出，亦稱「崑山八出」。按：此劇唱吹腔。

15. 《雙玉鳳》：小本戲，演于謙之子于冕事。

16. 《財運合》：燈戲，一名《搶和尚》。

17. 《財星照》：共二十一出，分頭二本演出。按：《曲錄》未載作者，全劇共二卷三十四出。

18. 《財運福》：燈戲。

19. 《生財道》：燈戲。

20. 《啞哩國》

21. 《合歡樂》

22. 《金蟾玉燕》

23. 《洛陽橋》：燈戲。

24. 《神仙樂》：燈戲。

25. 《白牡丹》：新戲。

26. 《五福堂》：新彩燈戲，即清初無名氏《全家慶》。

27. 《調新嬌》：新戲。

28. 《玉堂金瓶》：新戲。

29. 《海潮音》：即張大復《香山記》。

以上所引為「新戲」或「小本戲」，這份資料根據陸萼庭〈清末上海崑劇演出劇目志〉而來，然而實際查閱《申報》，有部分劇目遺漏未列，如《蘭花院》一劇未被列入，查諸多劇本、曲本皆無此劇的記載，值得進一步考證。王安祈老師認為，陸萼庭戲單所列的「小本戲」為「凡能於一晚演完的皆稱『小本戲』」，並引述周傳瑛《崑劇生涯六十年》的說法為例證〔註10〕。對「小本戲」這樣的定義是值得商榷的。陸萼庭〈清代全本戲演出述論〉一文，為「小本戲」下了一個定義：

〔註10〕王安祈，〈從折子戲到全本戲——民國以來崑劇發展的一種方式〉，《傳統戲曲的現代表現》，頁3，里仁書局，1996。

所謂「小本戲」，其創作改編情況相當複雜，有的是新戲，有的則是
舊本改編的。共同特點是適應舞台演出，勇於打破各種成規，所以
創作改編過程中梨園中人起了主導作用。此類戲藝術上講究情節曲
折而不煩瑣，即結構手法力求簡潔明朗；白面（淨）、二面（付）、
丑和花旦一起在製造吳語噱頭上特別出色，通常一次演全，或分上
下（前後）兩本。我考慮了以上體制、演出方面的特點，用「小本
戲」來命名，以區別於前期的新戲和同時的多本連臺戲。〔註11〕

因此所謂的「小本戲」並不全然以演出時間作為不同於其他演出形式的區分
標準，更重要的意義則在於「適應舞台演出，勇於打破各種成規，所以創作
改編過程中梨園中人起了主導作用。」實際上這些小本戲並不是佔了整場戲
的時間，查清末《申報》，除了全演折子戲之外，一場日戲或夜戲小本戲演出
仍需搭配十折左右的折子戲。至於傳字輩演出所稱的「小本戲」指的是情節
完整、體制短小並「適合於堂會」演出的形式，不同於陸萼庭定義的「小本
戲」，會有這樣的稱呼是因為演出時間及人員需求少，然而這卻是因應一般堂
會大約二小時左右的演出需求，一般夜戲演一本小本戲在時間上是不夠的。
以《申報》載傳字輩演出戲單來看，一場夜戲如可演全本《十五貫》（14 折）、
《鐵冠圖》（14 折），則至少是小本戲的一倍有餘了。因此所謂小本戲絕非單
純指「一晚演完」的戲。陸萼庭同時認為，這些小本戲有以下幾個特點〔註12〕：

1. 新奇更要熱鬧。
2. 集中更要緊湊。
3. 脫套不廢熟套。
4. 曲折更求明暢。

第三個面向則是舊本傳奇的演出方式。部分傳奇的演出號稱「全本」，這
類的「全本」主要都是從傳奇原作摘取折子串連而成，其長短不等，這可以
從清末《申報》所載演出的告示得知。查同治至宣統三年《申報》所載舊本
傳奇標註「全本」、「全部」或「正本」演出者，大概有以下幾本，後面根據
《崑劇演出史稿》的整理標註清末這些傳奇仍常演的折子戲，這些折子只作

〔註11〕陸萼庭，〈清代全本戲演出述論〉，收錄於《明清戲曲國際學術研討會論文集·
上》，頁 344，中央研究院中國文哲研究所籌備處，1998。

〔註12〕陸萼庭，〈清代全本戲演出述論〉，收錄於《明清戲曲國際學術研討會論文集·
上》，頁 346～349，中央研究院中國文哲研究所籌備處，1998。

為參考用，「全本」演出時演哪些折子則須進一步考證：

1. 蝴蝶夢：嘆骷、扇墳、收扇、歸家、脫殼、吊奠、說親、回話、做親、劈棺。

2. 永團圓：奸敘、設計、請酒、逼離、賺歸、擊鼓、賓館、納銀、計代、堂配。

3. 衣珠記：折梅、墜冰、私囑、贈銀、園會、飢荒、放糧、衙敘、救糧、珠圓。

4. 雙冠誥：做鞋、夜課、前借、後借、舟訝、三見、榮歸、誥圓。

5. 幽閨記：大話、上山、走雨、問嘍、踏傘、捉獲、虎寨、招串、請醫。

6. 金印記：蛋賦、不第、投井、尋夫、刺股、歸第、金圓。

7. 一捧雪：豪宴、票本、送杯、報升、露杯、報杯、搜杯、遣將、換監、代戮、驗頭、審頭、軸賦、刺湯、祭姬、杯圓。

8. 白羅衫：賀喜、井遇、遊園、看狀、詳夢、報冤

9. 十五貫：義全、別弟、鄰疑、得環、催花、餌毒、陷辟、商贈、歸家、殺尤、皋橋、審問、朝審、男監、宿山、女監、批斬、見都、訪鼠、測字、義訴、審豁、謁師、拜香、刺繡、訂婚、雙圓。

10. 九蓮燈：火判、指路、闖界、求燈。

11. 漁家樂：賣書、納姻、漁錢、端陽、藏舟、俠代、相梁、刺梁、羞父。

12. 風箏誤：驚醜、前親、逼婚、後親、茶圓。

這幾本戲上演重複率相當高，尤其是《蝴蝶夢》、《永團圓》、《衣珠記》、《雙冠誥》等幾本。然而有另外一類情況則需要提出。《申報》所載崑劇的演出以折子戲為主，有時前後幾個折子正好可串連成完整情節，如光緒二年十一月七日三雅園夜戲連演《風箏誤》的〈驚醜〉、〈前親〉、〈逼婚〉、〈後親〉四折，光緒三年五月十三日豐樂園夜戲連演《義俠記》的〈誘叔〉、〈別兄〉、〈挑做〉、〈顯魂〉、〈殺嫂〉五折，光緒二年十一月十二日豐樂園及光緒三年八月一日集秀園演《白羅衫》的〈遊園〉、〈看狀〉、〈詳夢〉、〈報冤〉四折。這一類折子戲的連演雖未曾註明「全本」或「全部」，實已相當於「全本」的演出，然而這類情況相當複雜，以幾折的連演呈現一個完整故事未必有一定的標準，如光緒三年八月七日連演《占花魁》的〈湖樓〉、〈雪塘〉、〈獨占〉三折，已有完整情節的態勢，然而其中缺乏〈受吐〉，則又不甚完整，因此關於這類連演折子以組成一個相對完整情節的情況，此處暫不列入討論，然而

必須提出的是，連演折子戲以構成情節的相對完整，與號稱「全本」的演出基本概念是相同的，即二者都是以集折爲主的演出形式。

針對《申報》載同治、光緒、宣統三朝年間三雅園、豐樂園等戲園的演出戲單作一概略統計，一個日場或一個夜場約各演二十折戲上下，這一數目只是平均數量，實際演出依各個折子戲長度而數量不等，然而大體上仍不出這個數字。如光緒元年八月二十七日三雅戲園夜戲，演〈請花〉、〈規奴〉、〈迎像〉、〈哭像〉、〈彈詞〉、〈北餞〉、〈亭會〉、〈花婆〉、〈來唱〉、〈不第〉、〈投井〉、〈蜑賦〉、〈歸第〉、〈金圓〉、〈送子〉、〈水鬥〉、〈斷橋〉、〈渡江〉、〈盜令〉、〈遊街〉等共二十折，再如光緒三年正月十八日豐樂戲園日戲，演〈南浦〉、〈折柳〉、〈陽關〉、〈遣僕〉、〈回門〉、〈祭河〉、〈投江〉、〈撈救〉、〈青門〉、〈踏月〉、〈窺醉〉、〈打差〉、〈山門〉、〈大話〉、〈上山〉、〈走雨〉、〈踏傘〉、〈捉獲〉、〈虎寨〉、〈招串〉、〈請醫〉等共二十一折，其餘演出折子數大體不差，此處不加贅引。一場戲演出的折子戲平均數量，有助於我們推測部分記載不明的小本戲或新戲演出時間的長度，因此如光緒三年正月初七載豐樂戲園日戲演出的劇目，除全本《蝴蝶夢》之外，尚演〈寫本〉、〈斬楊〉、〈別祠〉、〈送親〉、〈哭像〉、〈拆書〉、〈空泊〉、〈痴泡〉、〈送京〉、〈玩箋〉、〈錯夢〉、〈招串〉、〈請醫〉，而據《崑劇演出史稿》的統計，全本《蝴蝶夢》至多應不超過十出〔註13〕，由此可知此日日場所演至多爲二十三出，與平均數目大體相符。再如光緒光緒四年四月十一日三雅園日戲，演全本《雙官誥》之外，尚演〈交印〉、〈刺字〉、〈盤夫〉、〈諫父〉、〈尋夢〉、〈訓子〉、〈驚醜〉、〈前親〉、〈後親〉、〈糕肆〉、〈夜渾〉、〈花報〉、〈瑤臺〉等十三折戲，而全本《雙官誥》由〈做鞋〉演至〈誥圓〉共八折〔註14〕，總合的折子數量同樣與平均數目相符。因此所謂的「全本」決非完整按照傳奇原作搬演，而是摘取傳奇中情節連貫的折子綴合而成。陸萼庭在〈清代全本戲演出述論〉〔註15〕第二段論述「舊本」傳奇的演出狀況，清楚勾勒出清代中後期這些「舊本」傳奇對折子戲如何進行串接，以構成前後情節完整的演出本。文中提到：「舊本在舞台上始終是流動的，絕大多數的舊本都是在乾隆年間起了較大變化，一時形成的特色是，舊本盡量

〔註13〕陸萼庭，《崑劇演出史稿》修訂本，頁519，國家出版社，2002‧12。

〔註14〕陸萼庭，《崑劇演出史稿》修訂本，頁520，國家出版社，2002‧12。

〔註15〕陸萼庭，〈清代全本戲演出述論〉，收錄於《明清戲曲國際學術研討會論文集‧上》，頁327～361，中央研究院中國文哲研究所籌備處，1998。

以精簡凝鍊的齣目保留全本面目，一本戲的齣數常刪存八、九齣至十一、二齣不等，力求精華盡露，首尾完整。……這種組合打破了全本戲的傳統格局，卻得戲劇之精神，亦不乏佳構。〔註16〕」這樣的演出形式前有所本。陸萼庭論及明末清初的全本戲曾提到：「舞台上盛行節本卻是明末清初全本戲的主流。〔註17〕」明末清初職業戲班對傳奇劇本大量的刪減、改編常引起原作者的不滿就是最好的例證，因此如洪昇好友吳儀一將《長生殿》刪減為二十八出就是「節本」的一個例子，這類「節本」根據陸萼庭的敘述，數量是相當多的，李漁在《閑情偶寄》的〈演習部・變調第二〉也曾提到「縮長為短」，主要觀點在於「與其長而不終，無寧短而有尾。〔註18〕」從這裡其實可看出李漁對於傳奇長度的看法是妥協於當時演出風氣。這類的「節本」長短的自由性高，演員可依原作自行選折串連。然而「節本」的基礎仍是傳奇原作，乾嘉以後折子戲逐漸形成，由「節本」轉變為「串本」，二者的差異相當微妙，「串本」以串連折子戲構成完整情節，一方面「折子戲」在「全本」中有相對的獨立性，一方面該如何「串本」在實際演出具有很大的自由性，如《琵琶記》的折子就有數種不同的組合方式，可單演一天，或分兩天、三天演完不等〔註19〕。透過這一簡單的回顧，由「節本」到「串本」的「全本戲」演出形式，可以畫出一個相當清楚的發展脈絡：把乾嘉以來所形成的這一演出形式，與一九二、三〇年代傳字輩演出的「全本戲」、「小本戲」接軌，並連貫到浙崑國風時期的部分改編劇目，甚至當代的改編戲，各階段的客觀環境不同，對劇本形式內容的要求也就有所不同，然而這一脈絡卻是同樣清晰可見的。

上述清末以來崑劇的演出概況，反應了職業戲班為求生存，迎合大眾的口味，並為適應當時演出的客觀狀況，對舊本傳奇進行修改、串連以構成情節完整的「全本」戲。如果以現、當代「改編」、「新編」的角度來檢視清末以來演出的這些劇目，可以得到兩個分類結果：

1. 戲單上標明新戲及燈戲、部分小本戲為當時新編，這些劇目可視為因

〔註16〕陸萼庭，〈清代全本戲演出述論〉，收錄於《明清戲曲國際學術研討會論文集・上》，頁341，中央研究院中國文哲研究所籌備處，1998。

〔註17〕陸萼庭，《崑劇演出史稿》修訂本，頁149，國家出版社，2002・12。

〔註18〕李漁，《閑情偶寄》，頁71，《李漁全集》第三卷，浙江古籍出版社，1991・08

〔註19〕陸萼庭，〈清代全本戲演出述論〉，收錄於《明清戲曲國際學術研討會論文集・上》，頁338～339，中央研究院中國文哲研究所籌備處，1998。

應當代觀眾欣賞口味的「新編戲」，特色爲情節完整曲折、排場熱鬧並以燈彩等噱頭作爲招攬觀眾之用，充分展現了娛樂目的。

2. 部分小本戲前有所本，其改編以原作爲基礎，以觀眾欣賞口味爲標準，追求新奇、曲折及熱鬧。這樣的改編故事前後兼具，情節發展過程細膩而完整。另外，有以「全本」傳奇作爲號招的演出，這些舊本改編的「全本」戲爲串本而成，因爲是折子的串連，在情節結構上仍存在兩個問題：其一、因串本而成，與傳奇原作的主題意涵產生了根本性的差別；其二、串本所構成的「完整」實是相對於折子戲而言的，實際檢視情節的頭尾、發展，仍可看出許多情節上的漏洞，即便這些情節上的漏洞是可以被接受的。

第一類雖可視爲「新編」範疇，以數量及演出場次來看仍遠不及後者。而後者對舊本傳奇進行修改的動作，則可視爲現當代崑劇傳統劇目改編的濫觴。

二、傳字輩演出全本戲、小本戲概況

關於傳字輩演出資料，桑毓喜《崑劇傳字輩》第六章〈傳字輩演出劇目志〉有完整的統計整理〔註20〕，這份整理資料以整本戲爲綱，詳列劇中含括的折子以及傳字輩的演出狀況，可謂相當詳盡。這份整理資料附有前言，對傳字輩藝人的演出劇目作了概括的分類，包括：

1. 由全福班藝人傳授的崑劇傳統折子戲，約占73%。
2. 向京劇名角學習保存在京劇劇目中的崑腔、吹腔及丑角小戲，約占9%。
3. 傳字輩自排串演的崑腔戲，約占18%。

另外，周傳瑛《崑劇生涯六十年》附錄〈傳字輩戲目單〉〔註21〕，同樣相當清楚的紀錄了傳字輩曾經演出的劇目。此附錄前有一段說明，敘述除了折子戲之外，傳字輩藝人排演「全本」戲的概況：

> 崑劇戲目主要是一些折子戲。此外還有把幾個折子連在一起，再加
> 上點頭尾的所謂「半本頭」戲，或稱「小本戲」。到了我們學戲唱戲
> 時，則又有將原著中一些重要折子遴選出來，並依原先的順序增添

〔註20〕桑毓喜，《崑劇傳字輩》，頁177～224，江蘇文史資料編輯部，2000．12。
〔註21〕周傳瑛口述，洛地整理，《崑劇生涯六十年》，頁196～211，上海文藝出版社，1988．07。

些頭尾或過場，始之成爲一出劇情基本完整的戲，這類戲就號稱「全本」。其實「小本」戲和「全本」戲差別並不大，只是前者容量較後者小，通常演不滿三四個小時，一般僅適宜於在堂會演唱；而後者卻夠上在劇場演唱一場的時間。〔註22〕

這段敘述說明了傳字輩如何串演折子，使之成爲情節完整的「本戲」，這些「本戲」分爲「小本」和「全本」，其中差別僅在於份量的大小。

「小本戲」及「全本戲」的改編經驗，對於後來改編戲的編劇有參考作用。以下比對上述兩份資料，擇取傳字輩曾經演過的「小本戲」及「全本戲」條列如下，並註明該本戲當中包含哪些折子：

1. 一捧雪：賞雪、收湯、豪宴、露杯、報杯、抄家、入獄、換監、代戮、審頭、刺湯、邀遊、祭姬、邊信、杯圓。
2. 千金記：鴻門・撇鬥、追信、封將、別姬、烏江、十面。
3. 六月雪：說窮、羊肚、探堅、斬娥、天打。
4. 水滸記：借茶、拾巾、前誘、後誘、劉唐、坐樓、殺惜、放江、活捉。
5. 占花魁：勸妝、湖樓、受吐、串戲・雪塘、獨占。
6. 永團圓：奸敘、設計、請酒、逼離、擊鼓、納銀、計代、堂配。
7. 玉搔頭：分成三台連台本戲。
8. 玉簪記：茶敘、琴挑、問病、偷詩、姑阻、失約、催試、秋江。
9. 白羅衫：攬載、設計、殺舟、慶賀、放蘇、拾子、收蘇、井遇、賀喜、游園、看狀、詳夢、殺盜。
10. 衣珠紀：折梅、墜冰、園會、撈救、飢荒、請糧、衙敘、珠圓。
11. 牡丹亭：勸農、學堂、遊園・堆花、驚夢、尋夢、花判・咏花、拾畫・叫畫、問路、吊打、圓駕。
12. 奈何天：依李漁原作分前後兩本。
13. 長生殿：定情・賜盒、絮閣、舞盤、鵲橋・密誓、進果、小宴・驚變・埋玉、聞鈴、迎像哭像。
14. 南西廂：遊殿、鬧齋、惠明、寄柬、跳牆・著棋、佳期、拷紅、長亭。
15. 風箏誤：糊箏、題箏、驚醜、前親、逼婚、後親、驚美、茶圓。
16. 荊釵記：議親、繡房、送親・別祠、參相、改書、見娘、梅嶺、脫冒、男祭、開眼、上路、男舟、女舟、釵圓。

〔註22〕同上，頁196。

17. 連環記：起布、試閨・拜月、議劍・獻劍、問探、三戰、回軍、送冠、小宴、大宴、梳妝、擲戟。

18. 釵釧記：相約、講書、落園、討釵、小審、大審、觀風、賺釵、釋放。

19. 尋親記：遣青、殺德、出罪、府場、前金山、送學、跌包、復學、榮歸、飯店、察訪、後府場、後金山。

20. 琵琶記：稱慶、南浦、墜馬、辭朝、請郎・花燭、關糧・搶糧、賞荷、拐兒、剪髮・賣髮、描容・別墳、賞秋、盤夫、彌陀寺、廊會・書館、掃松・下書。

21. 義俠記：打虎、遊街、誘叔、別兄、挑帘、裁衣、捉奸、服毒、歸家、顯魂、殺嫂、獅子樓。

22. 漁家樂：賣書、納姻、漁錢、端陽、藏舟、相梁、刺梁、羞父。

23. 翠屏山：交帳、戲叔、送禮、酒樓、反誑、殺僧、殺山。

24. 翡翠園：預報、拜年、謀房、見父、切腳、恩放、自首、盜令、吊監、殺舟、游街。

25. 鳴鳳記：辭閣、嵩壽、吃茶、夏驛、寫本、斬楊、丐辱、醉二、醉易、放易。

26. 蝴蝶夢：嘆骷、搧墳・收扇、歸家、病幻・脫殼、訪師・吊奠、說親・回話、做親・劈棺。

27. 繡襦記：樂驛、墜鞭、入院、扶頭、賣興・當巾、打子、收留、教歌（需加上頭尾）

28. 雙熊夢：商贈、鼠禍、受嫌、審問・朝審、男監、女監、判斬、見都、疑鼠、訪鼠・測字、審鼠。

29. 鐵冠圖：探山、營哄、捉闖、借餉、對刀・步戰、拜懇、別母・亂箭、撞鐘・分宮、守門、殺監、刺虎。

30. 呆中福：端陽、龍舟、作伐・相親、央友、代替、秉燭・達旦、前還銀、鬧房、逢財、得寶、擇婿、後還銀、三洞房。

31. 白蛇傳：下山・收青、游湖、借傘、成親、盜庫、贈銀、買符、吊打、端陽、盜草、煎草、燒香、水鬥、斷橋、合鉢。

32. 崑山記：磨房產子、報喜、赴任、讀書、小考、大考、榮歸、團圓。

33. 乾元山：小本戲。

34. 岳雲招親：小本戲。

35. 三岔口：小本戲。

36. 四平山：小本戲。

37. 桂花亭：送飯、奪食、亭會、三錯。（出科後補成頭、二、三本《三笑因緣》）。

38. 描金鳳：掃雪、投井、遇翠、暖鍋爲媒、拖腳、追錢、賴婚、成親、分別。

39. 南樓傳：結義、嫖院、園會、聽琴、請醫、歸家、服毒、夢訴、舟訴、私吊、寫狀、官吊、廟審、前探、許探、斬刁。

40. 狀元印：馬跳圍牆、毒害武舉、三衝盧溝橋。（新戲）

41. 戰宛城：戰宛城、勸嬸、馬踏青苗、割髮代首、盜戟、刺嬸。

42. 安天會：偷桃、盜丹、擒猴。

43. 玉麒麟：賞雪、收固、鬧鬼、相面、別家、進香、通奸、擺山、戲盧、上山、辭別、驅燕、路遇、歸家、密告、公堂、急報、鬧衙、酒樓、法場、擒索、點燭、除奸、投順、逼反。（全本稱《玉麒麟》，亦有分前、後本演出，前本由〈賞雪〉至〈辭別〉，稱《玉麒麟》，後本由〈驅燕〉至〈逼反〉，稱《大名府》）。

44. 鳳凰山：請宴、贈劍、點將、斬巴。

45. 販馬記：哭監、寫狀、三拉、團圓。

　　周傳瑛曾提到「補戲」，所謂「補戲」即是在折子戲的基礎上，補進一些場子，以構成情節連貫的一本戲，這類的戲在當時叫做「全本」。根據周傳瑛的回憶，從一九二一年到一九二九年，這類「補」出來的「全本戲」約有三十個左右，另外演出時間較短的「小本」戲也有十來本〔註23〕。上面的戲單爲周傳瑛回憶「全本」的戲單（折子戲另列於前），然而周傳瑛自陳折子戲、小本戲及全本戲要嚴格區分不易，因此戲單中其中「全本」與「小本」應是混著列而未作區分的。

　　這份戲單後半部分與前段清末小本戲、新戲大致相同，主要來源有二：第一類爲崑劇老藝人流傳下來，如《十五貫》由沈月泉、沈斌泉、吳義生、尤彩雲所授；《南樓傳》爲陸壽卿所教；《翠屏山》由沈月泉、沈斌泉、吳義生所授，施桂林加工等等。這類戲在上述的

〔註23〕周傳瑛口述，洛地整理，《崑劇生涯六十年》，頁 43～44，上海文藝出版社，1988‧07。

戲單上佔絕大多數，即便是後來傳字輩所進行的加工，亦是在這些戲的基礎上完成的。另一類則是從京劇學過來的崑腔、吹腔戲，這些戲的師承記載相當清楚，主要是海派京劇名家所授。部分是小型戲或折子戲，以武戲或丑戲爲主，有《武松打店》（林樹棠）、《小放牛》（王洪）、《三岔口》（林樹棠）、《王小二過年》（王洪）、《擋曹》（改名《華榮道》，林樹森）、《打缸子》（王洪）、《快活林》（王益芳）、《昭君出塞》（周五寶）、《頂磚》（王洪）、《祥梅寺》（王洪）、《探莊》（林樹棠）、《雅觀樓》（蔣硯香）、《黑松林》（王洪）、《滾燈》（王洪）、《蜈蚣嶺》（夏月恒）等。全本或小本則有《鳳凰山》（蔣硯香）、《玉麒麟·大名府》（林樹森、林樹棠）、《安天會》（林樹森、林樹棠）、《狀元印》（林樹森、林樹棠）、《芙蓉嶺》（林樹棠）、《販馬記》（蔣硯香）、《割髮代首》（林樹森、王益芳、林樹棠）等。另外，有部分學自京劇的折子，反過來影響原本已是崑劇的全本或小本戲，如《雙紅記》的〈攝盒〉學自京劇〈紅線盜盒〉，由林樹棠指導；〈獅子樓〉學自京劇，後加入全本《義俠記》，插演在〈殺嫂〉之前。

除了前有所承，傳字輩藝人本身對這些劇目也進行了加工，甚至有部分自排的劇目，這些劇目及其更動，根據《崑劇傳字輩》的記載，整理如下〔註24〕：

1. 一捧雪：傳字輩根據上海賡春曲社創始人李賡同所提供全套曲譜自排串演。
2. 三笑姻緣：顧傳瀾根據崑劇傳統演出本《三笑傳》、《桂花亭》及《天緣合》，並參考文明戲演出本編演而成。
3. 義俠記：全本《義俠記》係加上〈獅子樓〉綴演而成，傳字輩並於人物行當略有調整，分文、武場兩類，文場武松老生扮，武場則由武生扮。
4. 永團圓：一九三〇年新排《全部永團圓》。
5. 玉搔頭：顧傳瀾根據李漁原作整理、譜曲的大型崑腔本戲。
6. 白蛇傳：《全本白蛇傳》之〈煎草〉由傳字輩自排加入。
7. 白羅衫：〈攬載〉、〈設計〉、〈殺舟〉、〈撈救〉由傳字輩根據《崑曲大全》自排串演，一九三三年加上這四折成爲全本。
8. 呆中福：傳字輩演出刪去〈巧遇〉、〈龍舟〉，使劇情更爲集中。

〔註24〕桑毓喜，《崑劇傳字輩》，頁 177～224，江蘇文史資料編輯部，2000·12。

9. 奈何天：顧傳瀾根據李漁原作整理、譜曲的大型崑腔本戲。

10. 描金鳳：顧傳瀾根據陸壽卿所授加工排練而成。

11. 湘眞閣：吳梅指導，傳字輩自排自演。

傳字輩所排這些劇目，主要集中在「仙霓社」時期，周傳瑛在〈仙霓社的新嘗試〉提到：

> 大世界裡的觀眾大多數不是來聽崑曲，而是來軋鬧猛看戲文的，而且喜歡看有頭有尾有情節的本頭戲。於是，我們就自行排演起本頭戲來。請的到老先生來講一講最好，請不到就大家湊——找來劇本、曲譜，認了家門，自讀劇本自翻譜，自己拍曲自踏戲，彼此又互相幫助。顧傳瀾在這方面很有點才能，像個導演，他排了不少戲，像《玉麒麟·大名府》和《玉搔頭》都排了前後本，《奈何天》排了頭、二、三本，又排了全本《桂花亭》及頭、二、三本《三笑》等。〔註25〕

一九三二年以後進「大千世界」，又陸續排了《一捧雪》、《描金鳳》等新戲。除去自排自演的全本戲之外，從這些劇目可以看出傳字輩對於傳承下來的全本戲所進行的加工，主要是增補或刪減折子，這顯示情節的完整、集中在傳字輩的演出中具有更爲突出的指導性概念，因此如早期演出全本《白蛇傳》在〈盜草〉後接演〈燒香〉所產生情節上的斷裂，因加演〈煎草〉而被填補，加入這折戲同時更強化白蛇的正面形象。全本《義俠記》加上從京劇學來的武戲〈獅子樓〉，也填補了只演到〈殺嫂〉造成西門慶下場不明的遺漏。至於《呆中福》以刪去兩折戲使情節更爲集中，則更可顯示在傳字輩的演出中「情節」這一概念的加強。

透過上面所列劇目，可看出與第一段所述清末的演出有直接而密切的關係，大體來說，二者的關係是直接繼承的，然而繼承之中，傳字輩藝人對部分劇目有所整理，甚至使之不僅作爲「串本」，而是重新構成爲完整的「全本」演出本，其「完整」包括加演或刪演折子、加上頭尾、甚至對細部的情節發展有所加工，其中亦不乏傳字輩根據曲譜自行排演的劇目，這顯示了「串本」的形式在傳字輩時期有所發展。另外，傳字輩所演出的劇目有部分學習自京劇的崑腔、吹腔戲，同樣是這個時期值得注意的現象。傳字輩向京劇藝人學習這些劇目的原因是多方面的，主要可歸因爲四點：其一、「海派」崇尙聲光、

〔註25〕周傳瑛口述，洛地整理，《崑劇生涯六十年》，頁 43～44，上海文藝出版社，1988·07。

刺激這種娛樂性的影響，不僅反映在京劇，而是作為一個具有強制性的文化娛樂風氣，演出活動主要在上海的傳字輩藝人同樣受到這樣的影響；其二、「遊藝場」的演出環境已與傳統「戲園」不同，一個「遊藝場」內涵多個劇場及表演形式，觀眾買票後可自由進出觀賞，這一機制激化了各個劇場間的競爭，為了招攬觀眾，對劇目「娛樂性」的要求更甚於傳統戲園的演出；其三、觀眾層級的改變。周傳瑛曾提到，崑曲的老知音數量很少，遊藝場的觀眾愛看有頭有尾的本戲，這樣的現象也刺激了演出劇目的轉變；其四、京劇藝人自發的愛好並提倡崑劇，如周信芳、蓋叫天、林樹森等。如果說前三項是被動的影響，最後一項則具有積極、主動的意義。

在以上的論述中，必須指出一個重點，即清末至傳字輩「本戲」的演出雖然有所發展，這一發展腳步仍是短小而緩慢的，這與社會風氣未曾有根本性的轉變有關。因此「串本」仍是「串本」，只是頭尾情節在改編的過程中更加完整，並且在更為強調娛樂性的情況之下，大量增加了武戲和丑戲，實質上劇本內涵、情節結構方式等仍與過去相去不遠，整個過程只可算是「量變」而未能算是「質變」，真正在傳統劇目的改編起到「質變」效果，應是始於一九五六年《十五貫》的編演之後。

第二節　浙崑的改編、新編戲

第一章第一節述及本論文的研究範疇，曾概略敘述浙崑的發展歷史作一紛期，並整理、分類一九五二年以後浙崑編演的本戲。一九四一、一九四三年王傳淞、周傳瑛分別加入朱國梁主持的「國風蘇劇團」，可算是浙崑最早的前身，這一階段的漸進發展，至一九六一年完全改唱崑曲可作為一個段落。然而在這一將近二十年的時間裡，由於政治時局的急劇轉變，古老崑劇產生了極大的變化。根據《崑曲辭典》附錄七〈六大崑劇院團新編、改編劇目表〉中浙崑部分所列劇目，從一九五二年周傳瑛、朱國梁所編的現代戲《光榮之家》起共列四十四本戲，另外有資料不全僅列劇名者，計有七十本，然而這七十本戲情況較為複雜，與《崑曲辭典》附錄六〈國風崑蘇劇團 1952～1957年於杭州、上海一帶演出概況〉交相比對，可獲知某些劇目的演出時間及場次，餘者扣除全以「蘇劇」演出的劇目，資料不明者數量不多，應不影響統計結果。經由以上的統計，並參照論文第一章對浙崑新編戲所做的整理及歷

史分期，可用以下圖表比對第二、三期改編、新編戲的數量及編演狀況：

表一‧浙崑改編、新編戲第二、三期數量統計表

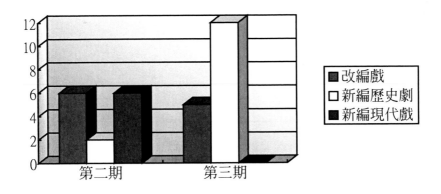

表二‧第二期各年編演劇目、分類表

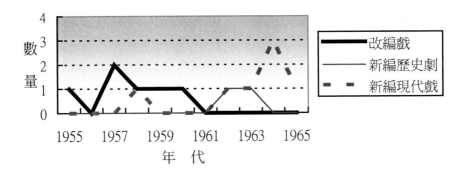

　　第二期情況較爲複雜，故特別以表二曲線圖顯示各年新戲編演狀況。首先看表一，就數量上的比對，第二期和第三期的劇目數量總合是相當的，在第二期中，新編現代戲的數量在一九六三年以後大幅成長，並成爲新戲編演的主要形式，這與政治風氣有密切的關聯。至於新編歷史劇在第二期數量很少，《三關排宴》移植自上黨梆子的《三關排宴》，也非完全創新的作品。新編歷史劇在第三期數量大幅提高，同時期改編戲僅三本《獅吼記》、《牡丹亭》及《繡襦記》，其餘全是新編歷史劇，這樣的狀況同樣與時代風氣脫不了關係。各時期劇目狀況留待下段論述。

　　在論述比較第二、三期改編、新編戲之前，有必要對第一期的改編、新編戲作一簡單梳理。第一期的劇目，可略區分爲兩個階段，兩階段可以中國大陸的一九四九年作爲分界。一九四九年以前的演出，周傳瑛在《崑劇生涯

六十年》曾有概略的紀錄，大致分成三類〔註26〕：

1. 蘇灘傳統折子戲：有「後灘」中的，如《蕩湖船》、《馬浪蕩》等；有「前灘」中的，如《坐樓殺惜》、《斷橋合缽》等。

2. 崑劇傳統折子戲：常演有〈吟詩、脫靴〉、〈狗洞〉、〈小宴、梳妝、擲戟〉等。

3. 自己編的戲：一類是劇本和半劇本戲，如《西廂記》、《販馬記》、《還魂記》等，大約有六十本，一類是幕表或半劇本戲，如《杜十娘》、《碧玉簪》等，有近四十本。

這段時間的演出是相當艱難的，根據周傳瑛的敘述，許多劇目的編排是「伏在張嫻的一只小衣箱上，點一個蠟燭頭，趕編劇本。」在第一期擔任編劇的主要是周傳瑛與朱國梁二人，這樣的情況一直持續到一九四九年後、甚至一九五六年邁入第二期以後，仍有部分的戲是周傳瑛、朱國梁二人編導，透過上引數量龐大的劇目，也可約略看出，在艱困的演出環境下，藝人為求生活所做的努力。

一九四九年後創排的劇目「思想性」特徵逐漸被突出，洛地在〈習崑傳曲，推陳出新──記周傳瑛藝術生涯六十年〉文中提到這樣的漸變過程〔註27〕，周傳瑛等人從演出劇目的被禁、被提倡，逐漸理解演出劇目如何因應政治風氣而有所改變，因此這個時期排演的新戲的類型，大致如緒論兩個表格所列，然而單就劇名及改編來源，實際上仍無法了解其中奧妙，在無法見到劇本的情況下，周傳瑛本人的敘述清楚說明了這些劇本的思想意涵產生了哪些變化。周傳瑛略談到的有以下幾本戲〔註28〕：

1. 《十五貫》：抽去有迷信色彩的〈宿廟〉一折。（按：指一九五三年初改本）。

2. 《尋親記》：改名《黃河恨》，加上群眾場面，算是「加強階級鬥爭氣氛」。

3. 《漁家樂》：改名《潯江怒潮》，同樣是增加群眾場面以「加強階級鬥爭氣氛」。

〔註26〕周傳瑛，《崑劇生涯六十年》，頁90，上海文藝出版社，19898‧07。

〔註27〕洛地，〈習崑傳曲推陳出新──記周傳瑛藝術生涯六十年〉，《藝術研究資料》第一期，頁3～41，浙江省藝術研究所，未載發行日期。

〔註28〕周傳瑛，《崑劇生涯六十年》，頁98，上海文藝出版社，19898‧07。

4. 《拜月亭》：不倫不類地改成了「貫徹新婚姻法，提倡自由戀愛」的戲，同時改名爲《亂世夫妻》。

5. 《牡丹亭》：杜麗娘死後還魂爲鬼戲，在當時肯定不合時宜，因此根據當時一個越劇改編本移植過來。

6. 《太平天國》、《天國春秋》：強調農民起義。

7. 蘇劇《王秀鸞》：配合「生產自救」運動。

8. 《媽媽結婚了》：配合新婚姻法宣傳。

9. 《光榮之家》：配合抗美援朝運動，曾引起熱烈迴響。

特殊的意識形態從解放後逐漸在這些戲劇作品中被突出，然而更進一步思考，其實可以理解這些演員爲了生存演出，一開始是被動的對劇目進行改編，一九五三年八月開始，「國風」演員在浙江省文化局的宣布下進行「集中學習」，這樣的學習活動是「改戲、改人、改制」的全面實施，以「政治啓蒙」和「自我教育結合」爲其原則〔註29〕。「集中學習」對於演員的政治自覺有啓發、強化的作用，也因此被動的對劇目進行改編，逐漸成爲演員們對劇目思想意涵的注意與積極介入，甚至改革，因此才有一九五六年《十五貫》的改編演出。

以下著重在第二、三期，對浙崑改編、新編戲作一歷史梳理及闡述，並集中討論其中的幾本改編戲。

一、一九五六年以後至一九六六年文革前的改編、新編戲

第二期（一九五六年《十五貫》編演至一九六六年文化大革命前）始於一九五六年編演的《十五貫》，由陳靜編劇執導，同時加了裘雲飛的舞台設計。陳靜初學話劇，《十五貫》是其初次編導的崑劇劇目，運用了不同於傳統的編劇手法，在衝突、動作中展現人物性格，並突出了人物的典型化特徵，與當時的政治風氣接軌，使得這齣戲引起了廣泛的注意。導演方面，根據陳靜自述，其導演方式引入史坦尼斯拉夫斯基體系，強調演員對劇中人物的的思考體悟，爲傳統崑劇引入嚴格定義「導演」的開始，因此《十五貫》在崑劇演出的歷史中具有相當重要的地位。《十五貫》於論文第二章將有更完整的論述。本時期的編劇，除陳靜執筆的《十五貫》之外，改編戲有貝庚的《風箏

〔註29〕張庚主編，《當代中國戲曲》，頁33，當代中國出版社，1994‧04。

誤》、周傳瑛的《鳴鳳記》、貝庚的《西園記》、《救風塵》等，新編戲（包含其他劇種的劇目移植）則有譚德慧、貝庚的《尋寶記》、沈祖安、田夫的《三關排宴》（上黨梆子）、《燕燕》（川劇）、《紅燈傳》（話劇）、沈祖安的《血淚塘》、《豐收之後》（話劇）、沈祖安、周傳瑛《蘆蕩火種》（滬劇）以及張重天、郭靜波、貝庚的《曙光初照》。本期後半期（一九六三年以後）由於政治風氣的影響，現代戲大行其道，《血淚塘》以後的幾本戲都是現代戲，反映了當時的政治氣氛。這些戲導演大部分是周傳瑛，《血淚塘》以後的幾本現代戲則由諸君執導爲多。舞台設計方面，《西園記》一九六○年的演出由謝宇擔任，其他則有《三關排宴》、《血淚塘》、《蘆蕩火種》的龔景充、《紅燈傳》、《豐收之後》、《曙光初照》的王明泉，另外，《三關排宴》及《紅燈傳》加入了俞成夫的燈光設計。由上述這些資料可以得知本期編劇、導演、舞台設計三方面因素及需求均較第一期提高，除《鳴鳳記》尚保留傳統改編模式——以集折爲主，其餘都加入了新的元素，雖可說肇因於中共大舉推行的戲曲改革，同時也顯示出古老崑劇面對新的時代潮流所作出的因應之道。

　　浙崑一九六三年以後大量編演現代戲的政治風氣影響，此處略作討論。中共一九五八年七月十四號在「戲曲表現現代生活座談會」中，提出「戲曲大躍進」、「以現代劇目爲綱」等口號，要求戲曲工作者「苦戰三年，爭取在大多數的劇種和劇團上演劇目中，現代劇目的比例分別達到 20% 至 50%。〔註30〕」這樣的觀點從政治經濟思想的「左傾」而來，產生了許多粗製濫造的現代戲作品，爲了矯正這樣的錯誤風氣，因此陸續提出「兩條腿走路」（周揚，1958 年 4 月，指現代戲的創作與傳統劇的整理）、「三並舉」（齊燕銘，1960 年 5 月 3 日，指現代劇、傳統劇、新編歷史劇三並舉）等主張。然而一九六三年元旦，柯慶施在上海部分文藝工作者座談會上，提出「寫十三年」的口號，要求文藝工作者以新中國成立以來十三年社會主義和社會主義建設爲題材，同年張春橋發表了〈寫十三年十大好處〉，據此批判「三並舉」，同時更由於左傾政治思想的影響，傳統劇與新編歷史劇雙雙被否定，這一風氣的轉變集中在一九六三至一九六四年間〔註31〕。然而早從一九五八年「以現代劇

〔註30〕 〈以現代劇目爲綱——戲曲表現現代生活座談會確定戲曲工作方針〉，《戲劇報》1958 年第 15 期。

〔註31〕 張庚主編，《當代中國戲曲》，頁 64～67，當代中國出版社，1994·04。高義龍、李曉主編，《中國戲曲現代戲史》，頁 157～232，〈第五章·戲曲現代戲曲折地向前發展〉，上海文化出版社，1999·09。

目爲綱」口號的提出開始，各劇團編演現代戲的數量大幅提高，持續編演的現代劇目逐漸累積經驗，慢慢有較爲精采的作品產生，如滬劇《蘆蕩火種》從一九五八年開始醞釀編劇到一九六三年正式上演，中間經過一九六〇年短期公演隨後馬上進行加工，從劇本就可以看出其編劇方面的成就〔註 32〕。浙崑一九六四年的改編即是根據滬劇本。這一時期的幾本新編現代戲，除《曙光初照》爲浙崑自編之外，其餘皆移植自其他劇種。遍查一九五四至一九六五年的《劇本》等刊物，浙崑這些移植劇目均無刊載，也沒有任何演出的評論，因此我們很難知道這些從話劇、川劇、滬劇移植而來的劇本如何轉化爲崑劇的演出。單就這些劇作的原作劇本來看，政治風氣反映在劇本的主題思想相當明確而強烈，然而此處關心的是，崑劇這種高度程式化的劇種如何表現這些現代戲，其表現產生的效果如何？這些問題有待收集更多資料以進行較爲客觀的論證。

　　這一時期的幾本改編戲取得了相當高的藝術成就，包括了編劇及演員表演。本論文主要討論的三本改編戲──《十五貫》、《風箏誤》、《西園記》都是這個時期改編戲的精品。這三本戲將以專章進行討論，與原作比較，分析其主題意識與編劇手法，並討論曲文、道白的設計安排以及比較各個演出版本的表演特色。此處仍要略爲敘述其餘幾本改編。從編劇手法來看，這一時期的改編戲在形式上都有較大的改變，重要的幾本改編戲除了善用經典折子戲的藝術成果之外，在情節完整性及整體性的掌握方面，已與清末以來「全本」的演出方式有根本性的不同。本章第一節論述清末民初及傳字輩藝人的全本戲演出，曾提到舊本傳奇的「全本」演出主要是採取「串本」的方式，折子戲本身即具有情節相對完整的性質，一本傳奇的「全本」會依選取不同的折子及其數量產生演出內容及形式的差異，一直到傳字輩的演出主要仍是維持這樣的情況。因此，所謂「全本」即指相對於折子戲在完整情節中的「片段性」，本身對劇本並不具強烈的規範性意義。然而此處論述一九五六年以後的幾本改編戲則是不同的，「全本」指的是一個完整的戲劇整體，劇本的每一場、甚至各個元素所構成一本戲的各個環節，缺少一個部分都會對戲劇整體產生影響，包括情節、情境以及人物性格等各方面。

　　此處以《救風塵》爲例，討論改編本如何透過場次及情節、人物的安排，

〔註32〕吳乾浩主編，《中國戲曲精品・第四卷》，頁 187～290，文牧執筆，〈蘆蕩火種〉，2002・12。

補充原作情節及人物性格的不足之處。《救風塵》根據元雜劇改編，雜劇一本四折、一人主唱造成情節上的疏漏以及人物性格的扁平化，原作主要敘述趙盼兒如何運用機巧搭救被周舍凌虐的宋引章，且本雜劇全劇由趙盼兒一人演唱，對於趙盼兒心理及性格的描寫較爲完整，其餘幾個人物的描寫則略嫌薄弱，如對主要反面人物周舍的直接描述較少，第一折透過宋引章，得知周舍表面的溫柔識趣，第二折同樣透過間接敘述，鋪陳周舍如何凌虐宋引章，不僅進門的五十殺威棒，每天朝打暮罵則更顯出周舍對待宋引章的前後不一，第三折則是寫周舍被宋引章勾引進而寫下休書，然而周舍的整體形象並未在這些動作中被豐滿，如第二折到第三折，周舍表現的只是表面的戲劇動作，缺少人物性格深處、尤其是心理層面的描寫。另外，對安秀實的描寫則更爲薄弱，第一折安秀實央求趙盼兒保親，趙盼兒勸說不成，安秀實毫不留戀的「上朝求官應試去也」，趙盼兒急忙留住，安實才「依著姨姨說，我去客店中安下去。」如此弱化了安秀實情感上的動機，劇本最後導致安、宋二人結合的必然性與圓滿性也因此減低了。浙崑一九五八年改編本《救風塵》對人物形象有更完整的補充舖敘。首先在情節方面，改編本與原作完全相同，原作四折在改編本被分爲五場，第四折趙盼兒唱罷【落梅風】後周舍告官一段情節，在改編本被獨立爲第五場，這樣的安排有其必要，不僅強化了結構的整體性，並著重描寫了公堂雙方辯駁鬥智，趙盼兒的巧妙安排在第五場逐一展現，情節的進展更具起伏，也更爲精采。人物形象方面，改編本爲強化對周舍的描寫，在第一場著力於周舍的財大氣粗以及對宋引章如何的溫柔，由此與第二場的「五十殺威棒」及「朝打暮罵」產生了對比，強化了人物性格與情節的關係。第三折的情節增加了周舍與趙盼兒的互動對話，尤其強調周舍兩次轉折的心理變化：乍見似曾相識，後得知其人乃是當日「惡言惡語，從中破親」的趙盼兒，欲關門打趙出氣，後聽到趙盼兒自剖心聲，內心狂喜，表現出「一片誠心」，並爲趙休了宋引章。這裡呈現的心理轉折與前後人物形象是一貫的，周舍喜新厭舊的性格在事件中被突顯出來。另外，改編本對安秀實的描寫，依據情節需要使人物形象更爲統一，原作第二折原是老鴇拿著宋引章信到趙盼兒處求救，改編本第二場將之改爲安秀實，並描寫安秀實接到信後如何的緊張，且爲營救宋引章而熱心奔走。這樣的描寫強化了安秀實與宋引章的互動關係，增強了二人結合的合理性與必然性。

　　簡單分析浙崑一九五八年《救風塵》改編本，已經可以看出不同於傳統演「全本」的特徵，這些特徵主要有以下四點：

1. 各場作爲全劇情節發展的部分片段，爲組合成全劇完整情節而存在，本身不具有獨立性，如此而使全劇的結構更具整體性以及情節發展更具一貫性，全劇的各場也更具有不可分割的必要。
2. 場次與表演的安排設計能夠更適切的爲當時的劇場機制服務。
3. 抒情性質較強的原作唱段，改編本提高其敘事成分，負擔起情節進行之用。
4. 人物性格與情節的關係得到加強，情節發展依照人物性格而展開，人物性格則透過情節發展得以更爲完整而深化，這是編劇手法步入當代的重要指標之一。

　　從《十五貫》、《風箏誤》、《救風塵》到《西園記》，四本改編戲的整體面貌大致同樣具有上述四點特徵，其中《風箏誤》的情況較爲特殊。《風箏誤》以折子戲爲基礎、其餘場次作爲貫串的改編手法，由於其餘場次只摘取必要的情節元素，造成這幾場表演的弱化，並突出了折子戲在全劇的重要性，這種不平衡的狀態使得《風箏誤》欣賞的關注重點由全劇情節與表演的綜合轉而成爲對個別折子戲——〈驚醜〉、〈前親〉、〈逼婚〉、〈後親〉——的重視，這可算是劇本結構的問題，此留待第三章論述《風箏誤》改編本深入討論。

　　除了這幾本戲之外，《鳴鳳記》的改編採取繼承了傳統串本的方式，串連〈嵩壽〉、〈吃茶〉、〈寫本〉、〈斬楊〉等折，並加入《吉慶圖》的〈扯本〉一折以補充情節。〈扯本〉寫趙文華門客柳芳春爲趙抄寫本章，然其人正直，因多喝幾杯酒把奸小諂媚的本章一併扯碎，後爲趙文華發現，發送刑部處置。原《鳴鳳記》的〈嵩壽〉、〈吃茶〉突出了趙文華阿諛與勢利，〈寫本〉及〈斬楊〉則突出了楊繼盛的忠烈，加入的〈扯本〉一折，在情節方面，連貫了〈吃茶〉和〈寫本〉的戲劇衝突，爲〈斬楊〉中楊繼盛如何被陷害作一交代，並由此突出了趙文華與楊繼盛的衝突糾葛。戲劇效果方面，後三場〈吃茶〉、〈寫本〉、〈斬楊〉情節緊張而沉重，〈扯本〉主要爲小生和付的戲，事件重點雖是小生柳芳春扯碎本章，實際上主要情節是大段付角插科打諢的表演，置於劇中可起調劑情緒及冷熱之用。以不同傳奇本中的折子合爲一個「全本」的演出形式，早在清末就已存在〔註33〕，這樣的狀況顯示了編劇考慮到情節及觀眾兩分面的要素，並能夠完全掌握傳統折子戲的資源。

〔註33〕陸萼庭，〈清代全本戲演出述論〉，《明清戲曲國際研討會論文集・上》，頁339～341，中央研究院中國文哲研究所籌備處，1998。

二、一九七五年文革後至二○○四年的改編、新編戲

第三期浙崑編演的新編劇以歷史劇爲主，從陳靜的《同心結》到二○○三年來臺演出的《暗箭記》，清一色都是歷史題材的劇作，這與時代風氣同樣有密切關係。文革結束的頭二年，戲曲舞台的演出仍以現代戲爲主，直到一九七七年五月才出現文革後的第一次古裝劇，隨後掀起了整理、挖掘傳統劇目的熱潮，一直到一九八○年上半年，傳統劇目的演出佔了所有演出劇目90%以上，這樣的情況在一九八○年七月由中國戲劇家協會、文化部藝術局和文學藝術研究院戲曲研究所召開的「戲曲劇目工作座談會」後開始有了改變，會中再次重申了文革前「百花齊放、推陳出新」方針以及「兩條腿走路」和「三並舉」的政策，因此，從一九八一年開始，新編歷史劇的創作逐步進入高潮〔註34〕。浙崑第三期劇作的編演反映出整個時代風氣的影響。一九七七年爲參加「紀念毛澤東逝世一週年文藝晚會」，原擬依據毛澤東【蝶戀花】詞爲旨趣排演《蝶戀花》一劇，後因周傳瑛、周世瑞至北京觀摩回到杭州發現遺漏一場戲，已來不及排演，因此補排了《慰忠魂》一劇，演嫦娥、吳剛故事。因文革之後尚未恢復歷史劇的演出，此劇以古裝打扮使看慣現代戲的觀眾感到新鮮，因此受到歡迎。一九八○年以後則以新編歷史劇爲主，傳統傳奇劇本的整理改編與其他劇團相較，數量與比例均偏低〔註35〕。

此處略述第三期（一九七六年文革後迄今）所編演的改編、新編戲概況。此期劇目一律加入了編導元素，改編戲有《長生殿》一九八四周傳瑛與洛地、一九九四年周世瑞的兩次改編，陳西冷的《獅吼記》、周世瑞、王奉梅的《牡丹亭》、西冷、王世瑤的《繡襦記》等，新編戲數量較多，如沈祖安的《慰忠魂》、陳靜、西冷的《同心結》、陳靜的《楊貴妃》、《青虹劍》、尤文貴、李冰的《浮沉記》、陳正國的《伏波將軍》、《風流誤》、齊致翔、張之雄的《少年遊》等，這些戲得到的評價不一。改編戲方面，如周世瑞、王奉梅《牡丹亭》上本曾拍

〔註34〕張庚主編，《當代中國戲曲》，頁75～93，當代中國出版社，1994‧04。

〔註35〕根據《崑曲辭典》（頁1280～1315，〈附錄七‧六大崑劇團新編、改編劇目表〉，國立傳統藝術中心，2002‧05）、《中國崑劇大辭典》（頁159～193，南京大學出版社，2002‧05）的劇目整理，江蘇省蘇崑劇團文革後編排新戲共七本，其中傳統劇目的整理改編佔其中六本。江蘇省崑劇院自一九七九年起編演新戲共十七本，其中傳統劇目整理改編有十本。北方崑曲劇院文革後編演劇目共二十七本，傳統劇目的整理改編佔八本。湖南崑劇團文革後編演新戲十二本，無傳統劇本的改編。上海崑劇團文革後排演新戲共五十三本，傳統劇目整理改編有十五本。

攝爲舞台影片，頗受好評，陳西冷《獅吼記》由汪世瑜、龔世葵、張世錚主演，編劇善於利用折子戲精華鋪陳設計，風格相當細膩，加以演員的表演精采、舞台設計淡雅大方，整體來說也是相當成功的。這個時期幾本新編戲以歷史題材爲主，如陳靜的《同心結》、《楊貴妃》，尤文貴、李冰的《浮沉記》、陳正國《風流誤》等，這些劇本都具有突出的主題意識，然而具體表現在劇本上，部分幾個劇作則略顯粗糙。舞台佈景及服裝設計方面，同樣是這個時期各本新戲著重的特色。改編戲如《牡丹亭》舞台設計者朱零的設計，基本上維持了傳統舞台樣式，背景幕則依情境的不同而改變爲不同色調，可算是較爲創新的地方，《獅吼記》舞台設計者同樣是朱零，其設計則是趨向寫實化。新編戲方面，一般趨向寫實化的設計風格，個別劇作表現頗有差異，其中《楊貴妃》的設計與其他相較差異較大，舞台設計者裘雲飛、李庶民更強調寫實化的風格，甚至遠赴西安考察唐人裝扮，因此包括人物造形也一反傳統戲曲的樣貌。

　　首先討論新編歷史劇。佔第三期編演劇目多數的新編歷史劇整體評價頗高，如果以獲獎數量及演出次數作爲衡量標準，則浙崑這些新編劇目都獲得了不錯的成績。一九八一年編演的《楊貴妃》獲一九八二年「二省一市崑劇匯演」的「繼承革新獎」，累計演出 104 場；一九八三年的《浮沉記》在「浙江省首屆戲劇節」獲得「優秀劇本獎」、「優秀演出獎」，並進京演出，頗受好評；一九八五年的《伏波將軍》在「浙江省第二屆戲劇節」獲「優秀演出獎」等多項大獎；一九八九年的《風流誤》參加「浙江省第四屆戲劇節」獲「優秀演出獎」等多項大獎；一九九四年的《尋太陽》爲兒童崑劇，在「浙江省首屆藝術節」和「全國兒童劇會演」均獲多項大獎，演出並累計一百餘場。然而這些獲獎紀錄並無法呈現一本劇作的客觀藝術價值，其藝術價值必須從更廣泛的方面來考量，包括編劇手法、表演與舞台美術等各方面，如果把這些劇作放在上述架構來進行討論，提出個別劇作的優劣之處，並歸納出第三期新編歷史劇的整體特徵，由此思考這些特徵對於崑劇的發展有何影響？是否保持了崑劇的韻味？抑或是爲了創新而喪失了崑劇本色？這種種問題都必須從各別劇作客觀討論。本論文討論重點在於改編戲，因此對新編歷史劇的這些問題不擬深入討論，只就這些劇目的總體特徵略談自己看法。

　　由陳靜編劇的《楊貴妃》〔註36〕以及陳正國編劇的《俊醜記》〔註37〕，主

〔註36〕劇本見《蘭苑集萃・五十年中國崑劇演出劇本選》第三卷，頁 115～158，文化藝術出版社，2000・03。並參考國立中央大學戲曲研究室藏本。

題意識分別在於探討楊貴妃在權力鬥爭中身不由己的悲慘境遇，以及批判「以貌取人」的錯誤觀念，後者並藉由重新塑造戚友先的性格來諷刺只圖功名而忽略人生意義價值的思想。我們確實可從劇本以及演出中「讀出」編劇所欲表達的主題意涵，然而從這層主題意涵回過頭來檢討兩劇的人物設計及情節安排，卻可發現其中存在的部分缺陷致使主題被模糊了，如《楊貴妃》中楊妃形象的塑造在全劇情節架構是不連貫的，編劇把重點置放在高力士、安祿山以及楊國忠如何操弄權力，使楊貴妃的命運左右搖擺，並意欲突顯楊妃處於其間的無奈，然而第五場寫楊貴妃唐明皇的衝突，著重描寫的是楊貴妃性格中的剛烈無私（楊妃自陳「美色誤君，紅顏誤國」，意欲毀容，並大膽指罵楊國忠「你不自檢點，辜負聖恩，我勸你立即辭官謝罪也罷」），卻在此場開頭擔憂伴君如伴虎，第六場猶兀自怪自己「不生男身生女身」不能掌握自己命運，卻在第七場回過頭來表露對唐明皇的深切情意，這些轉變顯示了編劇對楊貴妃的形象塑造是不連貫的，尤其若以「同情楊貴妃為權力鬥爭下的犧牲品」這一主題來分析楊貴妃形象，更可發現人物形象的不連貫致使主題的模糊化。

陳正國的《俊醜記》（又名《風流誤》）在表現上一方面流於說教，一方面人物與情節的設計安排則過於單純化，許多地方何以人物作出那樣的反應、情節產生那樣的發展，都使人不明究理，因此主題的呈現雖然明顯，合理及深刻兩方面的表現卻受到了影響。劇本把詹愛娟塑造為才德更勝其妹詹淑娟的女子，然而容貌卻異常醜陋。劇本相當於原作〈前親〉的部分，詹愛娟與戚友先有如下一段對話：

> 詹：想不到戚家竟出了你這不肖子孫。
>
> 戚：娘子說錯了，我戚友先除了不肯讀書，樣樣都好。
>
> 詹：你已弱冠之年，還不圖上進？
>
> 戚：娘子有所不知，當今天下，只從相貌不論才學，讀書又有何用？
>
> 詹：書能陶冶人的心靈，潛移人之性情，誰教你虛度年華，一事無成。我不想你當官作吏，只望你修身養性，嚴於律己。
>
> 戚：娘子說出這樣的話，真使我服了。
>
> 詹：從今後你能學好？
>
> 戚：從今後我似一團麵你要搓長我就長，你要搓圓我就圓。

〔註37〕劇本見《蘭苑集萃‧五十年中國崑劇演出劇本選》第二卷，頁 439～470，文化藝術出版社，2000‧03。

這段對話可算是直接的說教了。類似這樣的片段充滿全劇，如相當於原作〈驚醜〉的部分，還刻意安排了詹愛娟唱【剔銀燈】自陳「我才不以貌取人，何需以貌取人」。另外，上述〈前親〉之處戚友先與詹愛娟的整段對話更有令人摸不著頭緒之感，戚友先何以從「先讓我打一頓（指詹愛娟）出出氣」，突然轉變為「娘子阿姐，我們和稀泥，日後都聽你」，中間只有兩句話，一句是戚友先道：「哪有老公打老婆」，一句詹愛娟道：「看不出還講點道理」，戚友先如何產生這種情緒上的轉變，卻是交代不清的，筆者認為這只是編劇為了把二人的對話導向上面所引的一段對話所作的刻意而僵硬的安排。二劇主題與人物設計及情節安排大致如上所述。

　　從舞台上的實際演出來看，這兩本戲同樣有安排不當之處〔註38〕。《楊貴妃》在音樂上的問題是較為嚴重的，陳靜為浙崑編的幾個劇本，曲文的編寫一貫採取打破格律，以淺白齊言、打破曲牌格律為主要目的的編寫方式，如《同心結》〔註39〕開頭眾將唱【園林好】：「恨清兵，如虎狼，破我邊關。恨朝廷，行暴政，君酷臣貪，恨汙吏，訛詐勒索，雜稅又苛捐，恨惡紳，敲骨吸骨髓，無法更無天，嘆中華，黎民疾苦，國土破殘。」《楊貴妃》同樣如此，楊子才的譜曲配器加入太多非崑曲的元素，實際聽到音樂很難令人聯想到崑曲，為加強音樂的表現力，不僅加入大量的伴奏樂器，以和聲來渲染戲劇氣氛，音樂旋律也是重新創作，穿插大量的前奏過門，其效果如何見仁見智，曲牌本身味道的喪失則是必然的。另外，從遠赴西安考證，旨在恢復唐代風貌的舉動，並不戴髯口，楊貴妃造型也不像傳統貼片子梳大頭，可知道人物造形與舞台設計是以「寫實化」為主要目的。這些努力較具實驗性質，整體效果是值得商榷的〔註40〕。《俊醜記》主要問題在於全劇衝突的弱化，間接影

〔註38〕　《俊醜記》，浙江崑劇團，汪世瑜主演，1993。《楊貴妃》，汪世瑜、王奉梅、王世瑤主演，未載明錄影時間、地點。

〔註39〕　《同心結》，浙江崑劇團演出油印本。

〔註40〕　周世瑞曾提到關於《楊貴妃》編演狀況（洪惟助主編，《崑曲演藝家、曲家及學者訪問錄》，頁168，國家出版社，2002・12），茲錄於此以供參考：「後來我們又搞了一個《楊貴妃》，這齣戲是全方位的改革，我們花了很大的心血。劇本是由陳靜編寫，參照了《長生殿》的劇情，但主要是為楊貴妃翻案，劇情從壽王選妃開始，一直到馬嵬坡自縊為止。這個戲我是導演組的。這齣戲在服裝方面也作了改革，穿的是唐朝服裝；我們還特地到西安去參考唐朝服裝，然後找素材，重新作設計。但是還有一些東西沒解決好，例如：按理唐朝還沒有紙扇，但在劇中還是用了摺扇；唐明皇的帽子也能按照唐代的樣式；所以唐明皇的造型可以說只改了一半。但口面倒是改用黏的，不再戴髯口。

響到表演的設計。原《風箏誤》的付、丑及小生均有相當重要而精釆的表演，主要集中在〈驚醜〉、〈前親〉、〈後親〉等幾折，《俊醜記》為了表現主題，重新設計了劇中的人物形象及情節發展，卻由此喪失表演重點，加以說教式的呈現方式，此劇演出有較為冷場的缺點。

　　再看一個例子。尤文貴、李冰的《浮沉記》〔註41〕改編自溫州高腔《報恩亭》，這一劇本主題意識，透過編劇手法的操作展現出來。編劇清楚而絕對的劃分了貧與富、善與惡、熱誠與勢利的雙方形象。主角趙文青出場時貧窮落魄，欲至趙氏宗祠求援，卻被趙亦之及其家僕以狗飯羞辱，歸程途中巧識胡大發夫婦，與之結義，並認識了一幫親切熱情的窮人。一天趙文青途中打抱不平，胡大發為幫助趙文青打死了趙亦之一條狗，被趨炎附勢的縣令責打四十大板，並罰二十兩銀子，這幫窮人氣不過，因此所有人緊衣縮食幫助趙文青赴考。後趙文青奪魁並任巡撫之職，窮人兄弟前往賀喜，卻因趙賓客盈門而被冷落，翌日趙宴請這幫窮人兄弟，他們卻感受到趙文青已與從前不同，最後失望而回。這本戲編劇手法相當具有策略性，在善惡雙方清楚劃分之後，居中的趙文青最後如何抉擇成為全劇重點，然而編劇並不把趙文青作為見利忘義的小人，也不把趙文青作為為民伸冤的英雄，而是讓他游移在二者之間，心裡惦念著這群窮人兄弟，現實狀況卻逼的他不得不妥協於權力重心。編劇最後並不給觀眾一個確切的結果，趙文青被象徵權勢的趙亦之等人拉入森嚴的府衙，場上留下蓮花抱著胡大嫂啼哭。編劇在趙文青身上體現了人物的複雜面，並留給觀眾思考想像的空間，整體編劇手法算是相當成功的。然而如果同樣以作為「崑劇」的角度來衡量，這齣戲的舞台呈現則值得商榷。舞台佈景的寫實化再度成為舞台設計的指導原則，然而這樣的舞台設計並未阻礙傳統崑劇虛擬化的表現手法，如第一場的雪景與趙文青的窮生姿態相互配合，成功營造出冰天雪地的情境。音樂方面則有很大的問題，《浮沉記》音樂的表現手法與整體風格類似於《楊貴妃》，二者同樣由楊子才作曲配器，從中細細咀嚼卻難以感受到崑曲的風味，大量樂器的加入與《楊貴妃》同樣作為渲染氣氛之用，只是沒有《楊貴妃》音樂的誇張，每段曲子均加入了為數頗

　　　　楊貴妃的服裝我們都改了。整體講起來是很受觀眾歡迎的，參加會演得到的
　　　　評價也是很好。」
〔註41〕劇本見《蘭苑集萃・五十年中國崑劇演出劇本選》第三卷，頁 275～332，文
　　　　化藝術出版社，2000・03。並參考國立中央大學戲曲研究室藏本。錄影現藏
　　　　於中央大學戲曲研究室。

多的前奏、過門及尾奏，完全背離了傳統崑曲曲牌音樂的特色，在這方面《浮沉記》是需要進一步檢討的。

綜合上述對幾本新編歷史劇的討論，其整體特色大致可歸納爲以下點：

1. 編導元素在劇中的強化，每本戲都有強調的主題意識，情節的發展除了顧及人物性格（部分劇作除外），對主題意識的發揮更爲完整而強烈，這是編導地位強化所顯現的現象之一。導演方面，舞台調度以及對整體表現手法的突出，如《楊貴妃》夢境的表現手法等，都體現了導演在劇中產生了較傳統更大的作用。

2. 舞台風格的寫實化與燈光的靈活運用，同樣是本期新編歷史劇的特色，如《楊貴妃》第一場集仙殿的設計、《浮沉記》第二場胡大發家裡等，都具有寫實化的風格，與傳統一桌二椅的虛擬舞台不同，而燈光的運用如《楊貴妃》燈光隨著人物心理的轉變而有所調整、《暗箭記》善於利用燈光表現不同的情境。

3. 編腔與伴奏的編曲、配器的改變，傳統曲牌規律再次被打破，如陳靜創作的《同心結》、《楊貴妃》、《青虹劍》曲文的寫法與一九五六年《十五貫》的改編相同，即不顧曲牌格律，純以淺白的白話書寫。《風流誤》雖依照格律填詞，根據演出錄影，音樂的表現手法則透過大量樂器的配置以增加其豐富性。

這三個特色：編導元素的提高、寫實化及現代化舞台的表現方式、音樂表現力的強調等等，一方面雖則顯示出崑劇爲了適應現代舞台以及「一般」觀眾的欣賞口味，一方面也表現了強烈背離傳統崑劇的傾向，尤其部分劇作更有向西方戲劇靠攏的意味，如《楊貴妃》的表演從化妝、人物造形到舞台及音樂配器的設計，實際上很難讓人把這本戲與崑劇產生聯想，至於二〇〇三年來台演出的《暗箭記》從京劇老戲《伐子都》移植，大量的武戲場面以及最末一場鬼魂現身相當現代的表現手法，對於傳統崑劇的特色究竟保留了多少也是值得討論的，其餘劇作也或多或少有這一類的問題。

音樂方面，有兩個問題值得重視，這兩個問題早在一九五〇年代就已出現，文革後問題更爲明顯，引起更廣泛的討論。首先是曲牌的存廢問題，雖然一般作曲口稱「保留曲牌特色」這樣的立場〔註42〕，然而實際創作中，考

〔註42〕如言慧珠口述，參見王安祈，〈從折子戲到全本戲──民國以來崑劇發展的一種方式〉，《傳統戲曲的現代表現》，頁 43～45，里仁書局，1996。顧兆琳口述，

量情節、情境發展的需要，仍多少打破了曲牌的規範。這是「情節觀念的整體改變」對舊有曲牌規範所造成的衝擊。其次則是伴奏與配樂的問題。運用大量樂器以及西方的編曲手法是否可增加音樂的表現力本是值得討論的問題，從而喪失崑曲音樂本身的審美特徵卻是必然的。吳歌在〈崑曲唱腔伴奏的一些嘗試〉文中提到崑曲器樂伴奏所嘗試的一些新方法〔註43〕，然而太過度西化的嘗試終歸失敗，如「樂器的增加」失之「太響」，與崑曲本身豐富的腔格衝突；再如以京劇團為師法對象，運用西方交響手法配器，更使「演員感到頭緒紛繁、無所是從，觀眾也覺得不習慣而難以接受。」最後總結傳統戲曲的器樂伴奏「是在唱腔旋律的基礎上，結合各樂器的性能和演奏特點加以變奏，它們同唱腔在基本旋律上是統一的，又相對地利用本身的特有條件家以靈活的運用和變化，從而潤色、豐富和補充唱腔。」並體認到：「這是一種民族音樂的獨特手法，而不是像某些以歐洲音樂概念為前提的看法那樣，把它理解為低級的形式。」這樣的看法早在一九六〇年就已提出，然而不只是浙崑，文革後出現大量的新編戲，在音樂上為求豐富，甚至加入了管絃樂團的伴奏。若把上述這些問題放在一九八〇年代以後大陸逐漸形成的戲劇觀的角度來討論，則可發現這種背離傳統劇種特色，顯示出傳統與現代、東方與西方舞台文化混同表現的情況，正是這種普遍存在的戲劇觀的真實反映。

　　相形之下，改編戲則有不同風貌。這個時期的改編戲有五本：一九八四年周傳瑛與洛地改編的《長生殿》、一九八七年的《獅吼記》、一九九三年的《牡丹亭》、一九九四年周世瑞整理改編《長生殿》及一九九九年的《繡襦記》。這五本戲都是傳奇經典，各劇團幾乎都有改編本的編演。這其中一九九三年的《牡丹亭》有舞台錄影發行，由王奉梅、陶鐵斧主演，並在一九九四年於台灣上演，頗受好評。這五本戲在編劇及表演上大體保持了傳統崑劇的面貌。

　　一九八七年的《獅吼記》由西冷改編，這個改編本在折子戲的基礎上加以改編，其中〈梳妝〉、〈跪池〉保留較多折子戲原貌，〈遊春〉加入了歌妓隱秀，此場透過陳季常、蘇東坡為隱秀贖身，引出〈雙變〉陳季常與柳氏的衝突。從整體情節來看，筆者認為「串本」的基礎是本劇成功的要素之一，如

參見林慧雯，《當代崑劇全本戲改編本析論——以 1956 年《十五貫》後之崑劇劇本編寫為討論對象》，頁 174～184，清華大學碩士論文，1998。

〔註43〕吳歌，〈崑曲唱腔伴奏的一些嘗試〉，《戲曲音樂》1960 年第 3 期，頁 8～11，音樂出版社，1960．．

〈梳妝〉在折子戲的基礎上，為使情節頭尾完整加重了老蒼頭陳實的戲份，開場藉由陳實的定場詩白交代全劇情節背景，並為全劇情節發展預作舖陳：

> 夫妻皆知恩愛好，恩愛到老何其少。鸞膠無術總兩心，心心相隔總煩惱。老老我為何道此四句？其中有些緣故，我俚相公陳糙與柳氏小姐，本是郎才女貌，天地無雙。落里曉得，前世因緣變了今世孽緣？講起來一言難盡。真是，不如意事常八九，可對人言無二三。
>
> 喲，天已勿早，我去開仔門吧。

透過老蒼頭的敘述，勾勒出陳季常與柳氏的關係，交代了全劇的情節背景。隨後的一整場大體與折子戲《梳妝》相去不遠，其中部分小動作有些改動，如折子戲柳氏撕扇所表現出的「狠戾」，在原作被改為：「（沉吟片刻）陳郎，扇兒之事，我暫且不提，不過夫婦之間，貴在真心，言行之中，切忌隱瞞。」這一小動作的改動有助於人物性格的深化，如果原作的撕扇所表現的「狠戾」，此處的「沉吟片刻」則有強調柳氏對陳季常並非一昧的凶狠，而是體現了更多的夫妻情分，與全劇柳氏形象產生了連貫的效果，即柳氏對陳季常雖然凶狠，即是基於深愛丈夫的心理。因此全劇主題意識透過柳氏形象的改變而產生了深化的效果。在舞台演出方面，《獅吼記》的舞台設計仍是趨向「寫實化」，第一場舞台右半部運用了屏風、掛軸、妝臺等種種物件，構築出陳季常與柳氏房中的情景，左半部則利用樑柱等物件區隔出房外的景象，房內打燈較為暗，有意營造出晨起慵懶的氣氛。到了第二場把第一場舞台右半部的物件撤離，為呈現花市風光，運用藍色背景幕，稍前飾以巨大的牌樓，舞台左前方則設有石桌椅，整體風格相當淡雅而大方。舞台布景透過真實場景的構築，意欲準確襯托出戲劇情境，而演員的表演基本上仍是按照傳統虛擬化的程式特色，因此整體看起來並未顯出不協調之感，反而能夠與演員的表演動作相互搭配，營造更豐富的戲劇效果。

　　《牡丹亭》歷來勝演不衰，各個崑劇團幾乎都有《牡丹亭》的演出本子，其中北方崑曲劇院與上海崑劇團的《牡丹亭》分別由傅雪漪、唐葆祥重新創作，情節上已與原作產生相當大的差異，江蘇省崑劇院一九八二年由胡忌整理的本子，以串本的形式串演〈遊園‧驚夢〉、〈尋夢〉、〈寫真〉、〈離魂〉等幾折，隨後一九八六年有丁修詢整理改編的〈還魂記〉則演〈拾畫〉、〈幽媾〉、〈冥誓〉、〈回生〉等四折。一九九三年浙崑的《牡丹亭》〔註44〕由周世瑞、

〔註44〕演出錄影見《牡丹亭》上集，北京威翔音像出版社，未載出版日期。

王奉梅整理改編，利用串本的形式，情節集中在杜麗娘傷春而死的整個過程，演〈驚夢〉、〈尋夢〉、〈寫真〉、〈離魂〉等折。雖然同樣是串本，所串演的各個折子又相同，這個本子的演出與江蘇省崑劇院的演出仍略有差異，個別演員表現的差異姑且不論，整體差異主要體現在兩個地方：其一、音樂上，浙崑本的伴奏運用傳統的配器方式，雖然變化少卻表現出優雅閑靜之感；江蘇省崑劇院的伴奏則運用了多樣的樂器及配器手法，如大量運用古箏拂弦製造出如夢似幻的效果、二胡及低音樂器（大提琴等）在拖長腔時飾以不同旋律的舖墊，並配合詞情在配器上有所調整，如「朝飛暮捲，雲霞翠軒，雨絲風片，煙波畫船」四句不用笛子，只用二胡、古箏、揚琴營造淡雅而舒緩的氣氛。另外，所有念白及表演均運用背景音樂襯底，如杜麗娘進到園中，突然而起頗具詩意的背景音樂，突出了杜麗娘乍見花園驚喜的情緒，隨後「畫廊金粉半零星」一段念白均襯有背景音樂。其二、〈離魂〉最後，蘇崑本老夫人及春香直接把已卸下的斗篷披回杜麗娘身上，杜麗娘順勢躲往椅後，披上紅色斗篷再次出現，浙崑本演出的安排則較為細膩，杜麗娘最後一句在椅後扶著椅背唱罷隨即蹲下，此時臉仍露出椅上，春香及老夫人一陣停頓後，以斗篷蓋住杜麗娘方才哭喊，此時花神上場，杜麗娘身披紅斗篷、手持柳枝舞了一回，並隨著眾花神下場。二者表演上的差異，形成整體風格略有不同，浙崑本的演出整體風格是相當樸素而精美的，蘇崑本則表情較為豐富，二者各有所長。值得注意的是，這類經典的傳統劇作，在改編的過程中，一方面觀眾對傳統的元素存在較高的期待，一方面傳統元素本身就具有相當高的經典性，致使改編者難以拋棄這些傳統的表演元素，因此如北崑本與上崑本雖然對原作大幅更改、幾乎等於重新編劇，卻仍無法大膽刪去傳統本子的這些表演元素，如這兩個本子幾乎不約而同保持了完整的〈遊園驚夢〉，縱使表現方法已略有不同，其基本骨架仍是傳統〈遊園驚夢〉的面貌。

以上統整、討論從國風時期至二○○三年浙崑的改編、新編戲，並著重討論一九五六年以後的作品。第二期及第三期的編演劇目及類型差異頗大，卻同樣可看出受到政治指導的影響。前者一致的表現出文藝作品為政治服務的傾向，尤其一九六三年以後大量移植、新編的現代戲充滿了政治意味，後者則在恢復「三並舉」之後大量排演了新編歷史劇，然而主題意識已較不具政治色彩。

新編戲方面，無論是早期為政治服務所編的劇本，或者文革後大量的新

編歷史劇，浙崑新編戲完全呈現出不同於傳統崑劇的風格，文革前新編戲多屬於移植劇目，缺乏自身特色，一般價值不高，文革後的新編戲除了編導元素普遍加入了各個劇本，在舞台寫實化以及音樂方面的創新改革也是清晰可見的，然而個別編劇手法的技巧差異，產生了劇本的優劣之分，最主要的是部份編劇對劇本的舞台呈現考慮不足，造成了實際演出的問題。另外，舞台的寫實化以及音樂的創新頗具有實驗性質，對「創新」的看法至今仍無定論，在這方面，筆者寧可用較為傳統的眼光來看浙崑這些新編歷史劇在舞台及音樂方面的革新，由此認為具體成果仍值得商榷討論。

　　兩期的改編戲同樣表現出善用傳統劇本資源的面貌，早期政治影響掛帥，《十五貫》、《西園記》表現對「主觀主義」批判的主題思想，評價較高，而如《風箏誤》因徒具娛樂效果，被批評為「有益無害、有害無益、無益無害」，這樣的評斷顯然是有失公允的。第二期的改編戲在「完整情節」的概念下，運用折子戲資源，對劇本進行整理修改，因此如串本《鳴鳳記》也加入了《吉慶圖》的〈扯本〉一折。第三期的改編戲受到這一編劇手法的影響，如《獅吼記》同樣運用了這樣的編劇手法。至於《牡丹亭》則由於原作的經典性，直接採用串本的策略，其演出受到高度的評價。

小　結

　　本章以「傳奇劇本為因應演出的需求對劇本甚至整個表演體制進行更動」作為「改編戲」所由產生的概念，把「改編戲」的歷史源頭上溯至清末以來的「全本戲」演出。此「全本戲」相對於「折子戲」、「新戲」的演出概念，其情節架構源於「傳奇劇本」，為呈現相對於「折子戲」的完整情節，以串連折子戲組合成「情節完整」的全本戲為主要手段。

　　此一概念所指導的「改編戲」，從清末的全本戲演出開始，迄今大量的改編戲，都可視為同一範疇，因此這種「為因應演出」對原作進行的整理改變，從清末至今，可以清楚勾勒出發展脈絡（見第一節）。其特色為：

1. 相對於原作的「封閉式結構」。
2. 「串本」所串折子產生完整情節的重點可能與原作不同。
3. 「情節完整」的概念從清末到傳字輩有加強趨勢。

　　第二節開始論述浙崑改編、新編戲，主要集中在一九五六年以後編演的

劇目。一九五六年至文革前政治因素主導演出劇目的內容及形式，此時期前半段主要在於控制劇目的思想內容，後半段則大量編演現代戲。文革後，文化衝擊導致的種種影響，促使表演形式上產生了相當大的實驗性質，包括舞台美術、音樂、結構形式等各方面。另外，爲了爭取觀眾，對於編演的劇目內容、文字形式（是否過於艱澀）的重視也表現在劇本上。

第二章 《十五貫》改編本析論

前 言

　　一九五五年底編演的《十五貫》被譽為「一齣戲救活了一個劇種」，不僅影響了浙崑的未來，同時也引起有關單位對崑劇的重視，清末以來搖搖欲墜的崑劇命脈，在《十五貫》編演以後帶動了各地方崑劇團體的成立，並舉辦大型會演，對當代崑劇的影響相當深遠。

　　本章探討《十五貫》改編本，分別從「與原作的關係」、「編劇手法」、「曲牌的運用」以及「舞台呈現」等四方面討論《十五貫》的藝術成就。「編劇手法」的分析主要討論兩點：一、主題透過何種方法呈現；二、情節結構的安排如何起到最高的戲劇效果。「曲牌的運用」則從唱詞與音樂雙方面的比對，分析《十五貫》改編者陳靜以「白話」的筆法編寫曲文，在音樂上產生了哪些改變，又這些改變是否仍保有崑曲特質，或者從中喪失了崑曲的味道。「舞台呈現」則透過現存《十五貫》各個演出版本的比對，包括浙崑電影版、上崑兩個舞台版錄影以及相關的折子戲錄影，探討演員如創造人物，又各個版本的不同演出在人物的創造上有何差異。

第一節 原作的主題思想與情節結構

　　《十五貫》又名《雙熊夢》，清初朱素臣所作，劇譜熊友蘭、熊友蕙兄弟與蘇戍娟、侯三姑蒙冤，幸得蘇州府太守況鐘夢裡二熊伸冤，方得平冤。

清末以來《十五貫》演出形式可分爲二種：其一、折子戲形式。各曲譜所收《十五貫》折子，有〈判斬〉、〈男監〉、〈女監〉、〈見都〉、〈踏勘〉、〈測字〉、〈審豁〉幾折〔註1〕。其二、全本形式。所謂全本並非按照原作演二十六出，根據《崑劇傳字輩》與《舞台生涯六十年》，崑班與傳字輩所演出《十五貫》全本，大致由〈商贈〉、〈殺尤〉、〈皋橋〉、〈審問〉、〈朝審〉、〈宿廟〉、〈男監〉、〈女監〉、〈判斬〉、〈見都〉、〈踏勘〉、〈訪鼠〉、〈測字〉、〈審豁〉等十四折串演而成〔註2〕。一九五五年十一月國風劇團於杭州勞動劇場演出，引起張駿祥和黃源的注意，促成了《十五貫》的改編，並在一九五六年一月於杭州公演，由於編導演均有相當高的藝術水準，加以符合中共政治方針，此劇引起廣泛的討論與影響，號稱「一齣戲就活了一個劇種」。

一、「尚奇」的追求與主題呈現

關於《十五貫》主題的分析，可以先從劇中的清官思想著眼，由此可辨析《十五貫》的清官思想在劇中所佔地位，以及能否作爲全劇創作的主要目的。李玫《明清之際蘇州作家群研究》透過了對《十五貫》故事的源流比對，認爲《十五貫》突出了清官形象，同時加強了人物的性格〔註3〕。然而這一縱向比對所呈現出來的是三個官員形象的強化，《十五貫》作爲一本「清官戲」的成分，仍須透過橫向與同時期各個清官戲作品的比對，如邱園《黨人碑》、朱素臣《朝陽鳳》、盛際時《人中龍》以及朱佐朝《吉慶圖》等，透過比對，我們可以發現兩個類型作品的清官思想在劇中所佔份量的差異。《黨人碑》、《朝陽鳳》、《人中龍》強調清官形象的描摹，戲劇的衝突與情節發展以主要

〔註1〕《崑曲大全》收錄〈男監〉、〈女監〉、〈判斬〉、〈審豁〉；《納書楹曲譜》收錄〈判斬〉、〈見都〉、〈踏看〉、〈測字〉；《集成曲譜》收錄〈判斬〉、〈見都〉。另外，《綴白裘》收錄了〈見都〉、〈訪鼠測字〉、〈判斬〉、〈踏勘〉、〈拜香〉等折。

〔註2〕桑毓喜，《崑劇傳字輩》，頁179～180，《江蘇文史資料》編輯部，2000‧12。周傳瑛口述、洛地整理，《崑劇生涯六十年》，頁206，上海文藝出版社，1988‧07。《崑劇生涯六十年》載「有時還夾演況鐘出場的〈宿廟〉（即〈宿三‧夢警〉），置於〈男監〉之前；但因此折帶有迷信成分，故在解放後就捨棄了。」又《崑劇傳字輩》載「翌年（1926）2月20日、21日連續演出全本《十五貫》（自〈商贈〉起，至〈審豁〉止，無〈踏勘〉）；5月25日在『新世界』增演〈踏勘〉，而成爲前後貫串的14折戲。」

〔註3〕李玫，《明清之際蘇州作家群研究》，頁54～60，中國社會科學出版社，2000‧10。

人物爲中心，因此在這幾本戲中清官的形象不僅鮮明，且成爲劇本中最爲突出的主題要素。《吉慶圖》及《十五貫》則以情節的曲折離奇爲主，情節自有其發展，官員的形象則是透過對既定案情的態度呈現出來，雖然仍可表現其性格，然而其形象畢竟不如《黨人碑》等三個作品的明確集中，換言之，劇作的主要部分仍是在於奇案的建構過程。由此可以知道，二者——清官形象的刻劃和情節——主從關係的差異，對於主題的呈現有絕對的影響，從而界定《十五貫》的創作，以案情的曲折離奇爲最首要目的。

　　李漁認爲傳奇作品以「奇」爲創作目的，《閑情偶寄》提到：「古人呼劇本爲『傳奇』者，因其事甚奇特，未經人見而奇之，見以得名，可見非奇不傳。新即奇之別名也，若此等情節，業已見之戲場，則千人共見，萬人共見，絕無奇矣，焉用傳之。是以塡詞之家，務解傳奇二字。〔註4〕」傳奇作品強調「新奇」二字，成爲明末清初傳奇創作的風尚，郭英德考察明清之際的傳奇劇本，得出如下結論：

> 對傳奇性的熱情提倡和積極實踐，在勃興期後期和發展期前期（明萬曆後期至清康熙前期）的文人傳奇創作中，掀起一股如火如荼的尚奇熱潮。……一時的傳奇名家，無不如癡如狂的尚奇逐怪，演奇事，繪奇人，舒奇情，設奇構，寫奇文，用奇語。〔註5〕

這種以「奇」爲目標的創作風尚，使得劇本的創作集中在情節的「奇」，在合理的範圍內，情節的新奇——主要是「錯認」、「巧合」等編劇手法的運用——成爲吸引觀眾要件〔註6〕，然而這種「尚奇」的風氣在萬曆以後愈趨氾濫，終不免造成有識之士的反感，如張岱便認爲：

> 傳奇至今怪幻極矣，生甫登場，即思易姓，旦方出色，便要改粧，兼以非想非因，無頭無緒，只求熱鬧，不問根由，但要出奇，不顧文理，近日作手，要如阮圓海之靈奇，李笠翁之冷雋，蓋不可多得則矣。〔註7〕

〔註4〕　李漁，《閑情偶寄・詞曲部・結構第一・脫窠臼》，頁9，浙江古籍出版社，1991・08。

〔註5〕　郭英德，《明清文人傳奇研究》，頁194，文津出版社，1991・01。

〔註6〕　林赫宜，〈阮大鋮對「錯認」、「巧合」編劇手法的運用〉，《小說戲曲研究》第二集，頁265～290，國立清華大學人文社會學院中國與文學系主編，1989・08。

〔註7〕　張岱，《瑯嬛文集》卷三〈答袁擇菴〉。

《十五貫》創作於清初，在「尚奇」風氣下，案情之「奇」成爲朱素臣營造情節的主要目的。既以「奇冤」爲全劇主題，則劇本中種種錯認、巧合無不針對這起冤獄之「奇」，戲劇衝突因此環繞在「十五貫」與「鼠禍」之上。先是熊友惠、侯三姑不約而同移進內室居住，隨後老鼠啣環，不僅巧將金環失落在熊友蕙書架，又把參有鼠藥的炊餅叼進侯三姑房門口，而後熊有蘭獲悉其弟冤獄後，得到陶復朱贈與的十五貫，意欲前往救弟，又恰好游葫蘆借得十五貫，開了蘇戍娟一個玩笑，蘇意欲逃往皋橋求助於姨母，途中巧遇熊友蘭，而婁阿鼠也因盜取十五貫殺害游葫蘆，由此串聯起兩件冤獄。如果以「奇冤」作爲創作的主要目的來檢視這樣的情節設計，就能夠理解作者何以特別安排兩兄弟的冤情。根據朱世德《十五貫研究》的考證，原作題材源自話本《錯斬崔寧》及《後漢書·李敬傳》〔註8〕，二者本具有相當程度的傳奇性，朱素臣揉合這兩段情節，將之分別置放於熊友蘭、熊友蕙兩兄弟身上，並藉由「十五貫」串聯這兩起冤獄，對情節的傳奇性來說，已不單純只是兩段故事的總合，而是透過「十五貫」的巧妙串聯使得情節的傳奇性加倍。這一加倍的傳奇性致使我們注意情節之「奇」如何壓倒清官思想，成爲凌駕全劇的創作意識，關於這點，可以從人物的設計及關鍵事件的安排得到證明。

「尚奇」的基本觀念影響了情節的進行，也同時影響了人物的安排。呂效平認爲，《十五貫》原作因強調「奇冤」，全劇重點不在於況鐘、過于執、周忱，而在於冤案發生的主要四個人身上〔註9〕，實際上也確實是如此。《十五貫》原作的構思既然環繞著「奇冤」，全劇重點在於「情節」之「奇」，因此並不強調三個官員的形象塑造。與改編本相較便可看出這層差別。朱素臣原作塑造三個官員形象時，「人物」並不強調傳達某種「意念」，也不曾對這種「意念」間的衝突進行特意著重的描述，由此不僅可看出人物形象未被強調，同時也可看出二者間主從的差別。姑且不論「意念」的內容性質，這種「典型化」的人物描寫直接關係到形象的鮮明、集中，原作對三個官員的性格刻劃並不具有強調這一類的「典型性格」，同時弱化了全劇的清官思想，因此一方面況鐘、過于執在冤獄判定、翻案尋訪的過程均未曾謀面，一方面過于執也曾親自對案情進行客觀調查，只是案情過於蹊蹺，處處充滿巧合，才在未加深究之下判定兩起冤獄，即便是況鐘也必須透過〈夢警〉的提示。〈夢

〔註8〕朱世德，《十五貫研究》，頁24～28，上海文藝出版社，1981·01。
〔註9〕呂效平，《戲曲本質論》，頁335，南京大學出版社，2003·09。

警〉一出作爲「關鍵事件」，根據李漁論劇本結構，位於全劇的「小收煞」，一方面上卷劇情已達到平衡，此處成爲「破壞」這種平衡的重要暗示，並由此製造觀衆的「懸念」；另一方面，〈夢警〉強烈暗示這個冤獄乃是「奇冤」。實際上，「雙熊入夢」在強調奇冤的同時，也確立了奇冤與況鐘形象之間的主從關係。況鐘因「雙熊入夢」的暗示引發對冤獄的注意，意義便在於：因奇冤感天動地，神明藉由「雙熊入夢」警示況鐘，這一安排達到了強化「奇冤」的目的，造成了「奇冤」爲主、「清官形象」爲輔的效果。因此雖然過于執的形象與況鐘形成對比，並帶有批評過于執過於輕率固執的毛病，然而卻因強調「奇冤」，使得這層批評對比因此而顯得微弱。至於周忱與況鐘外部動作的衝突雖然明顯，然而一方面周忱的形象並未被塑造爲「官僚」（其形象與改編本的對比見第二節），一方面第四首【尾犯序】寫周忱唱：「咳，有這樣個芥知府，且難得！非懦，著甚的霆霆岩電，著甚的騰騰心火？本院呵，不覺的心驚動，鶵姑息之政，婉轉奈君何！」並念道：「也罷，貴府如此力懇，或者果有冤抑在內，也未可知。這印還請收去，準限半月，察明回報便了。」表示出被況鐘所感動，因而造成思考上的轉變，降低了二者的對立。這兩個部分，都顯示了作者並不強調「主觀主義」與「官僚主義」，而是從著重奇冤的描述中透露出對清官斷案的推崇。

二、雙線式結構的商榷與分析

　　一般認爲，《十五貫》爲雙線情節結構，熊友蘭與蘇戌娟爲一線，熊友蕙與侯三姑爲一線，一九五六年以後改編本摘去熊友蕙一線，一方面因應演出時間的限制，一方面使情節更爲集中緊湊〔註10〕。

〔註10〕關於《十五貫》改編本討論甚衆，如吳戈〈從《十五貫》到《胭脂》──略論傳統劇目的「推陳出新」〉（《藝術研究資料》1，頁50，浙江省藝術研究所）認爲：「此劇熊友蕙與侯三姑、熊友蘭與蘇戌娟兩條情節線，雖然都是相當曲折生動的，但是，他們所體現的主題卻是完全一樣的。……只是在兩者對比之下，以熊友蘭與蘇戌娟這條情節線更好，所以，《十五貫》的改編者選取了這條情節線」（《藝術研究資料》1，頁50，浙江省藝術研究所）。張庚〈向《十五貫》的成功經驗學習──談《十五貫》的劇本整理〉提到：「整理本的《十五貫》，決心從兩條並行的故事線索減去一條，這是大膽而高明的做法。這兩條線索並行，不僅使劇本冗長，無法在兩三個小時演完，而且頭緒繁多，分散觀衆的注意力」（《張庚戲劇論文集》，頁216，中國社會科學出版社，1981·03）。再如王世德《十五貫研究》：「(《雙熊夢》)原本共二十六出，要演三四

　　《十五貫》的情節安排，不能簡單的以「雙線情節」概括，此間有相當細密的結構安排，足見作者構思之巧妙。就全劇來看，一方面情節本身重點不同，一方面各段結構手法有明顯差異，呈現出不同的戲劇效果，因此《十五貫》整體結構可分爲三個部分（略去第一出〈開場〉）：

1. 第二出〈泣別〉至第十二出〈獄晤〉：此第一部分，爲熊氏兄弟與二女被冤問刑一段情節。

2. 第十三出〈夢警〉至第二十出〈恩判〉：此第二部分，爲況鐘重理冤獄一段情節。

3. 第二十一出〈請罪〉至第二十六出〈雙圓〉：此第三部分，爲熊氏兄弟與二女結果之交代。

以下分別論述三段結構之特色：

1. 第一部分

　　一般認爲「雙線情節」的部分，主要指這一部分。第二出至第十二出，由合而開，再由開而合，分成兩部分的情節，寫熊友蕙與侯三姑、熊友蘭與蘇戌娟分別入獄，至熊氏兄弟於獄中相會爲止。

　　細究其中情節安排，與一般傳奇作品分線的情節結構〔註11〕有所不同。

個晚上，太冗長。兩線交錯，觀眾也未必看的懂。……浙崑本《十五貫》在安排情節結構上最大膽果斷的決定，就是刪去侯三姑與熊友蕙一線。」並同樣認爲「頭緒繁多」（《十五貫研究》，頁112～113，上海文藝出版社，1981·01）。其他看法大致相同，故不贅述。然而此種説法值得進一步商榷，首先，原作劇本可否視之爲「雙線情節」？與其他傳奇劇本之分線情節有何不同？其次，原作劇本是否「頭緒繁多」？亦或其「雙線」結構有特殊用意？諸如此類問題將於下文一併論之。

〔註11〕林鶴宜〈論明清傳奇敘事的程式性〉提到：「發現傳奇劇本大體上由生、旦兩條相互配合而對稱的主線，加上『正面人物輔助線』，或『反面人物對立線』、『武戲（或征戰或義俠）情節線』等交錯穿梭，構成整部劇作」（《規律與變異，明清戲曲學辯疑》，頁72，里仁書局，2003·2·28），主要分析了傳奇劇本生旦主線之外，副線的内容性質。李曉《比較研究：古劇結構原理》（中國戲劇出版社，1989·01）則強調了主線與副線情節的對應關係：「次動作的相應的從屬發展，可以是對立性的、分立性的；穿插性的，全由劇本的主動作和牽聯到的次要人物的活動範圍而決定」（頁631）。另外，副線情節「隨主動作線的需要而登場，隨主動作線的不需要而退場，在結構良好的劇本中，它們不可能脱離主動作而獨立存在」（頁41）。因此，副線情節依附主線情節而存在，其作用在於豐富主線情節。然而分線的依據爲何？此處沒有具體説明。西方戲劇理論對於戲劇情節的分線有完整的理論，簡言之，主情節（main plot）與副情節（subplot）區分的依據在於「戲劇動作」的不同，而「戲劇動作」

傳奇劇本的結構方式，要言之，副線情節主要作用爲「對立」、「分立」或「穿插」，目的一方面在於豐富主線情節，使主線情節更具波折，另一方面則在於冷熱場的調劑。因此，主線一脈貫串，副線則由外部介入主線情節，主、副線情節雖有緊密、疏離的區別，卻仍可看出主線情節獨立性的存在。

　　《十五貫》與這種分線結構不同，熊友蕙與熊友蘭雖各自具備一段完整情節，然熊友蕙情節顯然不同於一般副線情節僅作點綴豐富之用，其特點便在於與熊友蘭情節緊密扣合，互爲因果。首先，熊友蕙因熊友蘭的囑咐移入內室，由此引出一段冤獄，又熊友蘭舟中聞得眾客商議論熊友蕙之冤獄，並爲救弟，蒙陶復朱贈與十五貫，由此引出另一段冤獄，此處爲免頭緒繁多之弊，藉由三種關係將兩段情節緊緊相扣：其一爲二人的兄弟關係；其二爲十五貫銅錢；其三則爲「鼠禍」（前者老鼠啣取金環與十五貫，後者婁阿鼠偷盜十五貫殺死游葫蘆）。因此這一部分兩段情節緊密扣合。呂效平在論證中國戲曲主、副線情節作爲穿插之用時，引述西方劇作爲例，認爲不同線索的情節應具有「不可剝離的因果式關係」，由此認爲西方戲劇複線情節不同於明清傳奇複線情節的穿插作用〔註12〕。然而明清傳奇雖然廣泛的運用多線情節，卻非全作爲穿插之用，《十五貫》就是一個例子。雖採用話本小說〈錯斬崔寧〉以及《後漢書》所載李敬故事，然而經過朱素臣的巧筆，這熊友蘭、熊友蕙兩段故事雖有各自的發展，卻因情節的交扣而產生「不可剝離的因果關係」，由此這二線情節不可視爲穿插之用，與一般傳奇作品複線情節有所不同。

　　上述的討論對分析改編劇本有很大的影響。簡單的說，一般複線結構的劇本，若直接摘去副線情節，對於主線影響不大，故不需作大幅度的更動，仍可呈現完整的情節；較爲緊密者則要視情況，以減低份量或暗示的方法處理，但主線情節的部分受到影響不大。如《占花魁》以金兵南侵與卜喬、沈仰橋、蘇翠兒始末作爲兩條副線情節，上崑改編本完全摘去了這兩條副線情節，首場〈賣油〉以原作〈品花〉寫起，隨後藉小生之口，幾句唸白交代情節背景，全劇不脫主線情節的脈絡。而《十五貫》兩線互爲因果，若摘去熊友蕙一段，則熊友蘭這一部分便無法引出，必須重新設計熊友蘭一脈情節，

是戲劇結構的核心，情節、人物、語言都由「戲劇動作」生長、模擬出來（姚一葦，《戲劇原理》，頁97～112，書林出版社，1992‧02）。傳統戲曲的分線依據，也可從「戲劇動作」著眼。要言之，傳奇劇本的副線情節雖依附主線情節，卻與主線情節分屬不同的戲劇動作。

〔註12〕呂效平，《戲曲本質論》，頁112～120，南京大學出版社，2003‧09。

此於下節論述改編本時一併討論。

以「排場〔註13〕」的角度來看,第一部分排場經營,由於情節分為前後兩段,又基調相同,難以相互穿插調劑,因此排場靜鬧文武輕重的區分,僅能藉由分場次序以及輕重不同的處理,呈現出具有層次感的安排。

首先看第五出〈摧花〉。熊友蕙一段情節由第三至第七出,其中的第五出〈催花〉是蘇戍娟一家背景的交代,由全劇情節發展看來,此出移至第七、第八出之間也未嘗不可,然而作者特別將這一出往前挪,應當有兩個理由:其一、第四、六、七出都以小生、小旦為主,若將第五出後移,小生、小旦負擔過多;其二、情節一貫而下,雖可一暢觀眾耳目,然第四出熊友蕙得到金環,並購得鼠藥,營造出一個懸念——金環到馮玉吾店中一被認出如何是好?鼠藥又如何使用?——在〈餌毒〉即獲得解決,如此一來,觀眾的懸念沒有獲得適當的延續,戲劇效果便大打折扣。因此,把〈催花〉置於〈得環〉與〈餌毒〉之間,一方面小生、小旦得以暫歇片刻,一方面則吊一吊觀眾的胃口,延續〈得環〉營造的懸念,是相當細膩的安排〔註14〕。其餘分場完全按照情節一貫而下,而其中輕重處理的不同,起了「調劑聆賞」的作用,在此以第七出〈陷辟〉及第十一出〈如詳〉為例,此二出同樣是寫過于執審案,處理方法卻有明顯的不同。〈陷辟〉用南曲【風入松】套〔註15〕,共八曲,寫熊友蕙、侯三姑辯冤,以及過于執自我揣想案情,導致冤獄的發生。此出用許多筆墨突顯過于執的主觀,尤其熊、侯二人都有大段唱唸,明白指出案情

〔註13〕此處參考張敬《明清傳奇導論》第四編第一章〈傳奇分場的研究〉(頁109〜131,華正書局,1986‧10)、曾永義〈說「排場」〉(《詩歌與戲曲》,頁351〜410,聯經出版社,1988‧04)對「排場」的分類。筆者認為,「排場」之說主要針對的是戲曲節奏緩急、輕重、冷熱的安排,故此處排場之分析亦參考(美)凱瑟琳‧喬治《戲劇節奏》(《外國戲劇理論小叢書》,中國戲劇出版社,1992‧04)與姜永泰《戲曲藝術節奏論》(文化藝術出版社,1990‧07)

〔註14〕王世德,《十五貫研究》提到:「在寫侯、蕙一線的第四出〈得環〉和第六出〈餌毒〉之間,插入一場第五出〈摧花〉,細寫游蘇父女吵架,然後到第九出〈竊貫〉,才接寫游、蘇一線的故事,使傳奇顯得頭緒紛雜,冗長分散。」筆者認為,此種安排一方面不足以作為「頭緒紛雜」的例證,一方面經過上面的論述,可知如此安排的必要性。(頁45〜46,上海文藝出版社,1981‧01)

〔註15〕吳梅,《南北詞簡譜》【急三槍】後註云:「凡用【風入松】或一曲或二曲,即以一【急三槍】閒之,臨完仍以【風入松】或一曲或二曲結尾,不可亂也。」(頁541,學海出版社,1997)。

不合理之處，過于執卻仍固執己見，認定熊、侯私通，最後刑求逼迫二人招認，如此藉著對事件的反應，將過于執剛愎自用的性格寫的淋漓盡致。此出唱念做都有相當的份量。〈如詳〉寫過于執審熊友蘭一段冤獄，熊友蘭、蘇戌娟二人用同一支【紅衲襖】伸冤，其餘是過于執對此案的判斷，全出僅用三曲，相當短小，可視爲「半過場」。同樣是過于執審案，處理手法卻有明顯不同，有以下兩個原因：

第一、從前後二出來看。〈陷辟〉前後爲〈餌毒〉、〈商助〉。〈餌毒〉場上雖只有三人，然此出承〈得環〉而來，是熊友蕙一線的情節高潮，金環與鼠藥的懸念在此解決，作者將此出寫的緊張且驚心動魄。〈商助〉則是熊友蘭一段情節的開頭，屬於文靜場面。〈陷辟〉介於此二出之間，主要針對〈餌毒〉，一方面得延續其緊張情緒，一方面又必須具有收煞的作用，且置於〈商助〉之前，不能過于簡單文靜，以免冷場。〈如詳〉前後爲〈誤拘〉、〈獄晤〉，前者是錯認、巧合的關鍵，後者是第一部分的情感高潮，大段的唱腔具有濃烈的抒情意味，兩出份量都頗重，中間若仍安排正場，便缺少了調劑。

第二、以人物和情節來看。過于執是本劇關鍵角色，〈陷辟〉爲過于執首次出場，必須完整表現其性格。〈如詳〉情節與〈陷辟〉大體相同，而過于執的性格已於〈陷辟〉呈現，爲避免重複瑣碎，此折於是簡單帶過。

由此可知，《十五貫》對於排場的經營是相當細膩的，部分學者認爲熊友蕙一段情節造成全劇「頭緒繁多」，經由上面的論述，一方面此兩段情節互爲因果，不能單純視爲複線情節的穿插，二方面作者對於分場及輕重處理具有層次感的安排，可發現《十五貫》不僅沒有頭緒繁多的毛病，相反的，更應該重新思考《十五貫》情節的單線脈絡是否過於單一，缺少如其他傳奇劇本分線情節所構造出的豐富多彩。

2. 第二部分

由第十三出至第二十出，爲第一部分冤獄的解決。其中第十三出〈夢警〉是全劇轉折的關鍵，後半段的戲全由此折引出，因此作者將之安排在上卷最末一折，爲「小收煞」之處。陸萼庭對於明末清初表演機制的描述，與李漁《閑情偶寄》對於「小收煞」的提示可以相互映證，前者認爲「明末清初，

一場演出約在十五齣至二十齣左右，全本戲有三十齣或四十齣，可分兩天演完〔註16〕」，一方面是首日演出的最末一出，一方面則為引起觀眾的懸念、激起觀眾的期待，因此李漁提到：「宜緊忌寬，宜熱忌冷，宜作鄭五歇後，令人揣摩下文，不知此事如何結果〔註17〕」既然宜緊、宜熱，一則不宜過長，二則唱曲不能過多，三則場上人物不能太少。此出於〈獄晤〉（即〈男監〉）之後，〈獄晤〉用雙調【新水令】·【步步嬌】南北合套，生、小生二人唱曲十二支，是相當抒情的一折，〈夢警〉接在此折之後，形成不同的風貌。〈夢警〉背景為新官上任，與前折悲悽的基調完全相反。此折一開頭隨著淨扮蘇州城隍廟廟祝一段交代，況鐘上場，場面極為熱鬧：「外吉服、蒼頭上，生吏、丑門子、小旦上，旦、小生末、皂快送上，付禮生、傘夫上」，場上共有十多人，極為熱鬧。此折僅唱四曲，表演的重點在於唸白和做功，主要是中間一段夢境，暗示熊氏兄弟之冤獄。由此看來，此折完全符合了上段李漁的敘述，又與前一折比較，更可看出作者對於「排場」經營的用心。

此第二部分結構有幾個甚為明顯的特徵：

第一、此部分並無旁出枝節，戲劇動作始終為兩起冤獄的翻案。

第二、戲劇動作的推進，是一種「倒轉」的形式。第一部分冤獄已定，所有第一部分所引起的錯認、巧合，在此獲得初步的解決，可視為一種「平衡」的狀態。第二部分開始對這種平衡逐步破壞，從〈夢警〉對冤獄的暗示，〈夜訊〉況鐘明白二起確是冤獄，〈乞命〉為翻案做準備，再至〈踏勘〉、〈廉訪〉的翻案過程，重新回到了冤獄的起點。

第三、時間的相對集中。與第一、第三部分相比，此處時間的推進顯的相當緊湊，第十四、十五、十六等三出一貫而下，時間上沒有任何間隙。第十七、十八、十九等三出，縱有間隔，但根據劇本上的描述，大致相距不遠。由此可知此第二段時間的集中。

此部分可視為「時間集中型〔註18〕」的結構，「時間集中」結構本是針對西方戲劇而言，這種結構由於「前史」在舞台上是不演的，上述的層層「倒轉」，主要重點在於逐步開展「前史」。然而《十五貫》相對於「前史」的事

〔註16〕陸萼庭，《崑劇演出史稿》修訂本，頁150，國家出版社，2002·12。
〔註17〕李漁，《閒情偶寄》，頁63，浙江古籍出版社，1991·08。
〔註18〕姚一葦，《戲劇原理》，頁195～209，書林出版社，1992·02。

件已於第一部分清楚呈現，因此對觀眾而言，這種逐步「倒轉」的欣賞重點並不在事件本身，而在於事件如何被揭示，也就是況鐘藉著什麼方法回溯事件。作者在此在合理的範圍之內，既「奇」且「巧」的描述了整個破案過程。首先是雙熊入夢，繼而勘查馮玉吾與熊友蕙家，無意間發現牆腳鼠洞，偵破熊友蕙一件冤獄，隨後假扮江湖術士，於城隍廟巧遇陶復朱與婁阿鼠，經過一段精采的測字，終於明白此案。此中之奇巧，不僅在於雙熊入夢，最精采的莫過於巧遇陶、婁二人議論熊友蘭冤獄，以及隨後一段測字，由「鼠」字生出種種說法，緊扣著案情，終能騙得婁阿鼠入獄。

3. 第三部分

這部分從第二十一出到第二十六出，全劇主要情節在前兩個部分已經結束，此部分的附加，僅為了滿足傳統大圓滿結局的慣例〔註 19〕。作者對於這部分的處理，從情節的合理性出發。既然最末終將導致〈雙圓〉的結果，則如何合理的把情節導向〈雙圓〉，是重要的問題，因此作者設計了雙方拒婚的衝突，再由況鐘暗中撮合。這部分情節重點環繞在「拒婚」一事之上，第二十三、二十四出，分別是熊氏兄弟與二女拒婚，第二十六出開頭再度敷寫一次，強調雙方因冤獄一事，為免落人口實而堅決拒婚，這種處理正是針對觀眾容易認為不合理的地方。

第三部分的幾出份量都較為短小，一方面由於戲即將結束，本不宜旁生枝節，因此僅在「拒婚」一事上做文章，內容有限，舖寫太多反而顯的瑣碎；另一方面，隨著即將進入尾聲，加快節奏，對於「大收煞」具有逐步推向高潮的緊張與期待。此處節奏加快反應在以下幾個地方：

1. 各出份量的縮減。每出交代完隨即進入下一出，給人目不暇給之感。
2. 唱曲少，以念白為主。除第二十四出唱曲略多，並以兩位旦角為主，呈現出與前後幾出較為不同的面貌，使第三部分情節略為緩和。其餘幾出都以念白為主，情節進行的速度較快。
3. 衝突的連續。除了第二十二出〈考試〉，每一出都安排了衝突緊張，第二十一出熊氏兄弟與馮玉吾的見面，第二十三出與過于執的見面，由於冤獄主要為二人造成，熊氏兄弟與二人的關係本身即存在緊張成分，作者如此安排顯然意欲解決這種衝突關係，因此藉由「見面」這

〔註19〕黃天驥、陳壽楠編，《董每戡文集（中卷）‧五大名劇論》，頁 307～314，廣東高等教育出版社，1999。

一行爲，直接挑起衝突，並隨即因熊氏兄弟的諒解，解決了雙方的衝突。又第二十三、二十四出爲二生、二旦拒婚，爲另一起新的衝突。此部分衝突點不斷被引起，又隨即解決。以戲劇節奏的角度來看，這種安排在節奏上有加快的效果〔註20〕。

以上是第三部分在情節安排上的特色。

作爲分析改編本的基礎，以上的論述顯示出改編本所必須克服的問題，最主要的問題便在於，第一部分視爲兩線的情節既然爲「不可剝離的因果式關係」，改編本演出時間的限制，該如何處理二段情節，才能維持結構的完整，並達到最好的戲劇效果。實際上在《十五貫》的改編過程中，首先遇到的就是這個問題，改編者大膽的刪去了熊友蕙一線，如此處理，接踵而來許多因刪去熊友蕙一線而產生情節上的問題，造成戲劇整體必須做大幅度的翻修。這些問題留待下一節論述改編劇本時一併討論。

第二節　《十五貫》改編劇本分析

一九五五年，浙江省宣傳部副部長兼文化局長黃源、浙江省宣傳部文藝處長鄭柏永看了浙江省崑蘇劇團演出的《十五貫》，認爲符合共產主義政策方針，因此組織《十五貫》改編小組，由陳靜主筆，加入了周傳瑛、王傳淞、朱國梁等人，以浙江崑蘇劇團的演出本爲基礎進行改編〔註21〕。從原作到改編本，《十五貫》由原來的二十六出整編爲九場戲，刪去了熊友蕙、侯三姑一

〔註20〕（美）凱瑟琳・喬治（Kathleen George）在《戲劇節奏》一文中提到「交替的緊張和鬆弛是節奏的根本」（頁4，中國戲劇出版社，1992・04）。此處衝突點即是「緊張」的部分，接連出現衝突點，緊張與鬆弛迅速的交替，造成快節奏的效果。

〔註21〕關於《十五貫》改編歷史，參考周傳瑛口述、洛地整理，《崑劇生涯六十年》（上海文藝出版社，1988・07）、洪惟助主編，《崑曲演藝家、曲家及學者訪問錄・張嫻、黃源》（頁73～80、頁373～376，國家出版社，2002・12）、李堯坤，〈咬定青山不放鬆——論陳靜的劇作〉（《藝術研究》第八輯（總17），頁81～103，浙江省藝術研究所，1988・02）、吳戈，〈浙江戲曲五十年〉（《戲文》1999第4期，浙江省藝術研究所，1999・08・15）以及本文2003年12月對張世錚、龔世葵的訪問。本節使用劇本如下：《十五貫》，1953年崑劇初改本，現藏於國立中央大學戲曲研究室；《十五貫》，1977年9月本，現藏於國立中央大學戲曲研究室；《十五貫》樂譜，浙江崑劇團1977年12月印，現藏於國立中央大學戲曲研究室；王文章主編，《蘭苑集萃——五十年中國崑劇演出劇本選・第一卷》，〈十五貫〉頁1～54，文化藝術出版社，2000・03。

段情節，加入了部分情節，以補充刪去情節後不完整之處，並加強主題的表
現。以下從主題、情節結構、人物塑造三個方向切入分析改編本。

一、主題與人物塑造──思想的轉變以及人物的典型化

　　劇作家的基礎觀念（Root idea）反應在主題上，影響到全劇的情節、結構
以及人物刻劃〔註22〕。一九四九年後，中共大舉進行戲曲改革，戲劇作品的
內容被要求符合其政策方針，因此，這個時期大量出現以「批判傳統封建思
想」爲主題的作品〔註23〕，浙崑《十五貫》改編本正是這種政治風氣的產物。
改編者的基礎觀念已與原作不同，由「尙奇」轉而成爲「批判主觀主義、崇
尙實證主義」，因此情節雖大體相同，卻有不同的重點被提出，其價值取向的
建構，主要藉由「對比」、「衝突」、「嘲諷」三種手法的「暗示」〔註24〕，以
成功達到觀眾對於劇中政治行爲人物的「認同」〔註25〕，這種認同關係
（identification），即爲「傳播可能及影響行爲的一個基本要件〔註26〕」。

　　回顧《十五貫》改編的歷程可以發現，最早促成改編的黃源、張宗駿以
及改編主筆陳靜等人在檢視《十五貫》的過程中，是以「馬克思主義」、「毛
澤東思想」這一特定標準對戲劇作品進行篩選〔註27〕。這層政治需求導致主
題思想從「奇冤」變成了「反對主觀主義、官僚主義」，並要求符合「現實主
義」、「唯物主義」。主題思想較原作已有根本的改變，既然標榜實證主義，反
對主觀主義、官僚主義，則原作強調的重點不僅對於新的主題思想沒有幫助，
其中如〈夢警〉一出更被稱爲「封建思想的糟粕」，有害於新主題的呈現，因
此改編者爲突出新的主題思想，把衝突點從十五貫與鼠禍，轉而置放於況鐘、

〔註22〕 勞遜，邵牧君、齊宙譯，《戲劇與電影的劇作理論與技巧》，頁228，中國電影
　　　　 出版社，1961。
〔註23〕 關於中共戲改政策及歷程，請參閱緒論〈研究範疇〉。
〔註24〕 張信業，《戲劇的政治社會化功能》，頁83～98，黎明文化事業公司，1982・
　　　　 10。
〔註25〕 王洪鈞在《大眾傳播與現代社會》認爲：「娛樂如過分使用，可使人在思想及
　　　　 行爲兩方面受到影響」，並提到：「受播者透過故事、文章、電影廣播裡成功
　　　　 人物的『認同』作用，可驅除其無力感及不安全感，此項認同作用可使受播
　　　　 者感到有成就；可爲受播者內在的壓迫及迷向的衝動提共了一扇太平門。」（上
　　　　 冊，頁158～159，台北市新聞記者工會，1975・09）
〔註26〕 馬起華，《政治行爲》，頁408，台灣商務印書館，1978。
〔註27〕 洪惟助主編，《崑曲演藝家、曲家及學者訪問錄・黃源》，頁373～376，國家
　　　　 出版社，2002・12。

熊友蘭、蘇戍娟以及過于執、周忱之間，強調雙方的對比衝突，由此對過于執、周忱進行強烈的嘲諷批判。

欲達到主題的呈現，改編本對過于執、周忱的嘲諷批判，實際目的不是針對個別人物，而是人物所代表的「主觀主義」及「官僚主義」，因此人物的性格及動作必須能夠表現這兩個概念。西方戲劇自亞里斯多德以降，有強調戲劇人物「普遍性」的主張，也就是劇中人物具有某類人物的普遍性，或可稱之爲人物的「典型化」。姚一葦提到「人物意念化」，認爲：「無論事勇敢還是虛僞，都是人類所創造的一種意念、一個抽象名詞，那麼這個人實際上就變成了這個意念的化身，或者說這個抽象名詞的代表，這就是人物的意念化。〔註28〕」因此所表現出「人與人的衝突」，實際上就等於是「意念與意念的衝突」。因此人物的「意念化」，實際上等於使「人物」性格行爲中傳遞出作爲「意念」的表示。然而過度的意念化，造成人物性格朝向單一與絕對的發展，姚一葦提到：

> 人物意念化的極至，就是將所有好的名詞都集中在他身上，沒有任何缺點，就成爲我們一般所謂的好人。這種好人實際上是人所創造出來的，那部是眞正的人而是神，反過來，如果我們將所有的缺點都放在一個人身上，使他成爲一個集邪惡之大成的人，也就是我們所謂的壞人，這種壞人，也不是眞正的人，而是魔鬼。〔註29〕

這段文字反映了一個問題，可以作爲檢視改編本人物設計的重點，即當「人物」與「意念」等同，「人物」失去了作爲一個人的複雜性，不再是一個眞正的「人」，而是作爲一種單純的「意念」，這種爲表「意念」而寫「人物」的創作，容易使人物成爲某種意念的標籤。改編本注意到原作中上述隱藏於況鐘與過于執、周忱之間衝突所可能指涉的意涵，於是明確抓出了這當中所表示「意念」上的衝突，進而將這些「意念」落實在況鐘、過于執以及周忱三人身上。

「意念」的落實與主題的提出有密切的關係。改編者把劇分別把況鐘、過于執及周忱，朝「實證主義」、「主觀主義」及「官僚主義」三方面予以典型化，由此透過情節事件的安排，強調對過于執及周忱的批判。爲使情節安排能夠產生批判效果，改編者運用了「對比」、「衝突」、「嘲諷」三種手法。其中「對比」與「衝突」指的是同一組事件人物，「對比」分別表示衝突雙方所處的地位環

〔註28〕 姚一葦，《戲劇原理》，頁 71～79，書林出版社，1992・02。
〔註29〕 姚一葦，《戲劇原理》，頁 71，書林出版社，1992・02。

境，「衝突」則著重在雙方之間的關係，對比雙方一旦確立，「嘲諷」隨即產生明白揭示主題思想的作用。以下分別就「對比」、「衝突」、「嘲諷」三者討論《十五貫》改編本的主題建構，並同時分析改編本如何塑造人物。

　　對　比

　　新主題建立的基礎，在於對比雙方的成立。改編本所呈現的對比雙方，一方以況鐘為代表，表示注重客觀實證、為民請命的官員，一方則以過于執、周忱作為主觀主義與官僚主義具體化的形象。

　　況鐘在劇中代表的是「實證主義」，屬於正面主題的表現，在主題的呈現上，必須符合二個層面的要求，外為「實證主義」；內則必須使觀眾產生認同。以況鐘所表現的正面主題，反映在整個判案踏勘的過程，成為強調況鐘審案重視理性客觀的判斷以及實際證據的收集。改編本況鐘的人物形象塑造，最為人注意的是第四場《判斬》中三次提筆欲判卻又判不得的心理矛盾。然而必須考慮的是，必須由全劇況鐘的人物形象，重新檢視這個心理矛盾的安排是否有益於人物的塑造，抑或削弱人物形象。況鐘上場之前，禁子道出況鐘是「出名的愛民如子，包公再世」，此比喻透露出況鐘與包公在人民心目中的同質性，以此作為樣本塑造況鐘形象。這樣的形象在明白熊、侯二人確有冤情之後，面臨心理上的矛盾有何意義？從改編本看，況鐘思考的問題有兩個，一為「我乃奉命監斬，翻案無權柄」，一為「部文已下，怎好違令行」，這兩個問題的重點在於應不應為已確知的冤情翻案，同時揭示意欲翻案直接遇到的兩個問題。改編本心理矛盾的設計站在人物思考問題合理性的角度，由此亦顯示出況鐘性格中善於思索的一面，與後面〈疑鼠〉、〈訪鼠〉處理案情的態度方法形成照應。由此可知況鐘這一形象的塑造不僅具有典型意義，且兼具了作為一個人物的合理性及複雜性。

　　對立的另一方為過于執、周忱，此部分主要表現的是反對「主觀主義」、「官僚主義」的部分。周忱只在第五場〈見都〉出場，其官僚主義表現在不理民冤、只圖為官安穩的態度上。

　　改編本以過于執作為「主觀主義」具體化的形象，則劇本中有關於過于執的情節，以體現「主觀主義」為主要目的，在劇中的戲劇動作主要是過于執不顧熊友蘭、蘇戌娟的辯解，完全由個人臆度，認定案情原委。而後為了強調衝突，在〈踏勘〉一場，況鐘到案發場地重新勘驗，過于執在一旁反覆重申勘驗的無用。此處為了塑造負面形象，以達到所謂「批判」的目的，自

然必須利用各種處理方法使觀眾對「主觀」產生反感。因此改編者在「主觀」之上，附加了許多旨在造成反面效果的元素。這種意圖先是反映在第三場〈被冤〉過于執「想當然爾」的判斷案情，到了第六場〈疑鼠〉，過于執先是認為「真兇實犯俱已拿住，何必多此一舉」，而後先是發現散落的半貫銅錢，繼而發現灌鉛的骰子，過于執對這些證物純為臆度的解釋，已不僅僅由「主觀」造成，甚至是剛愎自用、近乎愚昧的。這種處理方法正是利用觀眾皆已明白案情的情況下，使「主觀」造成「錯誤」以呈現反面效果。然而這種寫法卻導致了意念主導人物的塑造，改編本多處顯出了因過於強調為符合「意念」導致情節的不合理處，如〈被冤〉一場熊友蘭實已道出與蘇戌娟因何相遇，要求證並不困難，過于執卻仍固執己見予以駁斥，而駁斥之後熊友蘭並未近一步辯明，僅說了「冤枉難招」四字。再如〈疑鼠〉一場過于執對證物屢屢妄發議論，自然是漏洞百出。顯然為加強諷刺過于執因主觀造成的判斷錯誤，卻因此造成過于執這個人物塑造過於單純化。

群眾角色在劇中佔有舉足輕重的份量，若以況鐘表示對「現實主義」、「實證主義」的揭示，過于執、周忱表示對「主觀主義」、「官僚主義」的批判，那麼群眾角色則是加強暗示觀眾劇中所欲確立的價值觀取向。所謂的群眾角色主要是蘇戌娟的若干鄰人，即秦古心等人。改編者陳靜認為劇作應：「表現了人民勤勞、勇敢、智慧、善良的性格；表現了人民為要擺脫被壓迫、被奴役的處境所進行的正義鬥爭；表現了人民對自由、幸福、合理生活的渴望﹝註30﹞」，並且剔除「錯誤的描寫」，即「人民群眾的形象被簡單化了，有的被損害了、貶低了、甚至醜化了﹝註31﹞」的部分，因此站在改編者的立場，群眾角色自是不容抹黑。改編本中群眾角色表現出看待案情的理性審慎，如第三場〈被冤〉過于執與眾鄰人的對話：

> 過于執：啊，熊友蘭所帶之錢，也是十五貫嗎？
>
> 眾鄰人：是的。
>
> 過于執：他們二人又是一同行走？由此可見，熊友蘭與蘇戌娟一定
> 　　　　是通姦謀殺無疑的了。
>
> 眾鄰人：這……小人不敢亂說。

﹝註30﹞陳靜，〈關於傳統劇目「推陳出新」的對話〉，《劇本》1980年9月號，頁37～41，中國戲劇出版社，1980・09・28。

﹝註31﹞同上。

在此之前的第二場〈受嫌〉，劇本中雖注明「疑信參半」，但在此前眾鄰人追趕到蘇戍娟，發現其與熊友蘭相偕而行，並發現熊友蘭身上的十五貫銅錢之後，一段念白道：「勾結姦夫害父親，盜取錢財想逃奔。如今雙雙被捉住，你要脫身難脫身」大體上似乎已是明白了案情始末，可說信者多、疑者少。到了第三場卻又語帶保留的說「小人不敢亂說」，表現群眾角色反較過于執理性，實欲與過于執的主觀判斷造成強烈的對比，如此一來在觀眾全知觀點之下，決定其對場上人物的好惡心態，進而達到批判效果。第六場〈疑鼠〉，有一段況鐘、過于執與群眾角色的對話，更是產生了一種明確對立的趣味。這段對話由況鐘等人發現地上的半貫銅錢開始：

> 過于執：依大人之見，這半貫錢是從何而來的呢？
>
> 況　　鐘：我也正在納悶，這半貫錢，是從何而來的呢？
>
> 秦古心：依小人看來，這半貫錢，也許就是十五貫裡面的。
>
> 鄰人甲：怎會掉下半貫呢？
>
> 鄰人乙：也許是兇手殺人之後，手忙腳亂，把錢散落了。
>
> 鄰人甲：可是那兇手身上，十五貫錢，並沒有分文短少啊！
>
> 鄰人丙丁：也許那捉到的兇手，並不是真的兇手。
>
> 秦古心：那熊友蘭只怕是……
>
> 過于執：那熊友蘭只怕是不知床後有錢，若是知道，也就順手帶去了。
>
> 況　　鐘：（對皂隸甲）將錢拾起存案。

此段對話幾乎揭明了整個案情，況鐘在尤葫蘆家中發現重要證物，實已洗刷了熊友蘭的冤情，此處一段推理，不由況鐘而藉由眾鄰人的對話道出，把群眾角色與況鐘的立場拉到同一邊，加強了觀眾的認同，並安排過于執不合情理而荒謬的一段推測，以拉開了雙方的距離，使主題更為明顯的呈現在這種對立之中。

另外，基於主題的考量，改編者甚至以挑起階級對立，使觀眾對群眾角色產生「認同」。改編本許多地方都可以見到這樣的暗示，如熊友蘭上場唱【粉孩兒】：

> 家貧寒，少衣食，難養雙親，靠為人幫傭，苦度光陰。**主人經商家**

> 豪富，我爲他，受盡苦辛，終日裡，買貨賣貨，爲主人，賺取金銀，
> 走遍了蘇杭湖廣皖贛閩，販遍了綾羅藥草海味山珍。

這裡挑起了「主」與「僕」的對立，言明了主人家的豪富，端賴我等僕役終日辛勞，然而我等雖終日辛勞，卻仍「家貧寒，少衣食，難養雙親」。這種寫法，正是挑明對立，欲使一般群眾對這些人物達到認同的手段。再如秦古心在第一場婁阿鼠盜貫殺人之後上場，原作一段唸白：「老夫秦古心，昨日許了游二官，與他收分作賀。今早再去與他說聲，好傳與眾鄰家知道。」改編本改爲四句：「親幫親，鄰幫鄰，富幫富，貧幫貧。」如此將純爲表示動作目的的念白，改成了直接強調貧富間的對立，其目的也是不言而喻的。

衝 突

衝突是戲劇構成的要件之一，對立雙方衝突愈是強烈，劇作者所欲傳達的主題便愈是明白，也更容易達到所欲產生的效果。從《十五貫》改編本的主題思想來看，劇中的衝突表現在兩個方面，一是況鐘與過于執之間，一是況鐘與周忱之間。另外，婁阿鼠於〈竊貫〉一場中盜取尤葫蘆十五貫銅錢的爭執，雖然也是戲劇衝突的表現，然而這一場正如同李漁所說的「主腦」〔註32〕，用以引出全劇主題，並有塑造戲劇情境的作用，與主題的表現並無直接關聯，故此處不加贅述。

況鐘與過于執的衝突，是改編本所欲強調的重點之一，改編者此處著墨甚多，首先分別敘述二人對案件觀感以及處理態度的不同，藉此突顯二人的對比，進而安排兩人直接衝突的場面，即第六場〈疑鼠〉。〈疑鼠〉一場純爲作者所加，原作寫況鐘與過于執處理案情的對比，批判過于執主觀成分少，反而因安排過于執派人蒐證無功而返，以呈現此案實爲「奇冤」。因主題已有

〔註32〕關於「主腦」一詞的定義歷來相當分歧，此處參考姜永泰《戲曲藝術節奏論》，頁34～59，文化藝術出版社，1990‧07。洛地〈「立主腦」、「減頭緒」──戲曲創作中的兩種手法〉（《藝術研究資料》，頁168～192，浙江省藝術研究所，1983‧12）。如洛地文中所說，所謂的「主腦」爲「作者創作劇本開始的構思與設計」、「全劇故事進展的樞紐性情節」，姜永泰也提到「作爲一本戲的『主腦』，雖然是作者的立意之所在，但並不就是作品的主題思想之所在；因爲它只是作品主題思想最接近成熟的孕育體，但還不是作品主題思想的直接表現」、「作爲一本戲的主腦……卻是屬於情節發展樞紐的地位」，其目的在於「引起觀眾的更具體的期待」。簡言之，「主腦」即是整齣戲即將進入主題的關鍵，作用在於引出全劇主題。因此更進一步來看，所謂的「主腦」也有建構戲劇情境的作用。

不同，況鐘、過于執的衝突是改編本藉以揭示主題的重點，若單純寫兩人看待案情的態度，僅有對比之效，缺乏實際衝突，主題便難以呈現。〈疑鼠〉寫況鐘與過于執的衝突，屬於意念與意念的衝突〔註33〕，表面上兩人雖然沒有針鋒相對，卻使整場戲產生緊張的態勢。過于執對證物的主觀臆度，與況鐘因證物一層層揭開案情成爲對比，衝突亦由此而來，最後一支【劉潑帽】將兩人衝突表面化，這場戲隨即結束。值得注意的是，在這場戲中過于執屢屢處於劣勢，主觀的猜測隨即被揭穿，因此衝突性不強烈，嘲諷過于執的成分反而較高。

　　況鐘與周忱的衝突表現在第五場〈見都〉，這一場寫況鐘得悉兩件冤獄，連夜前往轅門面見都爺，而周忱卻良久不出，且見面後也不理冤情，直待況鐘拿出皇帝親賜璽書，方有轉機。歷來演〈見都〉〔註34〕一折，大體與原作第十六出〈乞命〉相去不遠。這一場衝突的安排可分爲前後兩段，前段寫況鐘欲見周忱受阻，後段寫請命受阻。前半段情節脈絡爲夜巡官通報──被拒──擊鼓──都爺出，其間衝突不強，未足以顯示周忱官僚之處。改編本此處則有更多著墨，其情節脈絡爲夜巡官通報──被拒──擊鼓──再被拒──中軍再次通報──入廳──久候（唱【石榴花】）──都爺出。此處三寫況鐘欲見周忱遇阻，並明示阻力來源於周忱，第一次被拒僅簡單說「太爺請回，明日早堂相見」，第二次擊鼓卻傳來「都爺有令，問是何來魯莽小民，亂擊堂鼓。若有狀紙，先打四十，等候傳問。若無狀紙，加倍重打，趕出轅門。」第三次則透過況鐘唱【石榴花】明白揭示「<u>今方知，光陰貴，勝過黃金千萬。侯門深似海，見貴人，如此艱難。</u>」愈是寫況鐘的急切，周忱的官僚心態便愈是突顯，屬於一種「反面襯托」的手法，其中更挑出「侯門」、「貴人」，以區分其對比，並有暗示觀眾政治價值取向的用意。後半段則是直接寫周忱與況鐘的對話，此段改編本與原作、折子戲大體相同，然而改編本將原作中況鐘所提到「民爲貴，社稷次之，君爲親」的概念擴大，況鐘處處強調民眾百姓的重要，而周忱卻屢屢推託不允，從「三審六問，鐵案已定」，到「所轄州縣甚多，國家大事，尚且無暇一一料理，這小小案件，難道還要本院親自詳細審問不成。」再到「不在其位，不謀其政」的論調，最後諉推官卑職小，

〔註33〕衝突的分類，參見姚一葦《戲劇原理》，頁61～71，書林出版社，1992‧02。
〔註34〕參見《納書楹曲譜》，頁2025～2028；《集成曲譜‧振集》卷七，頁983～991；《綴白裘》頁897～907。

不願「節外生枝惹是非」，衝突在對話中愈趨尖銳。且況鐘立場堅定，周忱四次不允閃爍其詞，分明不願生事，更顯官僚作風。

嘲　諷

C.R. Reaske 在《戲劇的分析》提到：「劇中人物的動作和他自己有關，但他卻懵然不覺，而觀眾卻了然於心，這即我們所謂的戲劇的嘲弄」隨後又提到「劇中人與觀眾所知道的內容真相不成比例，戲劇的嘲弄即從而產生。劇中人是當局者迷，而觀眾卻旁觀者清。把這二種情況加以對比，嘲弄的效果於焉產生了。〔註35〕」，S.W Dawson 述及反諷也認為：「只要觀眾明白了某件事情，而劇中人物至少有一個卻不明白這件事情時，反諷便產生了。〔註36〕」這幾段文字說明了戲劇如何呈現嘲諷的效果。《十五貫》著意嘲諷的對象，是劇中代表「主觀主義」的過于執以及代表「官僚主義」的周忱，由於對比的設定已然呈現改編者的價值觀，「嘲諷」與對比及衝突雙方的出現同時產生，因此前面兩段分別論述改編本對於對比雙方以及衝突動作的設定，實際上已不得不涉及「嘲諷」。

此處就「嘲諷」的手法來看，改編者改編此劇的目的，為傳達其主題思想，並沒有意圖製造某種懸疑來加強戲劇效果，因此劇情明朗公開的一貫而下，而當觀眾了解案情，是非的判斷標準隨即產生，主題思想也於此彰顯。過于執與周忱兩人看待案情的態度以及認知，在這層標準之下是屬於錯誤的認知，將兩人置於錯誤的一面，並且在情節的進行中，使觀眾知道認識到造成錯誤的原因，即為「主觀主義」與「官僚主義」。因此改編本嘲諷的建立方式為：是非標準的建立（觀眾熟知案情）──→主觀、官僚對冤情判斷及忽視──→錯誤──→嘲諷成立。改編本為加強諷刺效果，有兩個重要前提必須確立：

1. 對比的強烈：由上述的是非判斷標準來看，過于執與周忱愈是主觀、官僚，離觀眾心中的這層是非標準愈遠，錯誤也就愈顯著且不合情理，嘲諷效果也就愈強烈。如第三場〈被冤〉，過于執問案全由主觀臆度，表面雖合情理，然而在觀眾明白案情的情況下，這樣的推論幾近荒謬可笑。且改編本刪去了原作過于執實際查案的動作，使審案過程更顯不合理，諷刺效果因此更為顯著。

〔註35〕C.R. Reaske，林國源譯，《戲劇的分析》，頁 109，成文出版社，1977・06。
〔註36〕S.W. Dawson，陳慧樺、范國生譯，《戲劇與戲劇性》，頁 51，黎明出版社，1981・10。

2. 案情的單純化：所謂案情的單純化，指破案與否只在一線之間，只要一經勘驗，案情隨即明朗。這是原作與改編本很大的差異，由此也呈現出二者中心目的的不同。原作案情充滿巧合，過、況二人皆實地勘驗，卻因巧合而有不同結果，隨後更因有〈夢警〉、〈廉訪〉兩出的巧合，使況鐘得以昭雪冤情，如此處理，顯示作者以寫奇冤爲主要目的。改編本則將案情單純化，過于執判案從主觀推論雖有邏輯上的完整，實際勘驗卻漏洞百出，由此強調了實證主義，並同時諷刺主觀主義。案情單純化集中在第六場〈疑鼠〉。改編者於此特別設計許多案情上的漏洞，這些漏洞爲原作所無，包括現場散落的半貫銅錢並一副灌鉛骰子，這些證物使案情昭然若揭，眾鄰居都因此而明白案情，只有過于執卻仍固執己見，全憑猜測編派這些證物，左支右拙，漏洞百出，充滿嘲諷意味。

經由上面的討論，改編者主題思想相當明確，強調「對比」，使得「衝突」更爲尖銳，且嘲諷有力而明確，清楚表現了改編者的價值觀。改編者以當時普遍的階級鬥爭觀點重新檢視《十五貫》原作，從中抽取符合時代意義的主題，如此一來卻不能試圖站在原作當時的角度看待作品，因而改編本《十五貫》演出後所引起的廣泛討論，主題方面，許多論者直指傳奇原作的疏失與糟粕，主要由〈夢警〉一出衍伸而出，認爲原作破案全靠神明指點，削弱了主題思想。如此評斷對原作雖然有失公允，然而這就整個大環境來看畢竟無可厚非。其他還包括

1. 認爲原作中部分情節，如第十五出〈夜訊〉唱詞：「得情合把人情賣」、第二十出〈恩判〉誇耀己功、最後與過于執攜手設計，撮合四人婚事等等情節，貶低、歪曲況鐘形象。

2. 認爲原作中過于執有調查研究的舉動，以及周忱被況鐘所感等情節，筆力搖晃散亂，是塑造過于執、周忱形像的缺點，不能貫徹批判過于執、周忱。

3. 描寫群眾有損傷之處，如寫熊友蘭道：「偏是你我的冤枉，分明是天造地設的一般，自家走到死路上去，這的是網羅自限呵」（第十一出〈獄晤〉），認爲顛倒是非，有損人物形象。

經由上面的討論，原作與改編本主題思想已有了根本上的差異，著重點的不同，對於同樣題材的處理也就產生了顯著的差異。主題思想本身有無優

劣之分，不是此處討論的重點，此處關注點在於主題思想如何被闡示。以上分別由「對比」、「衝突」、「嘲諷」三方面論述改編者如何呈現主題。雖然論述中認為《十五貫》改編本表現上有部份問題，然而就其編劇手法來看，改編者藉由人物表現某種意念，進而在衝突中表現其主題思想及人物性格，編劇手法上已不同於傳統劇本，在當時編演新戲的風潮下，這種新的編劇手法，象徵古老的崑劇改編適應新手法結構特色的第一步。

二、結構的完整──由串本「封閉式」到改編本「開放式」

　　《十五貫》改編本共分八場，分別是〈鼠禍〉、〈受嫌〉、〈被冤〉、〈判斬〉、〈見都〉、〈疑鼠〉、〈訪鼠〉、〈審鼠〉。現先將《十五貫》原作與改編本分出、分場的大致對應關係表列於下：

《十五貫》原作分出、出目、主要角色 〔註37〕			《十五貫》改編本分場標目、主要角色	
第一出	開場			
第二出	泣別	熊友蘭、熊友蕙		
第三出	鼠竊	馮玉吾、馮錦郎、侯三姑		
第四出	得環	熊友蕙		
第五出	摧花	蘇戍娟、游葫蘆		
第六出	餌毒	熊友蕙、馮玉吾、馮錦郎、侯三姑		
第七出	陷辟	過于執、熊友蕙、馮玉吾、侯三姑		
第八出	商助	熊友蘭、陶復朱、眾客商		
第九出	竊貫	游葫蘆、蘇戍娟、婁阿鼠	第一場：鼠禍	尤葫蘆、蘇戍娟、婁阿鼠
第十出	誤拘	熊友蘭、蘇戍娟	第二場：受嫌	熊友蘭、蘇戍娟、眾鄰
第十一出	如詳	過于執、熊友蘭、蘇戍娟	第三場：被冤	過于執、蘇戍娟、熊友蘭
第十二出	獄晤	熊友蘭、熊友蕙		
第十三出	夢警	況鐘		

〔註37〕主要角色依出場順序排列。

第十四出	阱淚	蘇戍娟、侯三姑		
第十五出	夜訊	況鐘、熊友蘭、蘇戍娟、熊友蕙、侯三姑	第四場：判斬	況鐘、熊友蘭、蘇戍娟
第十六出	乞命	過于執、周忱	第五場：見都	況鐘、周忱
第十七出	踏勘	況鐘、馮玉吾	第六場：疑鼠〔註38〕	況鐘、過于執、眾鄰
第十八出	廉訪	況鐘、婁阿鼠、陶復朱	第七場：訪鼠	況鐘、婁阿鼠
第十九出	擒奸	況鐘、陶復朱		
第二十出	恩判	況鐘、熊友蕙、侯三姑、熊友蘭、蘇戍娟、婁阿鼠	第八場：審鼠	況鐘、熊友蘭、蘇戍娟、婁阿鼠
第二十一出	請罪	馮玉吾、熊友蕙、熊友蘭		
第二十二出	考試	試官		
第二十三出	謁師	過于執、熊友蘭、熊友蕙		
第二十四出	刺繡	況鐘、況夫人、蘇戍娟、侯三姑		
第二十五出	拜香	熊友蘭、熊友蕙、況鐘		
第二十六出	雙圓	全		

　　正如范鈞宏所說：「主題思想體現於結構之中，不僅指的是主要情節，同時包括次要情節甚至某些細節在內。〔註39〕」傳統戲的改編，對原作的增刪亦須視改編本的主題而定。改編戲將原作刪改為一個晚上的演出本，無論是否從中提煉新的主題，都應從主題出發來思考情節的構製安排。《十五貫》改編本將原作中熊友蕙一段情節以及〈恩判〉以後六出全部刪去。〈恩判〉以後六出為大團圓收煞，即便在原作中也與主題沒有直接關聯，刪去並無影響。如第一節所述，熊友蕙、熊有蘭兩段情節互為因果，其中〈商助〉是熊友蘭

〔註38〕此場為改編本所加，原作並無與之對應的場出，故此處列於〈見都〉之下，不同於原作第十七出〈踏勘〉，特此標明。

〔註39〕范鈞宏，〈戲曲結構縱橫談〉，《戲曲藝術二十年紀年文集·戲曲文學、戲曲史研究卷》，頁7，中國戲曲學院編，中國戲劇出版社，2000·11。

一段情節的起因,刪去了熊友蕙一段,必須處理〈商助〉中熊友蕙一段情節的回顧。另外,正如許多論者注意到的〈男監〉一折(即原作〈獄晤〉)為《十五貫》的精采折子,刪去熊友蕙一段等於此折無法保留,甚為可惜。一九五三年的崑劇初改本面對這幾個問題,大體依據傳字輩二、三十年代演出的全本《十五貫》〔註40〕。初改本由〈商贈〉演起,以下為〈殺尤〉、〈皋橋〉、〈朝審〉、〈男監〉、〈判斬〉、〈見都〉、〈踏勘〉、〈訪鼠〉、〈測字〉、〈審豁〉等,共十一場,較早期十四折全本《十五貫》少了〈審問〉、〈宿廟〉(即原作〈夢警〉)、〈女監〉三折,已突出了熊友蘭一段情節,並刪去了神明托夢暗示的情節,由此大概可以知道初改本已較早期全本《十五貫》演出情節更為集中。

然而初改本對熊友蕙一段情節的處理並不恰當,主要是由於輕重處理的不一,造成這段情節在劇中的地位曖昧不明。

初改本將熊友蕙冤獄作為「前史」,於〈商贈〉一場中,藉眾客商之口交代這一段冤獄。然而原作〈商助〉的前後兩段串成一個完整的戲劇動作,始末清楚,前後相扣,且情節由鬆而緊,逐步推向冤獄的高潮。此處雖然意欲利用追溯的方式補充劇情空白之處,然而省略了前段的所有情節,直接由後段演起,卻仍免不了一個問題,即〈商贈〉雖是熊友蘭一段情節的開頭,卻已是屬於「進行中」的情節。因此全劇從緊張處演起,缺少開頭的舖墊,觀眾尚未進入狀況,便倏然進入另一段因陶復朱贈與十五貫的巧合之處,造成過於緊促的情況,縱使藉由眾客商之口進行補充,也僅能使觀眾了解前面發生了什麼,無法真正產生「引戲」的戲劇之效。故而此處理應引起觀眾好奇與期待的效果卻大打折扣。

初改本大體按照傳字輩演出全本《十五貫》的脈絡,上述的討論顯示兩個問題:一、《十五貫》在改編的過程中面臨選擇的困難。如同前面的論述,這兩段環環相扣的情節,刪去了熊友蕙一線,不僅作為全劇精華的〈男監〉一折無法演出,熊友蘭一段冤獄的成因也將受到關鍵的影響。二、考量到演出時間的限制,〈商贈〉一折已屬衝突的引爆點,因此初改本以前的《十五貫》「全本」演出,屬於被動的「封閉式結構」,這種結構本有其必須依循的基本原則,「串本」形式中折子戲本身的完整結構,難以反映出「封閉式結構」的特色與效果。

一九五五年改編本在情節上有不同的處理方式,主要是「大膽」刪去了

<hr>

〔註40〕桑毓喜,《崑劇傳字輩》,頁 179～180,《江蘇文史資料》編輯部,2000‧12。

熊友蕙一段情節，當時許多評論者認為，這種處理方法解決了兩條線索並行所造成冗長、頭緒繁多等問題。然而正如第一節的討論，原作兩段情節相互配合，戲劇動作一致，實無頭緒繁多之弊。因此刪去一線，除了適應演出的時間限制，實因情節集中於一線的需要，使主題更為突出。然而刪去了熊友蕙一段，勢必產生情節上的漏洞——主要在熊友蘭一段情節的起因以及況鐘勘查冤獄的過程。因此改編者重新設定了熊友蘭的背景，由父母雙亡、為弟出外賺錢的船夫，成了為客商主人買賣貨物的夥計，這種改動，一方面雖出自情節完整的需要，一方面也是根源於改編者重新創作時的主題思想，意欲突顯階級間的對立。然而這樣的處理在第二場〈受嫌〉熊友蘭上場就顯出弱點。熊、蘇二人偶遇是全劇的重要情節，而「偶遇」是一個簡單的過程，重點在於過程中必須呈現「十五貫」的巧合——蘇戌娟因尤葫蘆拿十五貫開的玩笑逃奔姨母、婁阿鼠偷盜十五貫殺害尤葫蘆、熊友蘭背負十五貫趕路，因此這段情節隱伏強烈的戲劇緊張，節奏的處理至為重要。原作能夠成功達到這個效果，關鍵便在於觀眾明白熊友蘭身負十五貫。〈竊貫〉、〈商助〉分別交代蘇戌娟、眾鄰人、熊友蘭三方因十五貫產生的戲劇動作。因此由於觀眾對劇情的全知觀點，「偶遇」的巧合自然構成三者的緊張關係，且三方同樣是急忙趕路，情節節奏承繼〈竊貫〉，構成一貫的完整性。然而改編本〈受嫌〉熊友蘭初次登場，觀眾於熊友蘭上場時不知其恰好身負十五貫，二人的偶遇也因此無法營造巧合所造成緊張的懸疑，不知情的觀眾僅能把這段情節當作一般的偶遇，而當眾鄰人檢視熊友蘭身上所帶的錢，才突然明白這層巧合，如此一來，眾鄰人趕上二人的戲劇效果大大減弱。

另外，原作中況鐘先勘驗了馮玉吾與熊家住所，明白案情後，微服尋訪，不意於城隍廟巧遇婁阿鼠；刪去了情節之後，改編者新增第六場〈疑鼠〉，藉由況鐘勘驗游葫蘆命案現場發現的幾件線索，不僅為突顯對主觀主義的批判而加，更填補了情節結構上因刪去熊友蕙故事而產生的漏洞，以引出〈訪鼠〉一段情節。

根據上表，改編本重新設計了部分情節，刪去了熊友蕙一線，由〈鼠禍〉（即原作〈竊貫〉）演起，從而解決了由〈商贈〉演起所造成缺乏開頭鋪墊的問題。從戲曲整體結構〔註41〕來看，〈鼠禍〉一出從尤葫蘆進場至蘇戌娟出門，

〔註41〕如王驥德《曲律‧論章法第十六》提到「作曲者，亦必先分段數，以何意起，何意接，何意作中段敷衍，何意作中段收煞，整整在目，而後可施結撰。」（《中

屬於「起」的段落，開頭簡短的舖墊大致交代全劇背景。婁阿鼠盜取十五貫及殺害尤葫蘆的過程是全劇的「樞紐事件〔註42〕」，由此帶出「中段敷衍」的情節。隔早秦古心發現尤葫蘆被殺，隨即帶入「中段敷衍」的部分。由此可知，〈鼠禍〉具備了「起」、「接」以及「中段敷衍」的開頭，很快的切入了情節中心。第八場〈審鼠〉爲收煞部分，這一場的情節構思是相當成功的，范鈞宏認爲此場的高明之處在於：「作者在觀眾已經可以料到的劇情之外，添入一個中軍奉周忱之命前來催問案情的情節，雖然這是一個小小的波瀾，但在況鐘平反冤獄的過程中，卻是對周忱之流官僚主義者哦一個辛辣的嘲諷，因而也能引起觀眾的興趣，比較飽滿地結束全劇。〔註43〕」要言之，即是造成了一種「餘味」的效果。然而全劇情節順序開展，整體處理卻必須分爲兩個層面來看，第一個層面是案情的推展，第二個層面是主題的呈現。主題雖然透過案情來呈現，然而爲清楚釐清情節結構，此處分析有必要把直接呈現主題的情節特別提出來討論。改編本主題「批判主觀主義、官僚主義，頌揚實證主義」在戲中直到第三場〈被冤〉過于執的審案初步揭示，此後第四、五、六場都是屬於主題的呈現。因此可以把全劇分爲三個部分：

1. 第一、二場：案情的敘述。
2. 第三到六場：審案的過程，彰顯全劇主題。
3. 第七、八場：冤案的解決。

情節分爲三個部分，不枝不蔓，清楚呈現一貫而下的脈絡，主題集中

國古典戲曲論著集成》，頁123，中國戲劇出版社，1982．11）。李曉《比較研究：古劇結構原理》認爲這種結構符合「中國傳統文學總的寫作規律」，即「起、承、轉、合的文法規律」（頁18～19，中國戲劇出版社，1989．01）；田雨樹〈也談戲曲結構〉（《戲曲藝術二十年紀念文集》，頁27～48，中國戲劇出版社，2000．11）也認爲這四段結構「符合戲曲情節發展的實際情況」（頁28）。此處討論的雖是傳統戲的改編，仍然符合此四段張法結構，如范鈞宏〈戲曲結構縱橫談〉（《戲曲藝術二十年紀年文集・戲曲文學、戲曲史研究卷》，頁1～26，中國戲劇出版社，2000．11）文中所論劇本都是近代新編、改編戲，也認爲「作爲一個戲來說，總不能離開這幾個階段」（頁20）。

〔註42〕關於「樞紐事件」的討論，參閱李曉《比較研究：古劇結構原理》頁18，中國戲劇出版社，1989．01；田雨樹〈也談戲曲結構〉提到「紐帶事件」，《戲曲藝術二十年紀念文集》，頁27～48，中國戲劇出版社，2000．11。二者所論大致相同，認爲「樞紐事件」（即田文「紐帶事件」）處於「起」的部分，或至遲在「接」（即田文「銜接」）的部分。

〔註43〕范鈞宏〈戲曲結構縱橫談〉，《戲曲藝術二十年紀年文集・戲曲文學、戲曲史研究卷》，頁25，中國戲劇出版社，2000．11。

表現在第二部分，若單就案情經過，情節安排相當順暢有條理。然而此處卻有一個問題，即主題依附案情的呈現，卻產生了斷裂的現象，以至於全劇高潮不易突顯。這便是衝突主線的問題。到底衝突主線在十五貫的冤情？還是況鐘、過于執、周忱的對立？若是前者，則〈訪鼠〉為全劇情節高潮，若是後者，則〈訪鼠〉不寫三人衝突，不能視為全劇高潮，進而從主題來看，衝突主線應在於況、過、周三人的對立，然而主題依附於冤案，冤案的情節也必須有完整的鋪排，因此造成主從不明的問題。這一主從不明產生的根本原因，在於改編本所欲強調的衝突主題，無法跟隨情節進行而結束，過于執與周忱的衝突安排在第六場〈疑鼠〉就已解決，後續的二齣戲無關乎況鐘與過于執、周忱的衝突，回過頭寫十五貫的冤情，換言之，主題強調的衝突對比並未貫串全劇，由此造成劇作中心旨趣的模糊。

　　進一步看場次的安排，即情節的結構。因改編本屬於開放式結構，事件由發生到結束按部就班進行下來，這種結構必須注意場次冷熱長短輕重的安排〔註44〕。在這方面，《十五貫》改編本卻值得討論。冷熱輕重的安排，情節是最主要的考慮因素，情節則受到主題的影響，重要的場子需要較多筆墨來鋪排，相對之下，不重要的場子則應簡單帶過。因此重場戲與過場戲除了情節重要性的區分之外，份量的對比差異也是處理的重點。從表現主題的角度來檢視，根據本節第一部分主題的論述，改編本的重要情節為：第三場〈被冤〉、第四場〈判斬〉、第五場〈見都〉、第六場〈疑鼠〉。至於〈訪鼠〉寫況鐘面對人犯婁阿鼠的機智，與主題沒有直接關聯，因表演精彩與情節的必然發展，這場戲也應列入重場戲〔註45〕。〈審鼠〉為全劇收煞，必須審慎處理。因此，從第三場至最末的第八場，嚴格來說都是重場戲，然而各場戲的份量也都相當平均，既欲呈現主題，則必須寫過于執、況鐘

〔註44〕 陳亞先，《戲曲編劇淺談》，頁34～36，文津出版社，1999‧08。
〔註45〕 田雨樹〈也談戲曲結構〉（《戲曲藝術二十年紀念文集》，頁27～48，中國戲劇出版社，2000‧11）論及《十五貫》重點場子：「崑曲《十五貫》八場戲，第一場婁阿鼠殺死油（尤，疑筆誤）葫蘆，第二場蘇戌娟路遇熊友蘭，第三場過于執錯判，第四場況鐘發現冤情，第五場連夜拜見都堂，第六場到蘇戌娟家調查研究，第七場訪鼠，第八場平反冤案。其中『判斬』、『見都』、『訪鼠』，最能揭示況鐘的性格，稱為重點場子。」（頁37）未能從主題來判定重點場子，值得再商榷。如〈被冤〉與〈審鼠〉改編者亦多費筆墨，呈現過于執與況鐘的對比衝突，由此起到「批判主觀主義」的效果，從份量與重要性，這兩場都應視為「重點場子」。

與周忱三人處理案情對比衝突，而主題所依附的冤案也必須解決，顯然改編者也無法從中明白區分輕重場面，使得全劇結構缺乏層次感，每一場戲都具備衝突場面，如此便無法突顯衝突的強度差異，自然也就呈現不出高潮與平潮的區別。

本節探討《十五貫》改編本主題思想、人物塑造以及情節結構。改編本從原作「提煉」出「批判主觀主義、官僚主義，頌揚實證主義」的新主題，將劇中主要人物「意念化」，並藉由「對立」、「衝突」、「嘲諷」三種手法，彰顯全劇主題，可看出主題的呈現是相當成功的。人物塑造方面，過於強調人物與意念的關係，過于執、周忱部分戲劇動作僅爲符合主觀主義與官僚主義，因而忽略了人物性格的複雜性，造成人物的過度意念化。情節方面，改編本克服了演出時間與情節進行的矛盾，大膽刪去熊友蕙一段情節，使得全劇情節進行更顯完整。然而場次的安排卻因衝突主線的模糊，十五貫的冤情與況、過、周三人的衝突形成主從不明的情況。

《十五貫》改編本強調意識形態，造成了藝術形式上的部分缺憾。然而其強調主題，以及突破原作限制，重新構思以達到情節進行的完整的改編方式，是值得傳統劇本改編爲現代演出的思考方向。

第三節 《十五貫》改編本的曲文書寫與曲牌運用

關於「戲曲劇本」，范鈞宏認爲：「根據戲曲情節結構，使用戲曲文學語言，運用戲曲藝術程式寫出來的劇本，就是戲曲劇本。〔註 46〕」其中「情節結構」一項除了戲曲本身不同於其他戲劇形式的情節結構方式，還包括了「與之（即情節結構）相應的技術安排〔註 47〕」，此即爲戲曲特有的唱唸設計與安排。許多戲曲劇本的編劇都強調避免使戲曲劇本淪爲「話劇加唱」的形式，而之所以產生「話劇加唱」的問題，主要由於無法掌握、善用戲曲唱唸安排的特色及節奏。

陳靜本是話劇的演員和導演，一九四九年以後才開始從事戲曲的編導工作。戲曲與話劇在形式上有很大的差異，陳靜自道當時對崑劇的不熟悉，在劇

〔註 46〕范鈞宏，〈戲曲結構縱橫談〉，《戲曲藝術二十年紀年文集・戲曲文學、戲曲史研究卷》，頁 1，中國戲劇出版社，2000・11。

〔註 47〕范鈞宏，〈戲曲結構縱橫談〉，《戲曲藝術二十年紀年文集・戲曲文學、戲曲史研究卷》，頁 1，中國戲劇出版社，2000・11。

本「唱」與「唸」的設計安排明顯可以看的出來，許多部份表現出「話劇加唱」的形式，而未能善用傳統唱唸與表演的配合，更使得部份情節節奏無法產生應有的效果。以下分別討論《十五貫》改編本「唱」與「唸」的設計安排。

一、背離傳統規律的曲牌改寫

改編本更動原作曲牌如下表所示：

原作／改編本場次對照	原　作	改編本
竊貫／鼠禍	【六么令】、【前腔】、【二犯朝天子】、【六么令】、【前腔】	【六么令】、【山坡羊】、【馬上水紅綾】、【六么令】、【黃龍滾】
誤拘／受嫌	【忒忒令】、【嘉慶子】、【尹令】、【品令】、【豆葉黃】、【玉交枝】、【江兒水】、【川撥棹】、【尾】	【粉孩兒】、【紅芍藥】、【福馬郎】、【耍孩兒】、【會河陽】、【風入松】
如詳／被冤	【生查子】、【紅衲襖】、【前腔】	【泣顏回】、【泣顏回】、【前腔】
夜訊／判斬	【點絳唇】、【混江龍】、【油葫蘆】、【天下樂】、【哪吒令】、【寄生草】、【煞尾】	【解三醒】、【點絳唇】、【混江龍】、【天下樂】、【前腔】、【前腔】
乞命／見都	【縷縷金】、【引】、【尾犯序】、【前腔】、【前腔】、【前腔】、【尾】	【石榴花】、【尾犯序】、【前腔】、【前腔】
踏　勘／疑鼠〔註48〕	【一江風】、【太師引】、【前腔】、【尾】	【太師引】、【前腔】、【劉潑帽】
廉訪／訪鼠	【步步入園林】、【園林過江兒】、【江兒犯】、【五供養交枝】、【玉交海棠】、【海棠姐姐】、【姐姐撥棹】、【尾】	【好姐姐】、【姐姐入撥棹】
恩判／審鼠	【粉蝶兒】、【泣顏回】、【上小樓】、【泣顏回】、【黃龍滾】、【撲燈蛾犯】、【小樓犯】、【尾】	【粉蝶兒】、【黃龍滾】

從這個表可以看出，改編本對原作曲牌有三種處理方式，

1. 沿用原作曲牌。如〈判斬〉沿用【點絳唇】、【混江龍】、【天下樂】。
2. 認為原作曲牌不適用，重新選用新的曲牌。如〈受嫌〉捨棄原雙調套

〔註48〕此場情節為改編者所加，曲牌的運用參考第十七出〈踏勘〉。

曲改用中呂宮曲牌。

3. 大量減少曲牌數量。從各場曲牌數量與原作比較可知。

　　從《十五貫》曲牌的使用，可延伸思考一個問題，即「曲」在「劇」中地位的改變。傳奇劇本的「分出」以「套曲」的完整爲主，每一出即等於一個套曲〔註49〕，換言之，「分出」的考量是以「曲」爲主要依據，要在保持套曲的完整。而《十五貫》在此大量簡省曲牌，突出作爲「劇」的主體，「曲」在劇作中成爲渲染情節衝突的作用。因此，「劇」與「曲」之間的主從關係在《十五貫》中有了不同於傳統劇本、根本性的改變，其具體效果，便在於加強「情節」在整個演出的重要性。

　　文字方面，陳靜認爲：「崑劇語言、唱詞的晦澀難懂，是崑劇衰亡的原因之一。〔註50〕」既然認爲戲曲是大眾文化，應該做到讓觀眾聽得懂，因此曲文的構思傾向「白話」，並認爲：

> 在唱腔音樂方面，我感到仍舊運用原有的曲牌爲妥當。……爲了彌補由於就曲牌中的字少腔多所形成的字句分散、詞意不明和表演動作上的托沓繁瑣，我想稍許改變一下。我是著把況鐘在《雙熊夢》第十五出中唱的【天下樂】曲牌改寫了一下，把文言改成白話，並根據原曲牌規定的詞格，在不影響原有音節和板式的原則下，多增加了一些字。〔註51〕

由此可知改編者重新改寫曲文的方式爲：曲子旋律繼承自原作，在不與原曲旋律衝突的情況下，重新改寫曲文。另外，改編者認爲「崑劇的表演動作過於繁瑣」，而「形成動作繁瑣的原因，在於唱句的字少而腔多。〔註52〕」，因此改寫曲文還有一個重點，即減少每個字的拖腔，以使表演動作更爲簡單。起初【天下樂】曲牌的改寫是實驗性的，笛師李榮圻譜曲後認爲「板眼都對頭」，因此全劇的唱詞都依照這種方式譜寫。

〔註49〕王安祈，《當代戲曲》，頁112～113，三民書局，2002・09。王安祈，〈關於京劇劇本來源的幾點考察──以車王府曲本爲實證〉，《民俗曲藝》第131期，頁113～168，財團法人施合鄭民俗文化基金會，2001・05。

〔註50〕陳靜，〈崑劇《十五貫》劇本改編的構思和探索〉，《戲曲研究》第23輯，頁229，文化藝術出版社，1987・04。

〔註51〕陳靜，〈崑劇《十五貫》劇本改編的構思和探索〉，《戲曲研究》第23輯，頁233，文化藝術出版社，1987・04。

〔註52〕陳靜，〈崑劇《十五貫》劇本改編的構思和探索〉，《戲曲研究》第23輯，頁232，文化藝術出版社，1987・04。

此處就上述的【天下樂】曲牌分析。

根據《崑曲曲牌及套數範例集》，【天下樂】全曲七句，協六韻，句式為七◎、二◎、三◎、七◎。六◎、六◎、六◎。《十五貫》原作第十五出〈夜訊〉中為：

> 多是些補影追風少主裁◎疑也麼猜◎釀禍胎◎只俺這軒轅明鏡有高臺◎。
>
> 覷著你惜猩猩一腐儒○諒著你怯生生一女孩◎不信有膽門兒大似海◎。

此曲原作除「軒轅明鏡有高臺」一句用典，其餘句子都相當淺白，且此曲為一板一眼曲，拖腔相當簡短，實無改寫必要。然而改編本似乎認為仍不夠白話易懂，因此將此曲改為：

> 一住淮安，一住無錫，怎結的這私情◎一赴常州，一赴皋橋，既同路自可同行◎他二人，有奸情◎並無實證◎熊有蘭，十五貫，是貨款，難料定◎這命案，來龍去脈尚不清◎怎可以，不辯黑白判死刑◎

改編者自謂「根據原曲牌規定詞格」的詞格，實際是將原曲牌同一句的句法組合拆成了兩句，如首句為四、三句法，因此將此句拆為前四字一句、後三字一句，並將襯字也視為一句。在這樣的分句下，改編者認為原作詞格為：

> 多是些／補影追風／少主裁◎／疑也麼猜◎／釀禍胎◎／只俺這／軒轅明鏡／有高臺◎。／覷著你／惜猩猩／一腐儒○／諒著你／怯生生／一女孩◎／不信有／膽門兒／大如海◎。〔註53〕

劃斜線處為改編者所認為一個完整的句子，為明示二者差異，此處仍保留原作協韻的標註。此曲被分成了十七句，因而重新創作曲文也是十七句，光從文字已看不出與原作曲牌有何關聯。進一步比對曲詞與音樂，更可發現原曲牌完全遭到了破壞。為方便比對，此處根據《納書楹曲譜》中《十五貫・判斬》的【天下樂】工尺譜譯為簡譜，與浙江崑劇團一九七七年印製的《十五貫》曲譜比較，二者音樂旋律略有不同，但仍可看得出改編本此曲大體依照原譜進行修改：

〔註53〕陳靜，〈崑劇《十五貫》劇本改編的構思和探索〉，《戲曲研究》第 23 輯，頁 233，文化藝術出版社，1987・04。

【天下樂】〔註54〕

尺字調

　　　　　①　　　　　　　　　　　　❶　　　　　　　　　②

（原　譜）2　32｜31　23｜5　5　32｜1　123｜5　5｜2　156｜

（原作文）都　是些　補影　　追風　　少主　　裁　　疑也麼

（改編文）怎　結的　這私　　情　　一赴 常州 一赴　皋　橋既　同路

（改編譜）2　32｜31　23｜5　6　5　16　56｜35　5　323｜52　32｜

　　　　　③❷　　　　　　　④　　　　　　　　　　❸

（原　譜）1　1｜35　323｜5　2　32｜532　12｜56　15｜5｜

（原作文）猜　　釀　禍　胎只 俺這　軒轅 明鏡　有　高臺

（改編文）自可　同行　他二人　　有　奸情　並無　實　證熊友蘭 十五貫

（改編譜）5656　15｜○ ○｜0　2　32｜116　56｜10　○｜02　32｜

　　　　　⑤　　　　　　　　❹　　　　　　　　⑥　　　　❺

（原　譜）○　3　123｜53　32｜12　323｜5　｜○　3　12｜

（原作文）覷　著你　瘦怯怯　一　腐　儒　　諒　著你

（改編文）是貨　款　難　料　定 這命案　來龍 去脈 尚　不清

（改編譜）53　332｜116　56｜1　2　32｜532　12　5656　15｜

　　　　　　　　　　⑦　　　　　　　　　　　　　　❻

（原　譜）5　3　32｜16　56｜1　2　32｜123　2　2221　65｜61-‖

（原作文）嫩　生生　一　女　孩 不信有　膽門 兒大　似　海

（改編文）　　　　　　　　　怎 可以　不辨 黑白　判　死刑

（改編譜）　　（5656　165）｜02　32｜123　210｜2221　65｜61‖

　　　　兩曲唯一存在的關係為，原曲的「主腔」部份保留在改編曲，保留方式

〔註54〕譜例說明如下：第一行數字為樂句的標示，白底黑字表原作樂句，標示於每
　　　　個樂句之首；黑底白字表改編本樂句，標示於每個樂句之末。第二行為原作
　　　　曲譜，第三行為原作曲詞，第四行為改編本曲詞，第五行為改編本曲譜，以
　　　　此明示二者曲詞與音樂旋律的對應。

大致可看出是兩個主要音型的反覆變化：｜02 32｜1……｜及｜56 15｜，除此之外，二曲幾乎沒有任何關聯。

北曲雖爲「死腔活板」，句子的增刪較南曲自由，然而增刪句子——尤其在崑化之後——仍有一定的規則可循，且樂句與詞句緊密結合，樂句的結束音與詞句的句讀是一致的〔註55〕。原作【天下樂】由七個句子組成，音樂上結束音明確與句讀配合，全曲分爲七個樂句。然而改編者將曲文分爲十七句，打散了樂句與詞句的配合關係。如「一赴常州，一赴皋橋，既同路自可同行」三個句子，在音樂旋律上爲三個「樂節」組成的一個「樂句」〔註56〕，樂句的劃分與原曲格律不同，如此則影響到全曲結構。根據鄭西村以韻段／樂段作爲曲詞與音樂劃分基礎的分析方法〔註57〕，此曲可明顯劃分出兩個韻段，第一個韻段爲開頭至「軒轅明鏡有高臺」句，第二個韻段爲「瘦怯怯一腐儒」至結尾，在音樂旋律上，第一樂段與第二樂段劃分相當清楚，且第二樂段明顯由第一樂段反覆變化而來，由此可確知此曲爲二段的形式，再參考其他折子的【天下樂】曲詞與音樂也都呈現如此的二段結構。改編本完全改變了【天下樂】曲牌結構，採用原〈判斬〉中【天下樂】的主要旋律反覆變化，由六個樂句構成一個樂段，「主腔」已不是曲牌中固定位置出現的固定唱腔，而是作爲一種旋律的「動機」被自由運用在曲子之中。在這樣的情況下，雖然主要的音樂旋律相似，乍聽之下還像崑曲，仔細分辨卻又有似是而非之感，因此改編本此曲是否仍作爲【天下樂】這一曲牌，值得商榷。

以下再舉一南曲爲例。南曲與北曲主腔形式不同〔註58〕，經過比對，如《長生殿‧埋玉》、《風箏誤‧前親》、《精忠記‧刺字》幾折皆用中呂【粉孩兒】套，主腔之外音樂旋律雖有不同，但主腔在曲牌的位置及旋律都相當一致，其變化有規則可循〔註59〕。因此此處僅以《長生殿‧埋玉》【粉孩兒】爲

〔註55〕參見王守泰主編，《崑曲曲牌與套數範例集‧北套》，頁9～16，學林出版社，1997‧04。

〔註56〕關於「樂節」、「樂句」、「樂段」的討論及定義，參見吳祖強，《曲式與作品分析》，頁46～87，人民音樂出版社，2002‧10。

〔註57〕鄭西村，《崑曲音樂與塡詞‧甲稿‧音樂分析》，頁16～57，學海出版社，2000‧03。

〔註58〕參見王守泰，《崑曲曲牌與套數範例集‧北套》下冊，頁14～16，學林出版社，1997‧04。

〔註59〕參見王守泰，《崑曲曲牌與套數範例集‧南套》下冊，頁1070～1074，上海文

例，與改編本第二場〈受嫌〉【粉孩兒】進行比對。以下先就句式比對：

《長生殿·埋玉》【粉孩兒】：

> 匆匆的、棄宮闈珠淚灑◎歎清清冷冷〇半張鑾駕◎望成都直在天一涯◎潛行來漸遠京華◎五六塔只剩水殘山〇兩三間空舍崩瓦◎

《十五貫》改編本〈受嫌〉【粉孩兒】：

> 家貧寒，少衣食，難養雙親◎靠爲人幫傭，苦度光陰◎主人經商家豪富，我爲他，受盡苦辛◎終日裡，買貨賣貨，爲主人，賺取金銀◎走遍了蘇、杭、湖、廣、皖、贛、閩，販遍了綾羅、藥草、海味、山珍◎

句式上同樣可看出與原曲相差甚遠。以下再從音樂上比對：

【粉孩兒】

```
                ①                        ❶        ②
(原　譜) 6  6  6  1  56  5  5  32  1   61  2‖2   21 | 6 6 5 | 36 53 |
(原作文) 匆 匆 的 棄 宮 闈 珠 淚  灑           歎 清 清   冷 冷
(改編文) 家 貧 寒 少 衣 食 難養 雙  親    靠 爲人 幫傭
(改編譜) 5 36  5  6- 53  6  6 22  32  12-‖0 5 35 | 65 6 | 1  61 |
```

```
                                        ❷   ③
(原　譜) 6 53 | 1 16 5 3 | 23 2 | 2 23 |  3 53 23 | 53 | 2 ·1 | 6  1 | 12 1 65 |
(原作文)      半       張 鑾        駕          望 成 都
(改編文)      苦       度 光        陰          主 人
(改編譜) 6·1 6 |  50 6 65 |   3 2 | 23 | 353 |  2 - | 6  6 | 01  6 |
```

```
                                                    ④
(原　譜) 3  5 | 6  1 | 6  6 | 165 | 35 5 |  6  5 |  5  3 | 11  2 |
(原作文) 直    在    天 一    涯          潛    行來
(改編文) 經    商    家 豪    富          我爲他 受
(改編譜) 50 6 65 | 3  2 |  5  35 | 6 16 |  5 - |  6  5 |  02 3 2 | 35  32 |
```

藝出版社，1994·07。

❸　　　　　⑤　　　　　　　　　　　　　　　　❹

| （原　譜） | 3 | 5 32 | 12 | 23 | 35 3 | 2 5 | 3 5 5 | 6 3 | 5 65 | 35 6 | 56 5 |

（原作文）漸　　　遠　京　　華　五　六塔　剩水　　殘　　山

（改編文）盡　　苦　　　　辛終　年裡買貨　賣　貨　　爲　主人　賺取　金銀

（改編譜）12　|23　|35　　32　|32　　11　|21　　2321 612　|　02　32 |32　　32 |

⑥　　　　　　　　❺　　　　　　　　　　　　❻

| （原　譜） | 5 1 | 2 2 | 35 | 32 | 23 | 35 32 | 12 ‖ |

（原作文）　兩　三　間　空　舍　崩　　瓦

（改編文）走遍了 蘇杭 湖廣　皖　贛 閩販　遍了 綾羅 藥　草　　海味山　珍

（改編譜）35　65 |32　　32 |　1　2 32　　32 |3　32 1　　1216 5　|　3　2 32 |3 − ‖

　　原曲每句句末主腔相當明顯。改編本除句式已與原曲不同，主腔旋律亦與原曲不同，或者僅有音型大體相類，不仔細辨認幾乎無法獲知與該曲牌有何關係。

　　傅雪漪認爲，崑曲曲牌有六個特徵：字格、句型、韻味、板位、襯位、定格〔註60〕。改編本打破曲牌原有的格律，全用散文筆法，固然使得曲文明白易懂、音樂旋律簡單化，從而簡化了表演，卻也破壞了崑曲固有的典雅韻味。正如胡忌提到，崑曲「雅」的特質不在於文辭或題材，而在於表現手段的「精緻」〔註61〕。因此如《十五貫》原作曲文已是相當淺白，卻仍不失其「雅」，主要原因便在於呈現方式，這與曲牌格律有密切的關聯。換言之，作於崑曲音樂呈現的「工具」，曲牌的「形式」是建構崑曲整體風格的重要手段之一〔註62〕。改編本以白話爲理由捨棄了曲牌固有的規範，卻因此失去了崑曲的特色。

　　前面所述爲外在形式部份。就其文字來看，改編本曲文完全使用白話，直接描寫劇中人物的感情，屏棄戲曲語言詩化的文學手法〔註63〕，因此曲文

〔註60〕傅雪漪，《崑曲音樂欣賞漫談》，頁 12～13，人民音樂出版社，1996・04。

〔註61〕胡忌，〈走向雅部——戲曲藝術的一條絕路〉，《戲史辨》，頁 108～131，中國戲劇出版社，1999・11。

〔註62〕關於「形式」與「風格」的關係，參見（英）馬丁・艾思林（Martin Esslin）著，羅婉華譯，《戲劇剖析》（《An Anatomy of Drama》），頁 28～34，中國戲劇出版社，1981・12。

〔註63〕沈堯，〈戲曲文學的抒情性〉，《劇藝百家》第一期，頁 71～77；89，劇藝百家編輯部，1985。

便如同把白話散文分段，即便仍有押韻，其文學美感與節奏感仍是完全消失
了，如第二場〈受嫌〉熊友蘭唱【粉孩兒】〔註64〕：

> 家貧寒，少衣食，難養雙親。
>
> 靠為人幫傭，苦度光陰。
>
> 主人經商家豪富，我為他，受盡苦辛。
>
> 終日裡，買貨賣貨，為主人，賺取金銀。
>
> 走遍了，蘇、杭、湖、廣、皖、贛、閩，
>
> 販遍了，綾羅、藥草、海味、山珍。

再如第三場〈被冤〉熊友蘭唱【泣顏回】

> 前日方從蘇州來，赴常州，去把貨賣。
>
> 大姐迷途，因順路，在前引帶。
>
> 素昧平生，並不曾有什麼情和愛。
>
> 十五貫，本是貨款，幾時曾，為非作歹。

這種相當白話且散文化的唱詞，在當時就有正反兩面的評價，在贊同語言淺
顯、符合一般大眾欣賞標準的同時，如俞振飛、白雲生等人也批評道執筆人
文字水平差、「主曲被打散」、「亂改，有的詞句改得不協調，有的越改越壞」
等〔註65〕，胡忌則在認同崑曲之為「雅部」的同時，總結《十五貫》改編本
的成就，並認為：

> 我們從當年對此戲的無數好評中，可以看到此戲不外三個優點：一
> 是改編本的簡練通俗，二是有深刻的教育意義，三是有精采的演技。
> 換言之，若把這三個優點放在任何劇種的較好劇目去評論，也都同
> 樣適用。崑劇改編演出的《十五貫》並沒有走向「雅部」，而是服從
> 了政治需要向大眾化靠攏。靠攏的最大好處是使觀眾面擴大，迅速
> 擴大，但它固有的「雅」卻基本被淡化了。〔註66〕

〔註64〕此曲浙崑電影版與上崑舞台版錄影曲詞略有不同，浙崑電影版省略了「走遍
　　　了蘇杭湖廣皖贛閩，販騙了綾羅藥草海味山珍。」上崑舞台版錄影仍保留這
　　　兩句唱詞，今比對浙崑提供的劇本及《蘭苑集粹》所收《十五貫》劇本（頁1
　　　～54，文化藝術出版社，2000·03），將此末二句唱詞列入。

〔註65〕轉引自丁修詢，〈百年實錄的啟示——《崑曲演藝家、曲家及學者訪問錄》讀
　　　後〉，整理稿，尚未發表。

〔註66〕胡忌，〈走向雅部——戲曲藝術的一條絕路〉，《戲史辨》，頁111，中國戲劇出
　　　版社，1999·11。

「教育意義」針對劇本主題,「演技」針對周傳瑛、王傳淞等人的精采表現,
至於「簡練通俗」,則是針對劇本的語言。語言的詩化自然是崑曲「雅」的
表現方式之一,當這種詩化語言被改寫爲「簡練通俗」的白話散文,打破傳
統的曲牌格律,大量減少了運字行腔的細膩之美,便失去了崑曲「雅」的韻
味。

　　改編本全劇曲牌都以上述方法重新改寫。至於上述第二種方式,改編者
考量劇情認爲不適用的曲牌,均重新選用曲牌再依此方法填詞譜曲。選用的
參考標準爲「查閱《長生殿》、《牡丹亭》、《西廂記》等古典劇目中與我所要
求的情緒相似的人物唱段。〔註67〕」改編者相當重視戲劇情節,音樂與表演
都必須以情節爲依歸。表演問題留待下節一併討論。音樂方面,改編者認爲:
「現在的舞台演出,要求結構嚴謹、情節曲折,如再採用曲牌聯套的形式,
將束縛劇情的靈活發展。」音樂重新設計,以情節爲依歸的例子,如第二場
〈受嫌〉,爲原作第十出〈誤拘〉,原作用雙調套曲,聯套爲雙調【忒忒令】、
【嘉慶子】、【尹令】、【品令】、【豆葉黃】、【玉交枝】、【江兒水】、【川撥棹】、
【尾】,改編本則改用中呂宮【粉孩兒】、【紅芍藥】、【福馬郎】、【要孩兒】、
【會河陽】、【風入松】六曲爲套。原作與改編本情節相同,何以改編者大費
周章把全場曲牌改爲中呂宮的套曲?吳梅《南北詞簡譜》在【粉孩兒】條下
注:

　　　　此爲贈板快曲。唱時止作一眼一板。亦宜於情節緊迫時用之。〔註68〕
又【紅芍藥】條下亦注:

　　　　凡用粉孩兒、紅芍藥、要孩兒、會河陽、縷縷金、越恁好、紅繡鞋、
　　　　尾聲套者,自紅藥起,便用快唱。至越恁好紅繡鞋二支,改用撞板。
　　　　所謂撞板者,有板無眼,快之至也。〔註69〕
【忒忒令】套曲節奏較慢,其中如【嘉慶子】必爲一板三眼加贈板,【尹令】亦
多用贈板。此場熊友蘭、蘇戌娟二人被冤,產生了對立衝突的緊張,用雙調【忒
忒令】套過於舒緩,而正如吳梅提到中呂宮【粉孩兒】套適合「情節緊迫時用
之」,因此改編者此場改用中呂宮曲牌,以音樂的快節奏營造緊迫的效果。

〔註67〕陳靜,〈崑劇《十五貫》劇本改編的構思和探索〉,《戲曲研究》第 23 輯,頁
　　　　235,文化藝術出版社,1987‧04。
〔註68〕吳梅,《南北詞簡譜》,頁 377,學海出版社,1997‧05。
〔註69〕同註 14,頁 377。

經由上面的討論，可知改編者曲牌的編寫所爲目的有二：其一、爲文字的淺白；其二、爲符合情節需求。由此大幅更動了傳統曲牌使用的規律，縱使達到了簡明易懂的效果，卻失去了曲牌音樂固有的節奏韻味。

二、曲牌位置的安排與效果

「唱」在戲曲中不應視爲一種點綴，而是一種必要的表現手段。然而傳統戲曲與當代戲曲審美標準已有不同。戴平在〈當代觀眾的審美心理定勢〉提到「節奏加快」一項特質，主要針對當代青年觀眾要求「情節緊湊」較老觀眾高出許多，老觀眾可以不理會情節，單純欣賞演員精采的唱腔，青年觀眾則否〔註 70〕。因此「唱」的使用在當代戲曲編劇上必須更爲審慎，如范鈞宏認爲：「『唱念安排』的能動作用，就在於它不是爲唱而唱，爲念而念，而是通過唱念或唱念交插的多式樣表現程式，爲表演、爲刻劃人物提供或創造各種有利條件。〔註 71〕」這段文字說明唱與念的設計安排，必須能夠使戲更生動、更具感染力。因此，在戲的哪裡該唱，哪裡不該唱，都應仔細斟酌，尤其可唱可不唱的地方，不同的處理方式將產生不同的戲劇效果。

張世錚認爲《十五貫》改編本的音樂存在四個缺陷與不足：（一）劇本賦予演員的唱段不豐滿，尤其主要人物況鐘沒有一個中心唱段；（二）老本中的優秀唱段，改編本未被採用；（三）劇本進行重大改編，唱腔卻沿用原來腔格，沒有突破；（四）音樂速度平緩，節奏變化不大，影響劇情發展。〔註 72〕關於這四點，有部份仍值得商榷，如文中認爲「唱腔沿用原來腔格」所引【天下樂】、【尾犯序】二曲，【尾犯序】雖與老本較爲類似，【天下樂】在音樂上則有相當大的差異（見上述【天下樂】分析）。其餘的三點涉及唱腔的安排，如果根據范鈞宏談唱腔安排所提出的「集中」原則來檢視，《十五貫》改編本唱段的零瑣及單調，顯然與這一原則產生衝突，這也是致使改編本在某種程度上使人有「話劇加唱」之感的主要原因。

《十五貫》改編本大量減少曲牌的使用。既然如此，更應視情節節奏與

〔註 70〕戴平，〈當代觀眾的審美心理定勢〉，《藝術研究》第四期，頁 162～166，浙江省藝術研究所，1986・07。

〔註 71〕范鈞宏，〈唱念安排縱橫談・續一〉，《戲曲研究》第三輯，頁 138，吉林人民出版社，1980・12。

〔註 72〕張世錚，〈對《十五貫》唱腔音樂的新探索〉，《蘭會刊》第二、三期，頁 86～89，中國崑劇研究會，1997。

推展使用適合的曲牌，否則不該唱的地方唱，一來令人感到累贅，一來則無法產生應有的戲劇效果。如第一場尤葫蘆開了蘇戌娟玩笑之後上床入睡，蘇戌娟唱【山坡羊】，是一大段抒情唱段，這段【山坡羊】安排在此處是必要的，雖也可代以念白，卻遠不及唱段的細膩深刻。其次，唱段結束後婁阿鼠上場，爲全劇衝突的起點，情節節奏驟然一變，與前段隨即產生對比，戲劇效果就在此處彰顯出來。若僅用白口，節奏遽然加快，與隨後情節一貫而下，反而無法襯托新情節起頭節奏差異產生的戲劇效果。

　　然而改編本也有處理不佳之處，如第二場〈受嫌〉的幾個唱段。

　　熊友蘭與蘇戌娟的偶遇是全劇的重要情節，不能草率處理。原作與改編本情節對比見第二節。雖然改編者改用中呂宮曲牌加快速度以使情節更爲緊湊，部分不必要唱段的使用，卻造成了情節上累贅。唱段是否過多視與情節的關係而定，此處部分唱段與情節無關。如蘇戌娟唱【紅芍藥】，感嘆孤苦無依，與前一場所唱【山坡羊】相同，無法反應當時緊張的情緒，因此雖改用了節奏較快的曲子，卻反不如原作【嘉慶子】唱念交錯，一方面「自恨鞋弓纖細」，一方面又問路人去皋橋「還有多少路」，自然呈現出蘇戌娟的緊張，與情節的關係也較爲密切。又熊友蘭的兩個唱段，都在表明熊友蘭身分，這種「交代性」唱段有其必要，須注意「交代清楚」、「不占篇幅」〔註73〕。所謂「交代清楚」即交代行動目的或介紹人物性格身分等，這也應有助於情節及表演的進行。改編本這兩個唱段旨在突顯階級對立，不僅於人物性格身分交代不清，且游離在情節之外，反而拖慢了情節節奏。

　　從「排場」的觀念來看，情節與構成戲劇的種種技術安排必須緊密配合，然而傳統戲曲情節結構的觀念與西方話劇不同〔註74〕，西方部份情節結構概念的運用對當代戲曲編劇來說並無不可，有時甚至必要的。然而戲曲的表現形式有相對的獨立性，若顧及情節而從根本上改變戲曲的表現形式，就失去了傳統戲曲的「本色」。《十五貫》改編本從情節出發，曲牌、念白作了大幅度的更動，打破原有形式，過度重視文字的淺白，使得整體風格脫離了崑曲，是改編本的問題所在。

〔註73〕范鈞宏，〈唱念安排縱橫談〉，《戲曲研究》第二輯，頁247，吉林人民出版社，1980‧02。

〔註74〕參見李曉《比較研究：古劇結構原理》頁25～35，中國戲劇出版社，1989‧01。

第四節　《十五貫》改編本導演與表演藝術

　　本節分析《十五貫》改編本在舞台上的搬演，分析重點在於導演、演員如何解讀劇本，並且將之化為舞台上的實際行動。

　　關於《十五貫》改編本的原始演出，舞台上演出次數雖多〔註75〕，卻都沒有留下錄影，目前浙崑《十五貫》的錄影只有一九五六年由陶金導演的電影版〔註76〕。另外，《十五貫》的演出在當時引起廣泛的討論，針對表演方面，如陳靜、王傳淞等曾著專文說明其導演、表演的構思〔註77〕。梅蘭芳、白雲生、李少春、孟小冬等都曾發表過對於《十五貫》表演的看法〔註78〕，戴不凡、黃克保則透過訪談，闡述周傳瑛、朱國梁如何構思、分析況鐘、過于執兩個人物〔註79〕。這些論述可作為分析《十五貫》舞台表演的佐證。另外，表演的分析仍需有不同的版本作為比對，才能彰顯各個演出版本的特色價值，因此除了電影版《十五貫》之外，本節仍參考上海崑劇團計鎮華、劉異龍等主演的《十五貫》〔註80〕，以及相關的《十五貫》折子戲錄影。另外，

〔註75〕韓昌雲，《十五貫在崑劇與京劇之探討》，頁66（台灣大學戲劇研究所86學年度碩士論文）。根據浙崑資料室統計資料，《十五貫》在1956年演出267場，1957年演出222場，1958年演出127場，1959～1964年共演出321場。

〔註76〕浙江崑蘇劇團，《十五貫》，陶金導演，王傳淞、周傳瑛、朱國梁等主演，上海電影製片廠攝制，北京北影錄音錄像公司，1956。

〔註77〕陳靜，〈崑劇《十五貫》劇本改編的構思與探索〉，《戲曲研究》第23輯，頁228～246，文化藝術出版社，1987·09。另外，根據韓昌雲碩士論文，陳靜該文共有三個部分，第二部分〈醞釀排演腳本提綱〉及第三部分〈導演構思〉並未發表，轉引自韓昌雲，《十五貫在崑劇與京劇之探討》，台灣大學戲劇研究所碩士論文，86學年度。王傳淞，〈我演《十五貫》裡的婁阿鼠〉，《戲劇報》，1956年6月號，頁8～9，藝術出版社，1956·06。王傳淞，《丑中美——王傳淞談藝錄》，頁122～157，零星談到關於婁阿鼠的表演，上海文藝出版社，1987·11。

〔註78〕梅蘭芳，〈我看崑劇《十五貫》〉，《戲劇報》，1956年5月號，頁10～11，藝術出版社，1956·05。白雲生，〈談浙江崑蘇劇團演出的《十五貫》〉，《戲劇報》，1956年5月號，頁12～13，藝術出版社，1956·05。李少春，〈浙江崑蘇劇團《十五貫》的成就〉，《戲劇報》，1956年6月號，頁6～7，藝術出版社，1956·06。孟小冬在港連看七次《十五貫》電影版，對幾個主要演員表演的看法，載於鈕驃、朱復等著，《中國崑曲藝術》，頁232，北京燕山出版社，1996·08。

〔註79〕戴不凡，〈周傳瑛和他在《十五貫》鐘的藝術創造〉，《戲劇報》，1956年6月號，頁10～11，藝術出版社，1956·06。黃克保，〈崑劇《十五貫》中過于執形象的創造〉，《戲劇報》，1956年6月號，頁12～13，藝術出版社，1956·06。

〔註80〕上海崑劇團，《十五貫》，方傳芸、鄭傳鑑、秦銳生導演，沈斌復排導演，計鎮華、劉異龍、蔡正仁、梁谷音主演，上海音像出版社，2000·02。

浙崑於二〇〇三年出版的折子戲錄影〈見都〉一折〔註81〕，為改編本第五場〈見都〉，與傳統折子戲不同。電影版劇本經過導演陶金的修改，已與原改編本有部分差異，加以電影的運鏡手法，表演方面與舞台已有很大的不同，因此如韓昌雲論文中認為：「1956 年所錄製的《十五貫》，雖然是電影版，但對演員細微表演、動作節奏、人物互動等方面的欣賞，卻絲毫不影響」這樣的說法是值得商榷的，龔世葵在接受訪談時提到王傳淞拍攝電影版《十五貫》的過程，曾述及王傳淞在拍攝過程中常因鏡頭、佈景以及導演的要求等問題，造成表演無法完全的發揮。經過實際比對，浙崑於二〇〇三年的錄影完全根據原改編本，上崑演出錄影則部分較接近浙崑電影版，因此這一折子戲錄影可作為分析原改編本舞台呈現的重要參照。

以下分別從構思及表演上的呈現探討《十五貫》改編本的演出。

一、表演及導演的構思——
史坦尼斯拉夫斯基體系與演員的體悟創造

《十五貫》改編本是集體創作，編劇執筆兼導演陳靜在編劇以及排演的過程不斷與演員的溝通，演員同時也為如何塑造人物付出了許多心思。因此劇本的創作直接加入導演的構思〔註82〕，以及演員從劇本中讀取各個人物的形象面貌，在創作人物時一方面依循導演的構思，一方面又有自覺的人物創造，這都造成了我們很難從劇本及演出中割裂哪一個部分是屬於導演的設計，又哪一個部分是屬於演員自身的創作。筆者認為這與演員本身的表演功力有絕對的關係，演員功力深厚，在表演上自然能夠適時的加入自己對角色當下行為的構思，與導演的設計相得益彰。這是在討論《十五貫》表演、導演構思首先需要提出的一點。

導演陳靜學習話劇出身，在導演《十五貫》時自覺運用史坦尼斯拉夫斯基表演體系，強調演員對劇中人物的體悟、想像，重視內心真實與美感的呈現〔註

〔註81〕 浙江崑劇團，《十五貫·見都》，陶偉明、何炳泉、陶波主演，浙江文藝音像出版社，2003·10。

〔註82〕 陳靜，〈崑劇《十五貫》劇本改編的構思與探索〉，《戲曲研究》第 23 輯，頁229，文化藝術出版社，1987·09。

〔註83〕 關於史坦尼斯拉夫斯基體系，因體系的複雜及個人能力的有限，此處不擬運用進行闡述或討論，僅透過部分參考文獻勾勒其表演體系的要點。此處參考：（俄）瑪·阿·弗烈齊阿諾娃編，《斯坦尼斯拉夫斯基體系精華》，中國電影

83〕。因此陳靜述及《十五貫》的導演構思，把劇中幾個主要人物的性格特色作另一個具象化的比喻，以使演員能夠更具體的掌握導演心目中該人物的形象，他把況鐘比喻爲「松樹」，而在〈訪鼠測字〉則將之比喻爲「僞裝成兔子的貓」，婁阿鼠則被比喻爲「鼠」，周忱比爲「一條大懶牛」，過于執在〈踏勘〉則被比喻爲居中擋路的大石頭〔註84〕。導演心目中這些人物的形象，透過這些具象化的比喻呈現給各個演員。我們無從得知這樣的比喻對演員腳色創作是否產生了作用，然而陳靜這一做法透過具象的比喻刺激演員的想像，標誌著導演元素實際上已滲入表演的整體之中，並對演員的表演構思起著主要的指導作用。

　　早期浙崑舞台演出並未留下錄影，電影版導演另有其人，因此無法從實際舞台演出看到陳靜如何進行舞台調度。至於演員對角色的創造則基本上可從電影版的演出得到實際映證。王安祈老師在《當代戲曲》述及崑劇本《十五貫》及京劇版《十五貫》人物行當安排的差異，突顯崑劇本「充分掌握崑劇角色行當的劇種特質〔註85〕」事實上，依據朱素臣原作以及乾隆年間《綴白裘》的記載，況鐘由外扮，過于執由末扮，周忱同樣由末扮，這三個人物行當的安排本身就顧及了人物性格及行當特色。行當對於演員的人物塑造有必然的影響，周傳瑛提到如何透過行當的構思來配合、塑造劇本中的況鐘形象，其原則就在於「打破行當的舊程式，依照人物性格來創造人物。〔註86〕」根據戴不凡文中的敘述，所謂「不按照舊的分行來演」，實際上是組合、靈活運用各個行當的表演特色，周傳瑛原工小生，其構思過程是先由人物性格及特色出發，再來考量到各個行當的表演程式如何適應這一性格的人物。周傳瑛認爲，各個行當都有其合適以及不合適之處，如老外的老成、莊重、大方是其長處，相對來說，其動作則較爲固板、拘謹。至於小生，周傳瑛考慮到各個家門的程式特色之後，認爲大官生是較爲活潑、莊重的，但還不及老外的大方，因此周傳瑛在大官生的基礎上，部分配合老外的程式特色，使整體的人物表演更爲大方。行當作爲劇中人物呈現的整體概念，可以看到周傳瑛

出版社，1999・06。張仲年，《戲劇導演》，頁490～503，中國戲劇出版社，2003・01。

〔註84〕由於此文未曾發表，本文此處轉引自韓昌雲，《十五貫在崑劇與京劇之探討》，頁69，台灣大學86學年度碩士論文。

〔註85〕王安祈，《當代戲曲》，頁269～`270，三民書局，2002・09。

〔註86〕戴不凡，〈周傳瑛和他在《十五貫》鐘的藝術創造〉，《戲劇報》，1956年6月號，頁10～11，藝術出版社，1956・06。以下敘述周傳瑛的人物塑造均同此。

與計鎮華、陶偉明透過不同的行當表演程式所塑造出不同的人物形象。計鎮華、陶偉明本為老生，對況鐘進行人物創造時，依照老演法，這兩位演員基本上直接運用老生的表演程式，因此即便我們不能忽略影響人物塑造仍存在許多要素，單純就人物形象而言，計鎮華、陶偉明以老生應工，與周傳瑛以大官生為基礎、適度加入老生表演程式兩者的況鐘形象仍有很大的差別，這點在下一段論述演員的舞台表現將更有深入的討論。

　　人物性格及行為的揣摩對於劇中人物的創造是相當重要的因素。王傳淞、周傳瑛、朱國梁都詳盡敘述了他們如何體會人物的性格，並運用各種表演手段使得性格的刻劃更為深入。在導演的設計上，陳靜相當重視人物的深化處理，對於人物內部動作的重視更甚於外部動作〔註87〕，因此如朱國梁自述對過于執這一人物的形象創造則區分為兩個階段，第一個階段只在於「表現人物的固執」，第二個階段則更深入思考到「過于執的固執是怎樣形成的」，前者的處理只在外部動作的層次，後者則更深入人物的性格及心理狀態，即屬於內部動作，經過這一層思考，朱國梁自述其表演上的新進展，在於把人物的內部動作轉化在外部動作，使得每一個外部表演動作更有依據，也更為深刻合理〔註88〕。再如王傳淞自述婁阿鼠的創作過程，則從折子戲的演出傳統設計更為符合人物心理及現實狀況的表演方式，他提出了「真實」以及「誇張」兩個原則，其中真實表示「要深入內心，演的合理〔註89〕」。至於周傳瑛則如上所述，基於人物性格，打破了行當的規範。

　　從這幾個主要人物對於角色創造的構思，可以發現傳統演法在此有了新的突破，這一突破根基於劇本的改變以及導演的介入。《十五貫》本是傳字輩常演劇目〔註90〕，改編本改變了原作的人物形象（見本章第二節），從「典型化」的性格重新塑造人物形象，並把主要衝突集中在況鐘、過于執及周忱身上，因此演員對於這三個人物的創作必須更深入人物心理，從心理狀態形之於外部動作，來表現人物的典型性格。這一提出抽象概念的人物詮釋，透過

〔註87〕 韓昌雲，《十五貫在崑劇與京劇之探討》，頁69，台灣大學度碩士論文，86學年。

〔註88〕 黃克保，〈崑劇《十五貫》中過于執形象的創造〉，《戲劇報》，1956年6月號，頁12～13，藝術出版社，1956‧06。

〔註89〕 王傳淞，〈我演《十五貫》裡的婁阿鼠〉，《戲劇報》，1956年6月號，頁8，藝術出版社，1956‧06。

〔註90〕 見桑毓喜，《崑劇傳字輩》，頁179，江蘇文史資料編輯部，2000‧12。

身兼編劇導演二職的陳靜，完整的形象化於劇本及導演設計之上，在藉由演員自身的理解創作，豐富整齣戲的人物形象。因此，如周傳瑛、王傳淞在敘述表演構思的過程中，都不免提到導演在整個演出所起的積極作用。

二、演員的表現及人物創造

以上談到了導演及劇中幾個主要人物的構思過程，並提出導演對整個演出起的積極作用。《十五貫》的成功與政治因素離不開關係，然而劇中演員的精采表現，是《十五貫》成功另一更重要的因素。孟小冬曾經在香港連續觀看七次《十五貫》電影的表演，認爲：

> 周傳瑛的況鐘，精神瀟灑，身段熨貼，台步尤佳，王傳淞的婁阿鼠，
> 獐頭鼠目，活現出小偷賭徒的習性，訪鼠測字一折，旗鼓相當，最
> 爲精采，可惜沒有看到舞台演出，未免遺憾。〔註91〕

筆者認爲，透過大陸以外對《十五貫》的演出評價，可以更清楚的看到，在剝除意識形態的外衣之後，《十五貫》還具有哪些藝術價值。孟小冬文末特別把未看到舞台演出引以爲憾，這是必然的，透過與上崑《十五貫》、浙崑〈見都〉舞台演出錄影的比較，明顯可發現電影版存在許多的省略和妥協，主要包括有以下幾個重點：

1. 劇本受到刪改，部分情節產生不合理的連結。
2. 人物外型與表演趨向寫實化，簡省了舞台上誇張的、意象化的表演方式。
3. 電影的運鏡手法及寫實的佈景，減少演員的發揮空間。
4. 爲適應電影觀眾分佈面廣，婁阿鼠被規定講不能全講蘇白，影響人物形象的完整〔註92〕。

孟繁樹認爲「戲曲電視劇」有三個美學原則，分別爲：「景物造型的寫實性」、「表演藝術的生活化」以及「戲曲音樂是靈魂」〔註93〕，如果依照孟繁樹的看法，戲曲電影同樣作爲「屏幕藝術」，某種程度上也樣具有這三個美學特徵。上述的比較所得便可與這樣的美學原則互爲應證。後三點直接影響到

〔註91〕 轉引自鈕驃、朱復等著，《中國崑曲藝術》，頁232，北京燕山出版社，1996·08。

〔註92〕 後兩點透過龔世葵的訪談得知。

〔註93〕 孟繁樹，《戲曲電視劇藝術論》，頁56～72，北京廣播學院出版社，1999·11。

表演本身，如化妝上，電影中婁阿鼠未曾勾臉，與常見的王傳淞、周傳瑛〈訪鼠測字〉照片不同（一般舞台演出，在鼻樑上勾一鼠形），這顯然受到電影寫實要求的影響。運鏡方面，如〈見都〉一場周傳瑛等待周忱的過程，原是演員足以發揮表演功力的重點，電影版卻把鏡頭帶到一旁的蠟燭，藉由蠟燭及蠟淚暗示時間飛逝，另外，如譙樓打更，表演者可以在此作文章，藉由各個表演手段表現出等待的焦急，電影卻透過周傳瑛的一個眼神，把鏡頭帶到譙樓。再如〈鼠禍〉婁阿鼠如何把半貫銅錢遺落在地上，電影版和舞台版的呈現方式也有很大的差異，電影透過鏡頭，在婁阿鼠動作之後直接把鏡頭帶到灑落在地上的半貫銅錢，上崑舞台版則利用燈光表示有人巡更，婁阿鼠把桌上蠟燭吹熄即躲到床上，接著透過婁阿鼠的表演動作（包括低身拾錢），暗示銅錢卡住並且掉落。從這些例子可以清楚知道，電影版與實際舞台演出存在相當大的差異，對演員而言，這些寫實化及運鏡手法雖然可以達到表現的便利，同時也縮小了演員的表演空間。

　　演員對人物的詮釋產生的差異是值得重視的，以婁阿鼠這個角色為例，王傳淞塑造的婁阿鼠與劉異龍形象的不同，可以從兩個人整體的表演風格以及某些點上的不同表演看出來。王傳淞的表演相當細膩，即便在電影的美學觀點下產生部份影響，但我們可以看出，王傳淞透過表演動作的豐富與一絲不苟，加強了每一個表演動作的深刻意涵，這一點上，劉異龍的表演是略有不足的。如〈鼠禍〉【六么令】幾句乾板，前面先是一句「這卻料想不到」王傳淞雙手舉至眼前交叉晃了幾下，誇張的表現出這一句「料想不到」所伴隨心裡的雀躍，劉異龍的表演僅兩個手掌交叉轉了幾下，這一層心理狀態就沒有表現出來，隨後「財星高照，眉開眼笑，心驚肉跳」三句，王傳淞運用了較為誇大的肢體和表情動作，明顯呈現婁阿鼠心理的轉折變化，劉異龍此處的表演則較為簡單，兩者效果的差異性很明顯的表現出來。然而劉異龍在某些小動作的掌握上，更突出了婁阿鼠無賴、陰暗的一面，對於「無賴」這一性格的表現，劉異龍較王傳淞更為外化、顯著。如王傳淞飾演婁阿鼠的亮相，從出場、打喝欠、伸懶腰，然後把下巴在肩上擦了幾下，這一連串動作乾淨俐落的藉由亮相表現出性格上的特色。劉異龍的表現似是為了加強人物黑暗面，他出場的步伐較沉，在台口停了幾秒，然後轉過頭瞇著眼往回看了一眼，隨即搖頭晃腦的苦笑了一下，似是為了表現輸光錢的無奈和不甘。透過勾臉的效果，這回頭的一望除了表達人物當時的心理狀態之外，更表現出一種陰

鬱的特質,由此強化了人物黑暗面的表現。隨後接著往舞台中央走幾步,武場打了一記風聲小鑼,婁阿鼠被風一吹,似是較爲清醒了,打了一個哈欠,伸懶腰之後頓時放鬆,雙手垂下,嘴巴無力的打開並吐出舌頭。重點就在於伸懶腰之後頓時放鬆的動作,嘴巴舌頭無力的往外翻開晃動幾下,這一動作劉異龍在〈活捉〉裡頭也屢屢使用,清楚的表現出人物的垂涎、無賴。這是兩人某些表演細節不同,造成人物形象略有差異的地方。

再如〈見都〉一折,周傳瑛、計鎮華與陶偉明的表演也不盡相同,周傳瑛以大官生配合老生的表演程式對人物所做的詮釋,而計鎮華、陶偉明直接以老生應工,單就細部的動作,仔細分辨仍可發現其中差異。蔡正仁二○○三年於中央大學講解崑劇「巾生」與「官生」表演上的差異,以〈琴挑〉及〈驚變〉兩折戲的片段說明官生在表演上的特色,提到大官生的行當特色在於儒雅之外更須表現出氣度,這當然與老生的老成持重不同。如果以這個基礎來理解周傳瑛對況鐘的人物設計,就可以理解三個人物在表演上有何特色。從整體風格來看,周傳瑛面對整個事件表現出一種較爲內斂、穩重的性格。計鎮華、陶偉明的表演基本上仍是老生程式化表演的呈現,計鎮華的動作較爲繁複,情緒的表現較誇大,陶偉明的人物處理則較爲單純,焦急之外略帶有慌張的表現。這樣的處理可從行當特色來理解。周傳瑛以大官生爲基礎來塑造人物,其外顯的動作要求具有大官生的氣度,因此每個身段的連接過程較爲舒緩,動作要求在「放大」之餘有所節制,因此如況鐘上堂等候周忱,門官出場,況鐘以爲周忱出堂,隨即下座迎接,一發現不是,正想探問,門官卻理都不理下場而去,況鐘在【石榴花】前有一大段的身段表演,藉以表現其焦急無奈,周傳瑛每個動作的展示在要求「氣度」的前提下,個別動作的「放大」,動作間的幅度、對比相對較小,其中有幾個抒髯、水袖的動作,在焦急的情緒之下仍能做到不慍不火,這與每個動作的幅度和速度較爲舒緩有密切的關係。相形之下,計鎮華、陶偉明這段表演的身段基本上與周傳瑛是相同的,計鎮華動作較爲激烈,同時加上了踢袍、撩袍的動作,陶偉明則較計鎮華簡化,把情緒的緊張外化爲肢體的表演動作,從這裡就可以看出表現的差異,周傳瑛因融合大官生與老生的身段動作,表演上較顯氣度,同時呈現出含蓄而有節制的美感,在這一點上,周傳瑛的人物塑造是相當成功的。

以上分別以周傳瑛、王傳淞的人物塑造爲例,討論《十五貫》的舞台呈現。《十五貫》的成功,精湛的演出是重要關鍵,而周傳瑛、王傳松等人的表

演的成功之處，除了其本身功力之外，更在於突出了「人物性格」對表演的影響，以使人物不僅具有真實性，其形象更因行當表演程式的靈活運用而顯的更為豐滿，在這一點上，後來比較的幾個版本是略有不足的。

小　結

　　《十五貫》從原作中抽取了「批判主觀主義」、「頌揚實證主義」的主題意涵，透過編劇手法的運用，在改編本突出了這層主題概念，其手法如下：

1. 人物典型化性格的塑造。
2. 「對比」、「衝突」、「嘲諷」三種手法的運用。
3. 「情節設計」的巧妙改變，在一些細節處預設伏筆，由此起到闡發主題的效果。

　　原作過於強調意識形態，是本劇改編的一個重要問題，諸如階級的對立、人物形象過於典型化、以及群眾腳色的提高等等都對改編本的情節與主題產生相當大的影響。

　　改編者陳靜運用「白話」的筆法重新創作曲文，在當時就已有正反兩方面的評價，「淺白好懂」固然是優點，但依據這種曲詞譜曲，把原曲牌的「主腔」作為「音樂動機」反覆運用在樂曲中，而原曲牌的板位、腔格以及曲式受到破壞，由此也導致了崑曲味道的喪失，關於這一點，浙崑、上崑都有人替《十五貫》音樂進行修改，然而基本上仍是維持了原來的模樣。這種填詞的筆法所產生的效果值得商榷。

　　舞台演出是《十五貫》最為成功之處，周傳瑛、王傳淞、朱國梁等三人打破原本行當家門的限制，從「人物性格」來構思、運用行當的程式動作，在表演方面的成就是相當可觀的。上崑計鎮華、劉異龍，浙崑陶偉明等人的演出所塑造的形象不同於周傳瑛等人，其表演也是可圈可點的。

第三章 《風箏誤》改編本析論

前　言

　　《風箏誤》是李漁《十種曲》中最爲膾炙人口的作品。在浙崑的改編劇目中，此劇相當受到歡迎，演出場次僅次於《十五貫》、《西園記》，除了其本身情節的趣味性之外，表演者的精采表現（早期如王傳淞、龔世葵，一九八〇年代以後常演者爲王世瑤與王世菊或孫肖遠）亦是《風箏誤》受到歡迎的要素之一。

　　本章從「比較原作」、「編劇手法」、「唱唸安排」及「舞台呈現」四個方面論述《風箏誤》的改編，探討原作長達三十折、充滿錯誤巧合的情節設計，如何被整編爲三個小時的演出本，其改編手法爲何？以及是否能夠呈現原作情節與表演上的趣味。「唱唸安排」部分，主要就改編本如何沿用、改造原曲牌，改變了哪些方面？效果如何？並探討原作充滿趣味性的喜劇語言如何呈現在改編本之中，作爲一本喜劇，喜劇語言對《風箏誤》喜劇性的營造有關鍵性效果，故特別提出來討論。《風箏誤》最值得注意的是表演上的大膽革新，把詹愛娟由丑扮改爲六旦扮演，這樣的改動原因爲何？有哪些影響？是否具有更好的效果？另外，六旦本身的表演程式，應如何與劇本被「醜化」的詹愛娟接軌，既保留丑扮的特色，又同時不過於醜化人物，是本段討論的重點。

第一節　《風箏誤》原作情節結構及語言特色

李漁《風箏誤》是《十種曲》中最爲膾炙人口、流傳最久的一部作品，其總評謂「是劇結構離奇，熔鑄工煉，掃除一切窠臼，向從來作者搜尋不到處，另闢一境，可謂奇之極、新之至矣。」可謂對《風箏誤》相當概括且能深入全劇特色的評價。

「喜劇」這一概念由西方引進，用在中國戲曲劇本必須重新詮釋、介定其內涵。根據王季思、周國維、于成鯤等人的研究，中國喜劇的構成，其形式特徵不外兩大特色：情節關目的新奇、語言的幽默機巧〔註1〕。故以下分別從情節結構及語言特色論述原作劇本，突顯原作特色，以利改編本的分析。

一、情節的奇巧與多層次結構

《風箏誤》共三十出，全劇主線情節寫韓世勳、詹淑娟與戚施、詹愛娟四人，因風箏題詩所引發一連串趣事。副線情節寫掀天大王以象戰入侵中原，屢被詹武承、韓世勳所破。爲便於以下分析，情節進行及腳色分配如下表所示〔註2〕：

折次	題名	曲牌數	主要出場人物、行當（依出場順序）
1	顛末	2	末
2	賀歲	8	韓世勳（生）、戚天袞（小生）、戚施（副淨）
3	閨哄	7	詹武承（外）、柳氏（小旦）、詹淑娟（旦）、梅氏（老旦）、詹愛娟（丑）
4	郊餞	6	戚天袞（小生）、詹武承（外）
5	習戰	6	掀天大王（淨）
6	糊鷂	2	戚施（副淨）
7	題鷂	5	韓世勳（生）
8	和鷂	8	戚施（副淨）、柳氏（小旦）、詹淑娟（旦）
9	囑鷂	8	韓世勳（生）、戚施（副淨）、抱琴（丑）

〔註 1〕 參見王季思，《中國十大古典喜劇集・前言》，頁1～23，上海文藝出版社，1988・04。周國維，《中國十大古典喜劇論・十大喜劇的藝術特徵》，頁23～42，暨南大學出版社，1991・06。于成鯤，《中西喜劇研究──喜劇性與笑・喜劇性因素》，頁66～153，學林出版社，1992・10。

〔註 2〕 題名粗體者爲主線情節。

10	請兵	5	詹武承（外）
11	鷂誤	6	韓世勛（生）、詹愛娟（丑）、奶娘（淨）
12	冒美	2	奶娘（淨）、抱琴（丑）
13	驚醜	4	奶娘（淨）、韓世勛（生）、詹愛娟（丑）
14	遣試	7	戚天衮（小生）、韓世勛（生）、抱琴（丑）
15	堅壘	8	掀天大王（淨）、詹武承（外）
16	夢駭	5	韓世勛（生）、詹愛娟（丑）、奶娘（淨）
17	媒爭	4	媒婆1（淨）、媒婆2（老旦）
18	艱配	10	韓世勛（生）、媒婆1（淨）、媒婆2（老旦）
19	議婚	4	戚天衮（小生）、媒婆（丑）、報人（淨）
20	蠻征	4	韓世勛（生）、末
21	婚鬧	14	梅氏（老旦）、戚施（副淨）、詹愛娟（丑）
22	運籌	4	詹武承（外）、韓世勛（生）
23	敗象	9	掀天大王（淨）、詹武承（外）、韓世勛（生）
24	導淫	4	詹愛娟（丑）、戚施（副淨）
25	凱宴	7	詹武承（外）、末、韓世勛（生）
26	拒奸	6	詹淑娟（旦）、詹愛娟（丑）、戚施（副淨）
27	聞捷	2	戚天衮（小生）
28	逼婚	8	韓世勛（生）、戚天衮（小生）
29	詫美	16	柳氏（小旦）、韓世勛（生）、詹淑娟（旦）
30	釋疑	17	詹武承（外）、梅氏（老旦）、詹愛娟（丑）、戚施（副淨）、柳氏（小旦）、韓世勛（生）、詹淑娟（旦）、戚天衮（小生）

　　結構佈局的巧妙是《風箏誤》最為成功之處。其結構佈局可從兩方面來探討：一是全劇主、副線結構呼應配合；二是伏筆的運用。

主、副線結構的設計

　　與一般生、旦戲的分立對位不同〔註3〕，根據上表，旦腳僅在第三、四、二十六、二十九、三十等五出上場，戲份少，劇作主體全無旦腳戲，不與生構成一貫的情節線。相對而言，生腳戲份相當多，不僅在主線情節佔有很大的份量，也與副線情節有緊密的關係。另外，副淨（戚施）、丑（詹愛娟）二人也有相當的份量，是全劇喜劇效果呈現的關鍵。

〔註3〕 李曉，《比較研究，古劇結構原理》，頁63，中國戲劇出版社，1989‧01。

　　因不同於一般生、旦對位結構,對主線情節需作更細膩的區分。《閑情偶寄・格局第六》論「沖場」——即開場第二折——提到:

> 此折之一引一詞,較之前折家門一曲,尤難措手,務以寥寥數言,道盡本人一腔心事,又且蘊釀全部精神,猶家門之括盡無遺也。同屬包括之詞,而分難易於其間者,以家門可以明說,而沖場引子及其定場詩詞全用暗射,無一字可以明言故也。〔註4〕

「沖場」必須藉引子及定場詩詞概括全劇主旨,又不能如開場「家門」直接點出全劇情節。然而正因不需概括全劇情節,只言場上人物的「心事」,更可突顯作者所欲直接處理的主題,並由此看出全劇層次。《風箏誤》沖場第二出〈賀歲〉生韓世勛上場,引子與定場詩為:

> 【鵲橋仙】(生巾服上)乾坤寂寞,菀懷焉寄?自負情鐘我輩。良緣未許便相遭,知造物定非無意。烏帽鶉衣犢鼻褌,風流猶自傲王孫。
> 《三都》賦後才名重,百尺樓頭氣岸尊。手不太真休捧硯,眉非虢國敢承恩?佳人端的書中有,老大梁鴻且莫婚。小生韓世勛,字琦仲,茂陵人也。囊飢學飽,體瘦才肥。人推今世安仁,自擬當年張緒。雖然好色,心還恥作登徒;亦自多情,緣獨慊于宋玉。

這段念白透露兩個訊息:一是韓世勛才華出眾,一是韓世勛對佳人的標準及期待。又此出【解三醒】中念白韓世勛提到:「但凡婦人家,天姿與風韻,兩件都少不得。……就是天姿風韻都有了,也只算得半個,那半個還要看他的內才。」全劇基礎在於韓世勛對佳人的追求,此佳人必須具有天姿、風韻、內才三個優點,由此引出旦腳詹淑娟的印象,並隨即在第三出〈閨哄〉予以形象化。此韓世勛對佳人的追求,間接指向詹淑娟,屬於第一層次的戲劇動作,為全劇核心。第二層次建立在韓世勛「追求佳人」這個戲劇動作的基礎之上,與之直接相關,為戚施與詹愛娟兩人對韓世勛「追求佳人」這一動作有意或無意所引起的波瀾。第三層次為雙方父母長輩,主要包括詹武承、戚天衮、梅氏、柳氏等數人,此層次戲劇動作與韓世勛這一動作基礎相差更遠,由外部直接介入,旨在促成韓、詹二人結合,在第二十五出〈凱宴〉之後作用較為明顯。最後則是掀天大王侵略中原一線情節,對韓世勛這一動作基礎不起積極干涉,純由外部消極促使全劇趨向大圓滿的情節。

〔註4〕 李漁,《閑情偶寄・格局第六・沖場》,《李漁全集第三卷》,頁61～62,浙江古籍出版社,1991・08。

　　戲劇動作是否相對完整而獨立，是動作線是否得以區分的主要標準。上述的四個層次——人物區分並不表示全劇可分爲四條動作線，實際上，戚施、詹愛娟的戲劇動作不僅不具備獨立性，也並非完整的戲劇動作，而是緊密扣合著韓世勛追求佳人此一核心。如〈糊鷂〉、〈題鷂〉、〈和鷂〉、〈囑鷂〉、〈鷂誤〉、〈冒美〉六出寫戚施欲趁清明放風箏，叫家僮糊了一個風箏，並請韓世勛在上作畫，韓在風箏上提了一首詩，戚施無奈只好放這個風箏，又不巧落在詹家，被柳氏及詹淑娟拾到，在風箏上和了一首詩。戚施派人來取，柳氏誤以爲戚施高才，並藉由奶娘之口傳到詹愛娟耳中。另一方面韓世勛見到風箏上的和詩，以爲題詩者必爲佳人，於是冒充戚施又和詩一首，放入詹家門牆，卻巧被詹愛娟奶娘拾獲。這段情節可明顯看出第一、第二層次戲劇動作的關係。必須注意「風箏」在這幾段情節的貫串作用。風箏由戚施起，經過一連串的動作，韓世勛→戚施→詹淑娟→韓世勛→詹愛娟，從韓世勛在風箏上的題詩起，落到詹淑娟處再回到韓世勛手中，韓見詩再放一風箏誤入詹愛娟處，由此可看出戚施、詹愛娟戲劇動作以韓世勛追求佳人爲軸心展開，並透過風箏貫成一線。

　　第三層次的動作更不具備完整性及獨立性，僅於第二十五出以後起著促使生、旦結合的作用，更無法視爲一獨立情節線。第四層次掀天大王侵略中原在劇中有六出，由起兵、與詹武承、韓世勛的對峙，再到兵敗，由開頭、中段發展到結尾，明顯可看出完整的發展脈絡，且與主要情節關聯較少，可視爲一獨立情節線。掀天大王一線，同樣可看出李漁經營的苦心，正如崗晴夫提到：「起調節作用的武場中那些花俏、華麗的旨趣，或是眾多異類登場的豪華場面，作者非但不認爲是荒唐怪異的，反而視爲大顯身手的機會。〔註5〕」此線情節李漁用即爲誇張的場面，營造全劇情節的冷熱對比，諸如第五出〈習戰〉操演人戰、象戰，分別以「眾持軍器，各舞一回下」、「扮象上，舞一回下」表示；第十五出〈堅壘〉詹武承以三個壯士扮關聖帝君、火德星君及太歲星君智取掀天大王，雖然這些折子已從舞台上絕跡，但從劇本載明舞台調度的提示仍可得知當時演出的舞台效果是相當可觀的。

　　由此可知，《風箏誤》全劇有一條主線情節，包含三個層次的戲劇動作，以韓世勛追求佳人爲核心，間接指向詹淑娟，並藉由第二、三出的暗示使觀眾了解最終情節。與此核心動作直接相關，爲戚施與詹愛娟的戲劇動作，此二人

〔註5〕 （日）崗晴夫，張杰譯，〈李漁的戲曲及其評價〉，《戲曲研究》第十七期，頁269，文化藝術出版社，1985．12。

動作處處關係到核心情節的進行，爲核心情節的推演引起波瀾，增加劇作的趣味性。第三層次動作則由外部刺激生、且兩人的結合。這三個層次全部扣緊了核心動作發展，使全劇主題分明且豐富多彩。副線情節爲第四層次掀天大王侵略中原一段情節，除了在排場上起著調劑作用，也促使全劇結局更爲圓滿。

情節的新巧與伏筆的運用

徐朔方認爲：「以舞台演出和觀眾放在第一位，按照李漁本人的解釋以及他在創作中的實踐所表明，這就是以緊湊而複雜多變的情節結構放在第一位。〔註6〕」「娛樂性」是李漁所追求的目標。因此結構清楚並能將情節安排的緊湊，是李漁認爲一部劇作成功的首要條件。經由上面的討論，《風箏誤》的結構及情節安排確實相當集中且層次分明。而情節的新巧更是李漁重視娛樂性的表現，如青木正兒論《風箏誤》云：「其關目佈置之工，針線之密，賓白吞吐之得宜，當足可稱爲其長技。〔註7〕」此處論《風箏誤》的特點，正可與李漁劇論相互映證。所謂「關目佈置之工」、「針線之密」，都是針對情節而言，前者指出情節的設計、進行及發展的工巧，後者除認爲各出情節銜接須緊密，不可露出破綻，更重視伏筆運用及其對整體情節銜接的效果。如《閑情偶寄・結構第一》〈密針線〉提到的：「每編一折，必須前顧數折，後顧數折，顧前者欲其照映，顧後者便於埋伏。〔註8〕」在李漁的作品之中，一切情節的設計安排都必須以營造喜劇性爲主要目的。

王季思提到：「喜劇的情節除了本身的邏輯構思外，長要借助巧合、誤會增強喜劇色彩〔註9〕」。《風箏誤》的情節設計，靈活運用「意外」、「偶然」、「誤會」等手段，以達到喜劇效果。「錯誤巧合」本是傳奇作品常用的表現手法，作爲喜劇，《風箏誤》的「錯誤巧合」如何呈現「喜劇色彩」，端看其「衝突」如何安排。柏格森即指出〔註10〕，滑稽的產生，根本原因在於「僵硬」或「慣性

〔註6〕 徐朔方，〈李漁戲曲集前言〉，《劇藝百家》1986年第四期（總6），頁95，劇藝百家編輯部，1986。

〔註7〕 （日）青木正兒，王吉盧譯，《中國近世戲曲史》，頁337，台灣商務印書館，1988。

〔註8〕 李漁，《閑情偶寄・結構第一・密針線》，《李漁全集第三卷》，頁10，浙江古籍出版社，1991・08

〔註9〕 王季思主編，《中國十大古典喜劇集》，頁16，上海文藝出版社，1988・04。

〔註10〕 （法）昂利・柏格森，徐繼曾譯，《笑──論滑稽的意義》，頁5～14，商鼎文化出版公司，1992・09。

的作用」。人的一種「僵化」的動作或表情與現實生活起了對比衝突，由此產生滑稽的效果。此「僵硬」有外在與內在之分，前者純指行為上「偶然條件或者別人惡意設置的障礙」，後者則涉及了心理或性格上的缺失。從這個觀點來檢視《風箏誤》如何營造喜劇效果，其中最主要的錯誤巧合有四個關鍵點：（1）韓世勛誤放風箏入詹愛娟院中，韓冒充戚施、詹冒充其妹相約幽會；（2）因前事，韓誤解詹愛娟即為眾人口中才高貌美的詹府小姐，除告誡自己「眼見為實、耳聞為虛」外，並因此有拒婚的舉動；（3）戚施誤以其父為己擇配的是詹家貌美小姐，而詹愛娟亦以為戚公子是當夜幽會的韓世勛；（4）逼婚一節，韓誤以為所娶為當夜幽會的詹愛娟。由這四個關鍵點的安排不難看出，外在環境不斷的因刻意設計，與處於該環境人物的認知起了衝突，此認知即心理尚停留在想像情況的「僵化」表現，人物在最後關鍵獲知真相而產生驚異的反應，不管是抗拒（〈驚醜〉、〈婚鬧〉）還是接受（〈詫美〉），其過程的喜劇效果便由此而生。

上述屬於主要情節，其中更有細部動作——即伏筆的運用，如果以主要情節發展的奇巧作為骨架，那麼伏筆的運用則有利於產生「前後照應」的效果，對整體情節起縫合的作用。《風箏誤》伏筆運用在以下幾個地方：

1. 第三出〈閨哄〉，詹武承臨行前：「我如今在家，他們還終日吵鬧，明日出去之後，沒有個和事老人，他兩下的冤家，做到何年是了？（想介）我有道理，叫院子（末應介）趁我在家，叫幾個泥水匠來，將這宅子中間築起一座高牆，把一宅分為兩院，梅夫人住在東邊，柳夫人住在西邊。他兩個成年不見，自然沒氣淘了。」此段本為防止二位夫人吵鬧，卻在第十一出〈鷂誤〉韓世勛另放風箏時，一陣西風將風箏吹到梅氏所在的東邊，因而風箏落在詹愛娟及奶娘手上，進而引出〈冒美〉、〈驚醜〉等情節。

2. 第八出〈和鷂〉，柳氏要詹淑娟和詩，此時詹愛娟遣乳娘邀淑娟過去一談，見淑娟在風箏上作詩，問柳氏：「這是哪裡來的風箏，寫它做什麼？」柳氏便將詳情告知乳娘。至第十一出〈鷂誤〉，韓世勛誤將風箏落在愛娟處，奶娘道：「呀，原來也是一個風箏，也有一首詩在上頭。」愛娟問道為何加上兩個「也」字，奶娘接著道：「我前日過去請二小姐，他正拾到一個風箏，上面有詩，他和了一首。今日我們又拾到一個，又有一首詩，故此下兩個『也』字。」隨後愛娟問道風箏下落，奶娘道「聞得是戚公子的，當日就討去了。」由此可知〈和鷂〉安排乳娘上場是一

伏筆，雖容易爲人忽略，卻有串連並引出下段情節的作用。

3. 第八出〈和鷂〉，柳氏自擬和詩「要從尾韻和起，和到首韻爲止。」此規定只作取樂之用，在此作爲一個伏筆，至第九出〈囑鷂〉，韓世勛誤解爲「寓個顛鸞倒鳳的意想在裡面」，由此誤解產生喜劇性。

4. 第二十五出〈凱宴〉，詹武承意欲將詹淑娟許配韓世勛，韓以「現有戚老伯在家擇配，一來不敢不告而取，二來恐怕事有兩岐，故此未敢輕諾」爲由拒絕。至第二十八出〈逼婚〉，戚天衮強逼韓世勛娶詹淑娟，韓意欲推託，卻想到：「我前日上表辭婚，又說家中已曾定了原配，他萬一動起疏來，我不但犯了抗父之條，又且冒了欺君之罪，這怎麼了。」前面的一段話作爲伏筆，造成了無法拒婚的窘境。

5. 第二十六出〈拒奸〉，詹愛娟引淑娟至其房中，欲滿足戚施納妾的要求。淑娟見愛娟床頭掛著一口寶劍，問起原由，愛娟告知寶劍可避邪之用，因而掛在床頭。隨後戚施意欲輕薄淑娟，前面的床頭寶劍成爲淑娟避禍的伏筆。

6. 第三出〈閨哄〉詹愛娟道：「妹子，你聰明似我，我醜陋似你，你明日作了夫人、皇后，帶挈我些就是了」作爲伏筆，延續至至第三十出〈釋疑〉，詹淑娟對詹愛娟道：「你當初說我做了夫人，需要帶挈你帶挈，誰想我還不曾做夫人，你倒先做了夫人，我還不曾帶挈你，你倒帶挈我淘了那一夜好氣。」

7. 第十三出〈驚醜〉與第二十六出〈拒奸〉，分別寫詹愛娟對韓世勛、戚施對詹淑娟調戲被拒，爲全劇主要情節，而作者在第三十出〈釋疑〉在另一個角度重新詮釋，將前兩出轉而作爲伏筆使用。前兩段情節作爲韓、戚二人的心病，故而此出四人相見，韓、戚二人均想到：「聽見說我調戲他的妻子，這場怨恨怎得開交。」進而兩人爲免尷尬同出客廳。

主要情節進展配合伏筆使用，使全劇情節產生觀眾無法預期的進展，從而產生喜劇效果。

二、喜劇語言及其特色

朱偉明總結《風箏誤》喜劇語言的特色：

> 《風箏誤》的喜劇語言，並不是一味插科打諢取悅於人，而是銳意

創新，有意識的追求語言的喜劇意蘊。具體而言，《風箏誤》喜劇語
言的新奇特色，及中表現為喜劇語言的個性化與幽默化。〔註11〕

以「銳意創新」作為《風箏誤》的語言特色是相當公允的。李漁在劇中主要
透過兩個丑角，表現這些尖新且充滿趣味的喜劇語言，同時藉由表演及情節
的設計安排，加強了語言的喜劇效果。許多評論讚賞李漁劇作情節關目巧妙
的同時，也批評了劇作中使用語言、笑話的低俗〔註12〕，而正如崗晴夫所云，
這些評論「就是中國傳統的崇雅斥俗的所謂文人感覺和讀書人趣味。〔註13〕」
「從其最基本的認識上缺乏將李漁作品明確的作為娛樂性文藝亦即『遊戲文
藝』去把握的觀點。〔註14〕」崗晴夫的觀點值得我們重新思考對李漁劇作語
言的評價。李漁本身即主張「意深詞淺」的戲曲語言，在「貴顯淺」的主張
下又強調不可「一味淺顯而不知分別。〔註15〕」並重視戲曲語言的「機趣」、
「尖新」。綜觀李漁劇作，以娛樂為主要目的，語言流暢輕巧，其中蘊含的機
趣幽默，喜劇效果十分充足，絕非低俗取悅觀眾的惡語。因此即便典雅有所
不及，作為「遊戲文藝」，李漁劇作可說成功達到了「遊戲文藝化」以及「文
藝遊戲化」兩個目的。

《風箏誤》作為一本成功的喜劇，除情節安排巧妙之外，語言充滿機趣
也是重要原因。李漁認為科諢是「看戲之人蔘湯也，養精益神，使人不倦」
對科諢的重視在其劇作實踐可見一斑。下表將《風箏誤》使用的喜劇語言擇
其要者表列如下：

折　次	腳　色	科　諢	備　註
2	戚施（副淨）	（末上）稟相公，外面有許多妓女上門來拜年。 （副淨大笑介）「我欲仁，斯仁至矣。」妙，妙， 妙，快喚進來。	
2	戚施（副淨）	（副淨）一發說的好笑，只有揚州人養的瘦馬， 肯與人相，哪有宦家兒女，容易使人見面的。	

〔註11〕　朱偉明，《中國古典喜劇史論》，頁262，中國社會科學出版社，2001・12。
〔註12〕　如青木正兒：「其曲辭本色，以平明為旨固無不可，然往往不憚出穢褻語，大
　　　　　損雅意。」（《中國近世戲曲史》，頁337，台灣商務印書館，1988。）、
〔註13〕　同註5，頁258。
〔註14〕　崗晴夫，《關於李漁評價的考察》，《藝術研究》11（總20），頁338～358，浙
　　　　　江省藝術研究所，1989・12。
〔註15〕　李漁，《閒情偶寄・詞采第二・貴顯淺》，《李漁全集第三卷》，頁17，浙江古
　　　　　籍出版社，1991・08

3	詹武承（外）	下官一日之中，吃得八九個時辰和事。虧了一雙頑皮的爾躲，煉出一副忍耐的心胸，習得吵鬧爲常，反覺平安可託。	
3	詹武承（外）	（老旦）是他的年紀小，我的年紀老，你到年紀小的身邊去。（推外介）……（小旦）是他比我先來，我比他後到，你到先來的身邊去。（推外介）（外笑介）他又推來，你又推去，我只當在這裡打秋千。	
3	詹武承（外）	（外指內介）老潑婦，老無恥，新年新歲，就來尋是非。（小旦）起先爲什麼不罵，如今見他去了，弄這假威風與哪個看。（外）當面不罵，是替你省氣，背後罵他，是替你出氣，總是愛惜你的意思。	
6	戚施（副淨）	（副淨）好衣袖被香爐擦破，破物事當古董收回，好鬚髯被吟詩拈斷，斷紙筋當秘笈攜回。	
6	戚施（副淨）	我想古來製作的聖人最是有趣，到一個時節，就製一件東西與人玩耍。不像文周孔孟那一班道學先生，做幾部經書下來，把人活活的磨死。	
8	戚施（副淨）	我戚友先到郊外遊春，教家人拿風箏去畫，此時還不見來。你看，放風箏的好不多，萬一來遲，天上放滿了，挨擠不上，卻怎麼處。	
10	眾	水營總兵錢有用。（末應，過堂介）陸營總兵武不消。（老旦過堂介）左營副將聞風怕。（丑過堂介）右營副將俞敵跑（副淨過堂介）……（眾應介）只知錢有用，都言武不消，今日聞風怕，明朝俞敵跑。	
11	詹愛娟（丑）	（淨）聞得是戚公子的……（丑）他那一個是七公子的，我這一個，自然是八公子的了。（淨）不是那個七字，是老爺的同年，戚布政的公子。（丑）這等說起來，那公子又會做詩，又喜放風箏，一定是個妙人了。	
11	詹愛娟（丑）	等得他回來許人家，我的臉婆熬的金黃色了。如今莫說見了書生的面孔、聽了男子的聲音，心上難過，就是聞見些方巾香、護領氣，這渾身也像吃蚤叮的一般。	
12	奶娘（淨）	（淨）叫你去買一袋京香、兩柄宮扇、三朵珠花、四支翠燕、五兩棉繩、六錢絲絨、七寸花綾、八寸光絹、九幅裙拖、十尺鞋面。	

12	奶娘、抱琴（淨、丑）	（淨）前日來曲風箏，今日又來取風箏，難道我家是個風箱，憑你扯進扯出的麼。（丑）不知爲什麼，那風箏就像有腳的一般，偏要鑽進你家來。	
13	奶娘（淨）	門公在哪裡？小姐說，這香味不精、扇骨不密、珠不圓、翠不碧、紗又粗、線又嗇、綾上起毛、絹上有跡、裙拖不時興、鞋面無足尺，空費細絲銀，一件用不得。快去換將來，省得討棒吃。	
13	詹愛娟（丑）	（生）我兩人原以文字締交，不從色欲起見。望小姐略從容些……（丑）寧可以後從容些，這一次倒從容不得。（生）小姐，小生後來一手拙作，可曾賜和麼？（丑）你那首拙作，我以賜和過了。（生驚介）這等，小姐的佳篇，請念一念。（丑）我的佳篇，一時忘了。……一心想著你，把詩都忘了，待我想來。（想介）記著了。……（生大驚介）這是一首千家詩，怎麼說是小姐作的？（丑慌介）這，這這果然是千家詩，我故意念來試你學問的。……這是一刻千金的時節，那有功夫念詩。我和你且把正經事作完了，再念也未遲。	
14	韓世勛（生）	……我想他那樣的醜貌，那樣的蠢材，也夠的緊了。哪裡再經得那樣一副厚臉，湊成三絕。也虧他才貌風情，件件都奇到。畢竟是伊家地氣靈，產出驚人寶。	
16	詹愛娟（丑）	（淨）相公，快開門，你心上的人來了。（生想介）我心沒有什麼人，且把門開了，看是哪一個（開門見醜，驚背介）……	
17	媒婆（淨、老旦）	兩人吵嘴	
24	詹愛娟（丑）	我想世上小的，可是娶得的東西？娶進門來，若還三夜臨著他一夜，我半年要守兩個月空房，若還兩宵輪著我一宵，就百歲也守五十年活寡。想到這個地步，教人毛骨悚然。……	
26	詹愛娟（丑）	【風入松】……（丑）妹子，我年年種荷花，再不見開朵並頭的，今年有了你的姐夫，他就妝妖作怪，學人做起風流事來。	
30	韓世勛（生）	【漁燈兒】……（對旦指丑介）夫人，那邊立的還是人還是鬼？（旦）是我家姐姐，你怎麼說起鬼話來。	

上表所列爲《風箏誤》所用帶有機趣幽默的語言，由上表可發現四個特色：

1. 所用不限副淨、丑等腳色，包括生、外等也作爲取笑之用。然而淨丑等腳色與生、外等取笑方式不同，基於行當的區分，淨、丑等腳色形象以插科打諢爲主，限制較少，其語言因而較爲辛辣活潑。生、外等本爲較莊重的腳色，其取笑方式亦較含蓄。

2. 出現頻率高。上表僅擇其精要者條列，已散佈全劇之中，其他還有純爲取笑，而不像上表所列帶有機趣者，以及語涉「穢褻」者。與情節的新奇以及副線情節的熱鬧場面配合在一起，全劇可謂熱鬧紛呈，令人有目不暇給之感。

3. 語句的尖新是喜劇語言的一大特點，除了許多出人意表的語言設計之外，透過丑角表現諷刺的用途可算是《風箏誤》喜劇語言的特色之一。

《風箏誤》喜劇語言的趣味由此可見一斑。幽默風趣的語言使用，倍增喜劇效果，是《風箏誤》喜劇性構成的重要條件。本節由情節及語言分析《風箏誤》的喜劇特質。其建立在於以下三個重點：

1. 情節結構安排緊湊，主線集中而不紛亂，利於主題呈現。

2. 情節新奇而有趣味，加以伏筆的運用，不僅使結構更爲緊密，更產生出人意表的發展。

3. 語言幽默尖新，充滿機趣。

此三點直接關乎《風箏誤》喜劇效果的建構。必須特別注意的是，在情節的部分，原作利用三十出的細膩開展，充分體現情節的曲折奇巧，而當三十出的演出時間必須壓縮在三個小時以內，並被要求情節的首尾完整，主要情節必須的敘事元素被極度的濃縮，造成情節密度大爲提高，因此改編本面臨的首要問題便在於，既然無法如原作利用逐步開展情節營造細膩而生動的效果，又如何在時間的限制下，達到情節的完整性，並兼顧喜劇效果？這一要求的提出，表示《風箏誤》的改編不能僅做到濃縮情節，而必須更有技巧性的安排，這些問題在第二節論述浙崑《風箏誤》改編本將有更完整的論述。

第二節　《風箏誤》改編劇本分析

浙崑本《風箏誤》由周傳瑛、貝庚根據李漁原作改編，一九五七年五月首演於杭州勝利劇院。一九八九年陳正國根據李漁《風箏誤》重新創作《風流誤》

一劇，此劇已屬新編戲範疇，雖於一九七九年八月參加浙江省第四屆戲劇節獲多項獎項，然此劇過於強調主題思想（即批判「以貌取人」及「追求功名」），造成情節產生過於單純的缺陷，且被認為全劇無表演重點，舞台場面冷清，一般評價不高。故本文討論以一九五七年周傳瑛、貝庚改編本為主要對象。

　　清初以來重要曲譜、折子戲選本所收《風箏誤》折子，不出〈驚醜〉、〈前親〉、〈逼婚〉、〈後親〉（即〈詫美〉）等幾折〔註16〕。浙崑改編本即於這幾折的基礎上，參考原作劇本，重新編寫，貫串成完整情節。以下分別由主題及情節結構兩部分討論並評騭浙崑改編本《風箏誤》的特色及價值。

一、情節結構的輕重對比——
　折子戲的完整與其他情節的極度濃縮

　　下表首先比對原作與改編本折子場次的對應關係。

原　作		浙崑改編本			
折 次	題 名	場 次	題 名	主要出場人物	備 註
2	賀歲	第一場	閨哄築牆	詹烈侯、柳氏、詹淑娟、梅氏、戚補臣	由〈閨哄〉演起，〈賀歲〉在後，〈郊餞〉僅為詹托戚為其女擇偶。
3	閨哄				
4	郊餞				
6	糊鷂	第二場	題鷂引詩	韓琦仲、戚友先、司棋、抱琴	〈賀歲〉韓琦仲的自報家門移到〈題鷂〉之後，〈和鷂〉僅有後半韓琦仲觀詩之情節。
7	題鷂				
8	和鷂				
9	囑鷂				
11	鷂誤	第三場	鷂誤相約	詹愛娟、奶娘	省去韓琦仲放風箏情節。
13	驚醜	第四場	驚醜逃遁	詹愛娟、奶娘、韓琦仲	
14	遣試	第五場	遣試定親	戚補臣、韓琦仲、戚友先	僅演戚補臣遣韓琦仲赴試及為戚友先擇偶。
19	議婚				

〔註16〕《綴白裘》收〈驚醜〉、〈前親〉、〈逼婚〉、〈後親〉四折。《納書楹曲譜》收〈驚醜〉、〈婚鬧〉、〈逼婚〉、〈詫美〉、〈茶圓〉五折。《增訂六也曲譜》收〈驚醜〉、〈前親〉、〈逼婚〉三折。《崑曲大全》收〈題鷂〉、〈鷂誤〉、〈冒美〉、〈驚醜〉四折。《集成曲譜》收〈驚醜〉、〈前親〉、〈逼婚〉、〈後親〉、〈夢駭〉、〈導淫〉、〈拒奸〉、〈茶圓〉八折。

21	婚鬧	第六場	前親鬧婚	戚友先、詹愛娟、梅氏	
28	逼婚	第七場	榮歸逼婚	戚補臣、韓琦仲、抱琴	
29	詫美	第八場	後親解疑	柳氏、梅香、韓琦仲、詹淑娟	
30	釋疑	第九場	茶聚護醜	眾人同上	團圓情節。

　　傳奇作品結構龐大，各個折子作為基本動作線所貫串的一個個分散的點，如何被基本動作線貫串？李曉以《清明上河圖》為喻，解釋中國戲曲的整體結構特色，認為中國戲曲「表現事物不受時空限制，有較大的自由。但不是漫無中心。」由此提出「點線」的結合原則，亦即中國戲曲以一條「基本動作線」貫串每一折的中心事件〔註17〕。《風箏誤》的結構分析已於本章第一節討論。在第一節的討論中，拈出的「基本動作線」即為韓世勛（字琦仲）對「佳人」的追求，以風箏作為貫串主軸，戚友先、詹愛娟在此基本動作線之上起阻攔作用，此二者構成《風箏誤》的主線情節，另有掀天大王一副線情節，在結構及表演上扮演調劑冷熱場的作用。改編本基本保留原作所有情節——包含副線，然而因時間限制，大量的濃縮刪減是必然的。首先針對副線情節，改編本藉由韓琦仲及詹烈侯的動作「暗示」此一事件正在進行，然而事件本身並不直接呈現，如此不僅節省許多時間，使情節集中，並因前後的暗示照應，產生與主要情節同步發展的效果。主要情節的部分，改編本大量簡省，焦點緊鎖住主線情節，基本結構與原作並無不同。然而從整體來看，改編本濃縮原作情節，部分幾場因保留折子戲的精華，與其餘情節相較則相對被放大，造成密度分配的不平均，此留待下面敘述。

　　改編本基於時間的限制，大量減省原作情節，由上表可看出改編本以〈驚醜〉、〈前親〉、〈逼婚〉、〈後親〉四個折子為基礎，提取整理部分折子的必要情節，附加在作為基礎的四個折子之上，使之連貫成為情節完整的劇本。主要的四個折子以外的填充情節，交代填補情節空白，其大要如下：

1. 第一場：綜合原作第二、三、四出的情節重點。包括詹烈侯家中二姜的不合及二女容貌性情的差異，並引出築牆之舉。以及詹烈侯復職，

〔註17〕李曉，《比較研究——古劇結構原理》，頁 31～35，中國戲劇出版社，1989．01。

交代戚補臣爲其女擇婿。此場純爲全劇背景之建立，暗伏築牆所造成韓琦仲風箏誤落詹愛娟之手。

2. 第二場：由〈糊鷂〉至〈囑鷂〉，將風箏引發誤會的過程作簡明扼要的交代，故而此場將原作這幾出極度濃縮，重點置於韓琦仲題詩、見詩以及放風箏之上。

3. 第三場：簡省原作〈鷂誤〉前半段韓琦仲放風箏的情節。

4. 第五場：作爲過場，戚補臣遣韓琦仲赴試，並爲戚友先擇詹愛娟爲媳，主要作用在於引出〈驚醜〉之後的情節。

5. 第九場：作爲全劇收煞，簡化原作〈釋疑〉。

首先討論改編手法。運用傳統折子戲的資源，是一般傳奇改編本最常使用的手法，當然不同劇作使用這種方式會遇到不同的問題。在改編本中，〈驚醜〉、〈前親〉、〈逼婚〉、〈後親〉四折雖然略有簡化，大體仍保留了折子戲原貌，改編本確實相當重視傳統折子戲的運用。然而光是這四個折子無法構成完整情節，因此其餘的五場被巧妙作爲銜接補充之用，處理的相當簡明扼要，該陳述的、關係到主要四場的情節並無遺漏，因此整個改編本的情節大體來說是完整的。以第二場爲例，此場情節錯綜複雜，囊括了原作〈糊鷂〉、〈題鷂〉、〈和鷂〉、〈囑鷂〉四折，該如何簡省使誤會過程能有條理的呈現，改編者採取的策略是把情節集中在韓琦仲身上，整個第二場從韓琦仲題詩到見詩的驚嘆，很順暢的銜接到第四場〈驚醜〉，情節不枝不蔓，主題、架構都相當明確集中。從〈驚醜〉到〈前親〉，第五場〈遣試定親〉很明確的起著銜接作用。從這些地方可以清楚的看到，除了基本的四折之外，改編者清楚知道哪些情節重要，以及這些情節的重點在哪裡，因此在第九場之前，全劇的情節線索相當明白，也突出了折子戲的精采演出。

然而除了「完整」之外，情節方面卻似乎仍少了什麼，細細推究，除了主要的四折，其餘幾場的簡明扼要固然是優點，卻同時流於只爲交代劇情而存在的窘境。古兆申提到崑劇改編本「不應只在交代劇情，而且應該盡量保留折子戲所發展出來的崑劇藝術精華。〔註18〕」所謂「交代劇情」指僅具情節架構，缺乏崑劇本身細膩的表現手法。第一、二場這種情況最爲明顯。第一場濃縮了詹家築牆、詹烈侯交代戚補臣爲二女擇配的情節，第二場則濃縮了整個由風箏

─────────────

〔註18〕古兆申，〈「發揚」在「繼承」之中──看「中國崑劇藝術節」有感〉，《大雅》雙月刊，2000 年 6 月號，大雅藝文雜誌社，2000‧06。

引發誤會的過程。二場濃縮的比例都相當高，與原作比較，更可發現濃縮後只保留與情節進行直接相關的部分，其他都被省略了。各曲譜所留《風箏誤》的折子一致的從〈驚醜〉開始，之前的折子付之闕如，因此改編本固然著意於保留折子戲的表演精華，其餘部分——尤其是〈驚醜〉以前——沒有折子戲可供參考，只能從原作著眼。換個角度想，這些部分改編者有較大的空間可自由處理，尤其是第二場因風箏造成誤會的過程。此劇之所以名為《風箏誤》，全劇首要重點不在因風箏之誤所造成的結果，而在於因風箏造成誤解的過程，此過程在零散中有其緊密的因果關係，因此需要有技巧的處理，條理分明是基本條件，在此之上則須思考如何達到喜劇效果以免乏味。然而我們可以看到的是，改編本這些部分劇情的展示過於粗略，僅具有基本骨架，其他相關的鋪排則被省略了。

劇情展示部分的粗糙，造成最直接的影響在於前後情節照應縫合作用的喪失，而其中最重要的問題是，由於結構設計重視主要四個折子戲，一直到第六場〈前親鬧婚〉，生旦主軸隱而未見，所有的戲只為了營造出〈驚醜〉、〈前親〉，在此之後又回歸生、旦主軸，由此造成情節斷裂以及劇本整體性的不足。《風箏誤》改編本情節整體性的不足，可以從一九九九年江蘇省崑劇院來台演出〈風箏誤〉得到例證。江蘇省崑劇院〈風箏誤〉改本源於浙崑〔註19〕，一九九九年十一月於臺北新舞台的演出又更加簡省〔註20〕，由〈題鷂〉演起，經〈鷂誤〉到〈驚醜〉、〈前親〉，勉強算有個開頭，但整體情節卻是不完整的，〈題鷂〉、〈鷂誤〉作為〈驚醜〉、〈前親〉的鋪墊，嚴格說無戲可看，表演重點在於後兩出。這次的演出，顯示原改編本作為一個情節完整的劇本，存在情節上的缺陷。

討論改編本情節結構，著重分析大量簡省情節的優劣之處，最後引到了劇本的表演。從最後的討論，改編本大量省略情節，部分只作交代劇情之用，情節本身的趣味性因此大為降低，因而改編本的欣賞重點從整體情節與表演的配合，轉到了〈驚醜〉、〈前親〉、〈逼婚〉、〈後親〉的表演之上，造成了審美角度的改變，此於下段討論。

〔註19〕 吳新雷主編，《中國崑劇大辭典》，頁 161，南京大學出版社，2002‧05。江蘇省崑劇院《風箏誤》於 1997 年根據浙崑本改編，劇本與 1997 年的演出錄影，現均藏於國立中央大學戲曲研究室。

〔註20〕 錄影資料見《秣陵蘭蘊‧江蘇省崑劇院演出》，雅韻藝術傳播公司製作，國立傳統藝術中心籌備處發行。

二、從「情節」到「表演」──編劇手法造成觀眾欣賞角度的改變

以上概略分析改編本情節的整體結構，此處進一步分析改編本情節喜劇性營造與原作有何不同，由此可比較出二者情節處理的差異所產生的不同效果。周國維認爲「喜劇性」產生的三個條件，包括〔註21〕：

1. 審美對象自身具有不協調的矛盾對比。
2. 這種不協調的審美現象與觀眾正常的審美理想和願望之間又產生一種不協調的對比。
3. 這兩方面的矛盾對比要給觀眾以非預期的發現。

這三個條件針對喜劇情節及人物的設計安排，其中強調兩個層次的矛盾對比：以劇本爲內在層次，表現爲劇中人物之間的矛盾；以表演整體（包括劇本、表演者等諸多因素）爲外在層次，表現爲劇作主要審美對象的行動與觀眾「正常」想法之間的矛盾。這兩個層次的矛盾對比具體落實在情節──更重要的是細節──的表現，給觀眾以「非預期的發現」，從而構成喜劇效果。原作的細膩結構，與喜劇性效果的呈現有密切關係。其中「審美對象自身的不協調」以及「與觀眾正常審美理想的不協調」，可由韓世勛、戚施、詹愛娟、詹淑娟四人的關係討論。首先可假設觀眾正常的審美理想在於美與醜、情與欲的分立〔註22〕，因此韓世勛與詹淑娟、戚施與詹愛娟分別結爲兩對，全劇結果亦是如此安排，而在雙方分立的設定之下相互干涉，即詹愛娟與韓世勛、戚施與詹淑娟的交叉錯認，基於觀眾美與醜、情與欲分立所產生的不協調感，藉由誤解造成觀眾心中的非預期發展，由此營造出喜劇效果。此處應特別提出「細節〔註23〕」的刻劃，原因在於強調「細節」的描述對戲劇作品的重要性〔註24〕。其中喜劇對細

〔註21〕周國維，《中國古典十大喜劇論》，頁217，暨南大學出版社，1991‧06。

〔註22〕如梅蘭芳提到：「俊的一對夫婦的才學品行，都比醜的一對要高明的多。如果配錯了，台下的人就不會痛快了。」梅蘭芳述，許姬傳、許源來記，《梅蘭芳舞台生活四十年》，頁363，中國戲劇出版社，1986‧05。

〔註23〕關於「細節」的定義，此處以陳亞先文中所舉的例子爲例（見《戲曲編劇淺談》，頁49）。陳文以「武松過景陽崗，必要喝酒」爲例。武松過景陽崗前喝酒屬於情節層次，而其細部呈現，從不願店家勸阻一碗碗的喝，最後抱起酒罈直灌則屬於細節部分。本文中所謂「情節的架構」即如同「武松喝酒」，若不注意細節的設計，武松大可喝了酒走人，但武松於此喝酒的必要情節之上，先有一碗碗的喝，而後直接喝一整罈，則從中更顯出其人物性格，此則屬於細節的部分。

〔註24〕陳亞先，《戲曲編劇淺談》，頁49～57，文津出版社，1999‧08。此段論述重點在於，透過多年看戲寫戲的經驗，認爲一齣戲的「情節要淡化，細節要豐

節有更迫切的需求，喜劇的細節描述直接起到引發觀眾的笑聲的作用。以《風箏誤》為例，改編本重新處理的第二場，雖然簡單清楚交代了情節，過程中巧妙的細節安排卻被省略，這些細節對於劇作本身喜劇性的影響，也直接影響了演員的表演。原作這幾折雖然沒有形成折子戲，也不曾有演出紀錄留下來，李漁詳盡的表演提示，以及充滿機趣的喜劇語言，包括韓琦仲題詩見詩的神態表情、戚友先的插科打諢，不難想見李漁為這幾場的演出在設計情節的同時，也同時考慮到表演的效果。而改編本只留下主要情節，表演上大量的省略，使得戚友先只有在相應於〈糊鷂〉之處有少量的插科打諢，且趣味性遠較原作為低，而就算整場戲集中在韓琦仲，因為大量的刪減，實際上改編本第二場韓琦仲身上可看的戲並不多，如〈題鷂〉一開始一段自思自嘆、〈囑鷂〉見詩的癡態，作為這幾折表演的重點改編本是簡省了。

因此所謂的「細節」代表的意義有兩方面，除了表現為對情節更深入的刻劃之外，另一層意義即為劇本中對表演的安排設計。王安祈老師認為，戲曲與小說結構的不同，在於前者「在『情節結構』之外還需同時考量『表演設計』」，而所謂的「表演設計」，即「包括唱腔、身段舞蹈或其他類藝術手段的選擇安設」，書中並舉田漢《白蛇傳》與《西廂記》為例，說明劇本「表演設計」對演員及導演詮釋劇本的重要性〔註 25〕。根據王安祈老師的論述，劇本中存在的「表演設計」，與上述劇本的細節設計有極為密切的關係，如該文中所舉《白蛇傳》的〈合缽〉實具強烈的戲劇衝突卻只能作為過場戲，以及《西廂記》最後三場敘寫鶯鶯性格最突出的部分，卻屢在演出中被刪去，「沒戲」是其原因，換句話說也是因為忽略了細節的刻劃，造成沒戲可演的情況，該場戲在整本戲的演出中因而不受重視。

迪倫馬特提到：「題材對於觀眾虛構性越強，或者越不熟悉，則劇情的展示部分就必須越細緻。〔註 26〕」所謂「劇情展示部分的細膩」意指在一定的情節跨度內，劇中人物如何呈現劇情，展示的部分愈細膩，情節的跨度自然就愈小，這是《風箏誤》改編本問題存在的關鍵。情節及其細節的關係相當複雜，細節藉由細膩的周折及表演安排，深化情節及劇中人物的刻劃，卻也

富」，如此才能成就一個生動感人的作品。

〔註 25〕 王安祈，《當代戲曲》，頁 98、176～180，三民書局，2002・09。

〔註 26〕 （瑞士）迪倫馬特，〈戲劇問題〉，《戲劇美學》，頁 44，洪葉文化事業有限公司，1998・03。

同時緩慢了情節進行的速度，因此對改編本而言，細節的掌握安排該以何種標準衡量，則是一個難解的課題。乾嘉時期流傳下來的崑劇折子戲，產生背景因素在於一般觀眾對劇情有一定了解〔註27〕，這些折子戲透露的訊息便在於：當觀眾對劇本情節的熟悉程度高，情節的呈現不再受到重視，欣賞的重點就集中在表演本身。而把流傳下來的折子戲劇本再與原作比較，大部分呈現的是：與主要情節無關的部分被剔除，細節則有更深入、更細膩的刻劃，這些刻劃顯示在劇本上，成為「細節」的一部分，由此細節就等於更深刻理解、創造人物與情節的重要手段。因此可知在主要情節的架構之外，細節的展示除了作為劇情展示的重要部份，同時也成為表演者的表演重點。

對於情節的完整性與細節刻劃之間的矛盾，尚存在一個需要考量的問題。如折子戲興起後，仍然存在以全本戲的演出為號招者。陸萼庭論述乾嘉時期全本戲演出的新貌，此時的全本演出已與折子戲定型以前有所不同，其中一種特殊全本戲演出方式方式，即「借全本戲之名，展示折子戲之實」，陸萼庭以《精忠記》、《爛柯山》、《慈悲願》、《鐵冠圖》等劇目為例，認為雖然戲中折子來源不一，全劇結構跳躍，卻能演巧妙抓住觀眾觀劇心理，原因便在於觀眾對這些戲的重點折子的期待〔註28〕。對於這個情況，必須預設的基本立場，同樣是觀眾對於整體情節至少有基本的了解，在基本了解故事的情況下，情節的完整性變成次要需求，主要的需求便在於重要的幾場戲。

由此回過頭來討論《風箏誤》改編本。當傳統劇本被整理改編為現代演出的本子，無法預設觀眾對該劇本題材的熟悉程度，完整情節是必須的（此處所謂的完整情節最基本應是傳奇劇本的主線情節），而折子戲的精采表演也是必須的，二者如何融合在有限的表演時間，還需顧慮到劇本情節架構的整體性，即達到雙方面能夠兼顧的目的。《風箏誤》原作細節設計的緊密，以及情節曲折細膩的安排，在時間限制下造成改編上的困難，因此如改編本把重

〔註27〕 陸萼庭《崑劇演出史稿修訂本》：「正在這個時期中，劇壇已積累起相當數量的劇目，許多著名劇本的情節逐漸成為社會上婦孺皆知的常談，這就是折子戲勃興的客觀條件之一。」（頁269，國家出版社，2002・12）。王安祈亦提到：「折子戲之所以由形成而至蔚為風氣，主要的基礎在於：傳奇的演出已臻極盛，許多風行多年的戲觀眾已觀之再三，對劇情的發展早已瞭若指掌，演出時無須一一交代，觀眾的審美焦點漸由『劇情發展』集中至『表演藝術』。」（〈折子戲的學術價值與劇場意義〉，洪惟助主編，《崑曲辭典》，頁193～194，國立傳統藝術中心，2002・05）。

〔註28〕 陸萼庭，《崑劇演出史稿修訂本》，頁388～389，國家出版社，2002・12。

心放在折子戲的串演，是一種避重就輕的技巧──即「誤會」的形成過程錯綜複雜，在演出時間限制下造成改編的困難，因此把「過程」在劇中所占地位「弱化」，並相對加強了〈驚醜〉、〈前親〉、〈逼婚〉、〈後親〉四折戲的比重。這種改編手法造成了欣賞重點從錯綜複雜情節轉移到四個折子戲的表演之上，王傳淞等人精采絕倫的表演〔註29〕，成為《風箏誤》長時間受到歡迎的主因。

討論改編本如何安排情節與細節，需關注兩個重點，其一為主要四場之外的部分，其二則為主要四場和其餘五場之間的關係，前者直接討論情節與細節安排問題，後者則是這種安排對劇本整體性的影響。首先討論前者，以第一、二場為主要討論對象。根據上面的論述，改編本處理〈糊鷂〉到〈鷂誤〉等幾出，可以發現省略許多細節的刻劃。改編本第二場〈題鷂引詩〉囊括原作〈糊鷂〉至〈囑鷂〉的情節，又此場為韓琦仲等人首次登場，其中插入〈賀歲〉韓琦仲自報家門。此場開始韓琦仲與戚友先上場，重新組合〈糊鷂〉、〈題鷂〉二出，寫戚友先欲放風箏請韓琦仲在風箏上題畫，隨後戚友先出門，戚補臣上場情節轉到〈賀歲〉韓琦仲自報家門，結束後回到〈囑鷂〉，中間省略〈和鷂〉，戚友先再次上場風箏已和詩一首，韓琦仲發現風箏上的詩，遂有放風箏的行動。與原作情節比較，改編本此場細節省略大概有以下幾個地方：

1. 韓琦仲題詩的過程。韓琦仲題詩是為一個情節，如何題詩則是細節。原作〈題鷂〉前半段的舖墊，賦予題詩這一動作更為深刻的意義，也更清楚交代韓琦仲的心理及性格。改編本僅略述：「把我平時喜歡之詩，續上兩句寫在上面便了。」平時喜歡之詩何以此時才「續上兩句」？這種合理性的問題姑且不論。省略題詩前一段舖敘，此風箏之詩在劇中所發揮的作用僅能作為情節的貫串，無法顯出內在意涵，在表演設計上，李漁用大量曲子書寫韓琦仲心情，在原作這段演出中，「唱」在這一段成為主要表演，改編本將之刪去就等於刪掉了原本的表演重點。

2. 詹淑娟和詩的原委。〈和鷂〉一出全部隱藏，藉由戚友先上場帶過。然而和詩只能作為情節，如何和詩則是其細節。原作詹淑娟因母命題詩，

─────────────────

〔註29〕王傳淞演出的《風箏誤》並無錄影傳世，關於其演出的追憶，根據龔世葵、張世錚的訪問得來。龔世葵與王傳淞合演《風箏誤》，談起當時與演出戚友先的王傳淞同台忍俊不已的情形，可證實王傳淞塑造角色的成功。

這一動作對於詹淑娟形象的刻劃有很大的作用，可表現詹淑娟的謹守禮教，並與詹愛娟形成對比，由此塑造美與醜、情與欲的對立。另外，詹母柳氏自擬和詩「要從尾韻和起，和到首韻為止。」此規定只作取樂之用，然而韓琦仲卻誤解為「寓個顛鸞倒鳳的意想在裡面」，由此誤解產生喜劇性。改編本只寫韓琦仲見詩的誤解，忽略了前面的照應，喜劇性因此無法產生。其中並安排詹愛娟奶娘請詹淑娟敘話作為伏筆。原作此段情節引出〈鷂誤〉奶娘告知詹愛娟「也是一個風箏、也有一首詩」原委。改編本省去奶娘請詹淑娟敘話的情節，在第三場〈鷂誤相約〉奶娘仍同樣作這段敘述，情節雖無不合理，結構的緊密與否於此可見一斑。

3. 韓琦仲與抱琴放風箏誤入詹府東首。此段同樣被處理為隱藏情節，韓琦仲如何放風箏作為細節，當然也因此被省略。原作這段細節設計了戚友先在台後喊著要到城上放風箏，韓琦仲慌張的神態動作。這段細節的設計與情境的刻劃有絕對的關係，從〈囑鷂〉的偷詩、〈鷂誤〉的驚慌到〈驚醜〉的幽會，營造出一個「偷」的情境，此情境直接關係到喜劇效果。改編本省去這段動作，直接寫詹愛娟拾得風箏，加上前後細節的省略，削弱了此一情境。另外，原作將偶然性與築牆分為東西首串聯在一起，產生前後照應的效果。而改編本未點出詹府東、西首，只寫詹愛娟拾得風箏的偶然性，使得這樣的偶然性與詹烈侯築牆的舉動產生不了關聯，築牆的戲劇意義因此不復存在，第一場寫築牆之舉也就成了多餘。

雖然改編者藉由部分情節的突出，把誤解過程集中在韓琦仲一人身上，然而卻因只重視情節骨架、陳述誤會事件的經過，忽略細節安排的前後照應，使得改編本這場戲變成單純敘述劇情，無法產生生動真實的效果。而原作在此安排的伏筆照應，同樣因省略了細節而產生漏洞，由此造成戲劇性減低。要言之，細節刻劃的省略，固然使情節集中，情節進行較快，卻因此喪失更多戲劇要素，使第二場只能作為交代情節的過場之用，造成「無戲可看」的情況，更重要的是，原作這幾折戲影響遍及於全劇，改編本如此處理，似乎把前三場作為〈驚醜〉的鋪墊。改編本第一場同樣也因融合了二、三、四出而省略許多細節，尤其梅氏與柳氏吵架一段，原作同時帶出了詹愛娟，適時在此一情境中引出詹愛娟的形象，事實上梅氏在劇中重要性並不高，其與柳

氏的不合除了作爲取笑之用,同時也引出詹烈侯築牆之舉,改編本這段吵鬧卻只有梅氏單獨上場,此次出場在整體情節的作用因此被削弱。

事實上改編本不可能所有場次都能顧及細節的描述,因此如第五場本身並不像第一、二場干涉到情節細部的照應,處理爲過場是恰如其分的。因此這裡論及改編本細節刻畫的不足,主要針對第一、二場對原作〈驚醜〉之前主要情節的整理改編。

再從這幾場與主要四場的關係來看。改編本頭三場只在於交代背景,重點轉移到〈驚醜〉、〈前親〉、〈逼婚〉、〈後親〉四場的表演之上,二者處理方式的對比,呈現出過分著重四個折子戲,忽略其餘的幾場戲,造成劇本整體性的不足,這與只演折子戲差別不大。而粗略的劇情開展同時造成了改編本「人保戲」的情況,尤其是詹愛娟與戚友先兩個角色,這兩個角色的演出如若無法產生喜劇效果,則整齣戲就變的冷淡無味。當然,我們能假設保留細節能產生什麼樣的效果,同樣是浙崑的〈西園記〉改編本可以作爲很好的對照,《西園記》因重視細節的安排,情節形成緊密的結構,喜劇效果不僅在人物的表演,更在於整體情節的營造。

京劇《鳳還巢》同樣根據《風箏誤》原作改編,雖已有相當大的差異,仍可作爲比對參照,以對浙崑改編本有更明確的定位。

《鳳還巢》爲梅派名劇,原名《陰陽樹》,又名《醜配》,是齊如山與梅蘭芳一九二八年根據《風箏誤》編的新戲,同年四月於北京中和舞台演出,爲梅蘭芳中期以後常演劇目〔註30〕。此劇情節大體本於《風箏誤》,寫兵部侍郎程浦所生二女,長女程雪雁貌醜憨笨,次女程雪娥美貌聰慧。一日程浦同朱千歲郊遊,遇故人之子穆居易,見其英俊高才,欲以次女許配之,隨即約穆於己壽辰來聚。壽宴上朱千歲先至,僕眾簇擁,巧見程雪娥廳中與程浦議論婚事,後大夫人誤以朱千歲爲穆居易,見其富貴,欲將雪雁嫁與此人。後穆居易上場,雪娥於屏後偷覷,讚其神清骨俊,心已許之。當晚程留穆暫居家中,長女雪雁聞之,冒充雪娥前去訪穆,穆一見驚逃而去,途中巧遇朱千歲。恰好程浦入朝,朱知雪娥美貌,假冒穆居易之名過府娶之,程夫人本欲以雪雁嫁穆居易,亦以雪雁假冒雪娥代嫁,二人洞房方知誤會。後穆居易平

〔註30〕 參見《梅蘭芳全集卷二‧年表》,頁336。《梅蘭芳全集卷四‧梅蘭芳四十三個劇目唱腔片段集》,頁475。《梅蘭芳全集卷五‧梅蘭芳演出劇本選》,頁128。河北教育出版社,2000。此處使用的《鳳還巢》劇本爲《梅蘭芳全集卷五‧梅蘭芳演出劇本選》,頁128~183。

得戰亂，監軍與元帥欲使穆與雪娥完婚，穆因前事堅拒，後被強迫不得已方才完婚，洞房中揭去蓋頭眞相大白。

　　與浙崑《風箏誤》改編本比較，《鳳還巢》的第六、十一、十五、十七場，相應於改編本〈驚醜〉、〈前親〉、〈逼婚〉、〈後親〉等四場戲，然而這四場戲在《鳳還巢》並未被過度重視，全劇情節相當具有整體性，不可否認《鳳還巢》在移植的過程容許更大的改變，但這四場戲融入整體劇情的方式，提供討論《風箏誤》浙崑改本值得思考的方向。與《風箏誤》原作相較，《鳳還巢》有以下三個特色：

1. 《鳳還巢》爲梅蘭芳量身訂做，增加旦角戲份。如此則影響全劇結構。第一節論述原劇結構，曾提到基礎情節爲韓琦仲對佳人的追求，詹愛娟、戚友先則是在此基礎上的第二層次。此處著重旦角戲份，使得生、旦這一主要情節指向更爲明顯，二丑則歸於第二層次的作用。

2. 打破以風箏爲主軸貫串的誤會事件，四場戲相對於原作獨立性較高。《鳳還巢》事件的貫串並不利用一軸心物件，前後情節的扣合因而不如《風箏誤》緊密，然而這種相對的獨立卻有助於重新設計誤會過程。《風箏誤》前後情節的呼應是牽一髮而動全身的，從〈糊鷂〉到〈鷂誤〉，在情節的進展中逐步構成誤解，過程錯綜複雜。《鳳還巢》的設計則較爲單純，第五場程夫人誤以爲朱千歲爲穆居易，因此有以程雪雁代價的行動，而穆居易留宿程府，則引出程雪雁夜訪穆居易以及隨後的動作，這些動作接續而下，並沒有特別提出一個物件作爲貫串軸心，因此各場較《風箏誤》原作具有相對的獨立性。

3. 「誤會」過程由劇作主體成爲較簡化的處理。《鳳還巢》誤會過程集中在壽宴一場，與《風箏誤》相較情況大爲簡化，主要關鍵爲程夫人誤認朱千歲爲穆居易，其錯誤巧合的成分較《風箏誤》原作低。這也使得結構的安排較爲單純。

　　扣除掉第二、三項差異，《鳳還巢》因增加了旦角戲份引起一連串的連鎖反應，其中最重要的是兩段程雪娥心理變化的描述，壽宴上三次偷覷穆居易，以及代嫁後丫頭兩次報訊的情緒轉折。雖然全劇誤會的過程大爲簡化，不過仍然有戲可看，重點就在於編劇對於細節的重視。如程浦要雪娥帘後偷覷，簡單的處理當然可以看一眼讚一次就算明白，而編劇卻安排了程雪娥三次偷覷穆居易的心理變化，一看讚道「神清骨俊，氣概非凡」，接著再看一眼，因

擔心被譏輕薄,轉身離去,快到台口又忍不住回身多看一眼,讚道「好一個美貌的書生」然後下場。這樣的細節安排一則強化了程雪娥、穆居易的人物形象,再則程雪娥身上有戲可看,短短幾句念白必須表現三看從驚喜、害羞到難捨的心理過程,演員可以藉此發揮精湛的做工。

以《鳳還巢》作為對照,浙崑《風箏誤》改編本第二場的表演沒有著力點,全場只唱【三學士】一個曲牌,又原作〈囑鷂〉寫韓琦仲見詩的驚喜與癡態,用【黃鶯兒】和兩首【簇御林】來舖排,其中更有細味其詩的表演,包含了唱念作,改編本則只用兩段文字帶過,當然,表演的設計也大大簡化了。因此整個第二場對表演者而言沒有表演重點,對觀眾而言也失之乏味。這樣的處理使得關鍵性的第二場戲僅具有交代劇情的性質,舞台上的表現自然缺少生動活潑的氣氛。

保留傳統折子戲的精華,是崑劇整理改編傳統戲必須且甚為重要的手段。《風箏誤》改編本善用折子戲作為基礎,整理其他折子串聯成一情節完整的劇本,這一方法基本上是成功的。然而《風箏誤》改編本主要折子與其他情節比重分配不均,過於側重折子戲的部分,其餘情節只用來交代背景,造成這些情節重要性大為減低,與只演折子戲差別不大,是問題的所在。

第三節　《風箏誤》改編本唱唸的設計安排

唱與念的安排,直接關係到劇本內容的呈現。針對《風箏誤》這樣一本精巧細膩的喜劇,唱與念被作為是呈現喜劇效果的直接手段,本章第一節已歸納討論《風箏誤》喜劇語言的運用。改編本除了直接承繼原作的曲子與念白,在考慮刪去或精簡了多少以及如何刪去如何精簡這類表面手法的問題之外,本節更著重於討論改編本能否保有原作的喜劇特色與效果。以下分別從曲牌以及念白兩方面討論《風箏誤》改編本唱念的設計安排。

一、沿用與改寫、重新創作的曲牌

首先以下表呈現改編本與原作曲牌使用的對應關係〔註31〕:

〔註31〕此表改編本曲牌使用,原作曲牌為改編本所用者,於原作「曲牌使用」處加粗體標明。直接沿用原作曲牌者不加標駐。只用原作同曲牌部分句子者,於曲牌名後加註△。基本引用原作曲牌,而修改部分詞句者,於曲牌名後加駐

原 作		改編本	
折 次	曲牌使用	場 次	曲牌使用
賀歲	鵲橋仙、小蓬萊、宜春令、前腔、玉抱肚、解三酲、前腔、尾聲	第一場 閨哄 築牆	海棠春◎、前腔◇、惜奴嬌、錦衣香◇、漿水令△、玉芙蓉△
閨哄	海棠春、前腔、惜奴嬌、前腔、錦衣香、漿水令、尾聲		
郊餞	菊花新、望吾鄉、傾杯玉芙蓉、玉芙蓉、朱奴兒犯、尾聲		
糊鷂	吳小四、大迓鼓	第二場 題鷂 引詩	步蟾宮、三學士、小蓬萊△（源自〈賀歲〉）
題鷂	翠華引、太師引、前腔、三學士、前腔		
和鷂	青哥兒、剔銀燈、一翦梅、啄木兒、前腔、三段子、前腔、歸朝歡		
囑鷂	步蟾宮、黃鶯兒、前腔、簇御林、前腔、琥珀貓兒墜、前腔、尾聲		
鷂誤	出隊滴溜子、降黃龍、前腔、黃龍滾、前腔、尾聲	第三場 鷂誤 相約	黃龍滾◎、黃龍滾△、前腔△
驚醜	漁家傲、剔銀燈、攤破地錦花、麻婆子	第四場 驚醜 逃遁	漁家傲△、剔銀燈、攤破地錦花◇、麻婆子◇
遣試	憶秦娥、前腔換頭、金梧桐、浣溪沙、東甌令、金蓮子、尾聲	第五場 遣試 定親	憶秦娥、前腔
議婚	玉女步雲端、賞宮花、不是路、大勝樂		
婚鬧	女冠子前、臨江仙尾、山花子、大和佛、隔尾、粉孩兒、福馬郎、紅芍藥、耍孩兒、會河陽、縷縷金、越恁好、紅繡鞋、尾聲	第六場 前親 鬧婚	女冠子前、臨江仙尾、山花子、隔尾、粉孩兒、福馬郎、紅芍藥◇、耍孩兒△、會河陽△、縷縷金、越恁好、紅繡鞋
逼婚	天下樂、桂枝香、前腔、賺、前腔、長拍、短拍、尾聲	第七場 榮歸 逼婚	桂枝香△◇、賺△◇、前腔◇、長拍△、尾聲
詫美	傳言玉女前、傳言玉女後、畫眉序、滴溜子、雙聲子、隔尾、園林好、嘉慶子、尹令、品令、豆葉黃、玉交枝、六么令、江兒水、川撥棹、尾聲	第八場 後親 解疑	傳言玉女前△、傳言玉女後△、畫眉序、隔尾、園林好、嘉慶子、尹令、品令、豆葉黃、玉交枝、六么令、尾聲

◇。改編本全新創作者，於曲牌名後加註◎。

釋疑	憶鶯兒、燕歸梁、前腔、漁燈兒、錦漁燈、錦上花、錦中拍、錦後拍、隔尾、點絳唇、前腔、畫眉序、前腔、前腔、前腔、滴溜子、尾聲	第九場茶聚護醜	

　　經由上表，改編本除了〈驚醜〉、〈前親〉、〈逼婚〉、〈後親〉四場之外，其餘幾場曲牌的運用都減少了許多。部份原因在於此四場直接承繼自折子戲。《綴白裘》所收〈前親〉曲牌聯套為：【女冠子前】、【臨江仙尾】、【山花子】、【隔尾】、【粉孩兒】、【福馬郎】、【紅芍藥】、【耍孩兒】、【會河陽】、【縷縷金】、【越恁好】、【紅繡鞋】、【尾】，與改編本完全一致而不同於原作。〈逼婚〉一折亦是如此，《綴白裘》所收〈逼婚〉聯套為【桂枝香】、【賺】、【前腔】、【長拍】、【尾】，《納書楹曲譜》所收〈逼婚〉聯套亦作如此。

　　另外，如〈後親〉一折，折子戲已較原作少【滴溜子】一曲，改編本則於此更刪去【雙聲子】、【川撥棹】二曲，細究其曲詞及舞台表現的內容，【畫眉序】、【滴溜子】、【雙聲子】三曲為：

　　【畫眉序】配鶯儔，新婦新郎共含羞。喜兩心相照，各自低頭。合歡酒為易沾唇，合卺杯常思放手。<u>狀元相度該如此，端莊不輕易開口。</u>

　　【滴溜子】笙歌沸，笙歌沸，歡情似酒；看銀燭，看銀燭，花開似斗。冬冬鼓聲傳漏，早些撤華筵，停玉盞，好待他一雙雙歸房聚首。

　　【雙聲子】新人幼，新人幼，看一捻腰肢瘦。才郎秀，才郎秀，看雅稱宮袍繡。神祜佑，神祜佑；天輻輳，天輻輳，問仙郎仙女，幾世同修。

此三曲內容皆在呈現新婚的熱鬧，藉由眾賓客之口，道出在未知情的情況下對新郎「悶坐不開口」這一狀況的解釋，並以其歡樂與新郎的「悶」產生對比，此對比在觀眾的全知觀點下營造出喜劇衝突。【隔尾】之後眾人同下，繼續接下去的情節，由此可知後二曲為渲染熱鬧氣氛之用。改編本刪去此二曲，把觀眾迫切想要獲知的情節提前了。至於【江兒水】及【川撥棹】，為真相大明、延續情緒之用，二者曲意大致相同，因此改編本將之簡化，【江兒水】唱畢之後，詹淑娟滿懷委屈「啐」了一聲，韓琦仲念道「娘子啊」叫板接唱【尾聲】，隨後「淑（詹淑娟）哭介生笑下。」省略了【川撥棹】，也是為了加快情節節奏之用。

　　雖然有所簡省，〈後親解疑〉一場仍然大致按照折子戲的脈絡，又〈驚醜〉、〈前親〉、〈逼婚〉亦直接搬演折子戲，由此可與本章第二節分析改編本情節結構相互應證，即改編本的改編方式以此四折爲主，其餘場子作爲貫串情節之用。

　　上表仍顯示出以下幾個訊息：

1. 除主要四場，其餘曲牌省略數量多，排列以情節主導，聯套規則不具意義

　　此指第一、二、三、五、九等五場。與原作劇本比較，此五場因情節極度縮減，曲牌的使用亦較原作大爲減少。如第一場整合原作第二、三、四出，僅根據原作相應情節選用部分曲牌，且依情節的排列安插曲牌位置，整體並未構成一組完整套曲。再如第二節，此節陳述因風箏產生誤解的過程，然而前【步蟾宮】爲韓、戚二人上場的引子，共四句，後【小蓬萊】爲戚補臣上場引子，僅兩句，嚴格說起來除韓琦仲的一曲【三學士】之外，再無其他曲子，整場以念白爲主，情節推展速度因加快。

　　由此即可看出，改編本大量濃縮情節的同時，摘取相應於該折必要情節的曲牌，將之組合在同一場中，因此，「聯套」本身所具有的原則與規律在此不被重視，如第二場【步蟾宮】、【三學士】、【小蓬萊】三曲，分別爲情節濃縮之後，相應的情節與唱段被保留下來，其中【步蟾宮】出自〈囑鷂〉、【三學士】出自〈題鷂〉、【小蓬萊】則出自〈賀歲〉戚補臣上場引子，從此三曲的來源，以及被安排在此處的原因，便可發現這種以情節爲主導，影響曲牌運用的情況。

2. 部分改寫曲詞有九首，以淺白爲主要目的

　　改編本就原曲牌改寫部分曲詞的曲牌有九首，分別是第一場【海棠春】及其【前腔】、【錦衣香】，第四場的【攤破地錦花】、【麻婆子】，第六場的【紅芍藥】，第七場的【桂枝香】、【賺】及其【前腔】。經過比對，原曲牌被改寫的原因，主要在於考量觀眾或許無法理解曲詞內容，將原曲詞改得更爲淺白。如第六場【紅芍藥】，原作戚友先所唱爲：

　　　　【紅芍藥】聽說罷，怒氣沖霄，斬伊頭恨無佩刀。<u>我只道玄霜未經搗，又誰知被他人掘開情竇</u>。到如今錯認新郎作舊交，剛抬頭便把玉郎頻叫。這供詞是你賊口親招，<u>難道說我玷清名，把奇謗私造</u>。

改編本則改爲：

【紅芍藥】聽説罷，怒氣沖霄。斬伊頭恨無佩刀。<u>我只道新婚會阿嬌，又誰知被他人先鞭著了</u>。到如今錯認新郎作舊交，剛抬頭便把玉郎頻叫。這供詞是你賊口親招，<u>我豈肯罷休把事了</u>。

此曲原作意思已相當清楚，然改編者或許認為部分文字然過於難解，因此改的更為淺顯，以使觀眾都能明白句意。再如第七場【賺】一曲後四句，原作為：

他風如鄭，牆頭有茨多邪行，不堪尊聽，不堪尊聽。

首二句用典，一般觀眾或許較難理解，因此改編本修改此二句，文意更加淺顯：

他輕若風，舉止不端多邪行，不堪尊聽，不堪尊聽。

改編本修改曲詞並非一昧依照己意修改，而能夠基本依照曲牌格律，適應現代的語言習慣，並考慮到人物的行當性格。因此部分曲文的修改呈現出較原作生動的效果，如前引第六場【紅芍藥】，戚友先本是個不學無術的紈絝子弟，將曲詞作如此修改，反而與人物本身的性格特色更為接近。

另外，亦有改寫以貼合更劇情者。如原作〈閨哄〉詹烈侯上場有【海棠春】一曲：

【海棠春】林居偏系蒼生望，絲鬢老，丹心猶壯。术只愧齊家，閫內多強項。

此曲寫詹烈侯性格及處境，與隨後的念白意思相同，都在寫詹烈侯「長於治國，短於齊家」。改編本則將筆鋒一轉，著意於舖寫詹烈侯家二妾的不合：

【海棠春】二內妾終日吵嚷，無奈胸無齊家方。也只得兩耳充聾無事樣。

各句句法皆已出格，然而各句字數、用韻尚能依照原曲牌的格律，從音樂上比較，也大致與原曲牌曲式結構相同。比對二者文詞的差異，除了主題指向已有明確的不同，新曲牌同樣具有文字更為淺白的特點。

3. 僅採用部分句子的曲牌有十三首，刪去的句子多與主要情節無關

改編本有許多曲牌只選取原作同曲牌的部分句子。如第一場【漿水令】，原作分別由詹愛娟、詹淑娟二人唱，其曲為：

【漿水令】（詹愛娟）你這俏儀容是夫人模樣，好規模是皇后尊腔。我呵，只好做農家媳婦販家娘。全仗你提攜帶挈，做個貴戚椒房。……

（詹淑娟）勸你千金體，莫氣傷，且看兒面恢宏量。好姊妹，形影

相傍，休因這小嫌隙，中道參商。

改編本因此處刪去了詹愛娟陪同其母梅氏上場，僅選用了如上劃底線的句子。再如第四場【漁家傲】一曲，原作韓琦仲唱：

> 俯首潛將鶴步移，心上蹊蹺，常愁路低。……我藏形不惜身如鬼，
> 端的是邪人多畏。他若問黃夜何為，把甚麼言詞答對。……小姐！
> 我寧可認做穿窬也不累伊。

原作此曲不僅描述當時的境況，還自道心事，烘托出韓琦仲既緊張又略帶興奮期待的心情。改編本則採用了劃底線處的句子，文字僅止於描述境況，與情節直接相關，至於下片內心思考的文字則被刪去。

再如第三場【黃龍滾】一曲，情況較為特殊。原作此處連用【黃龍滾】，在情節上此二曲是連貫的，詹愛娟看見風箏上的詩，讚其為「妙人」，乳母知詹愛娟心上想著他，意欲為詹愛娟作媒，並索取謝禮。此二曲為：

> 【黃龍滾】風流知趣郎，風流知趣郎，詩逐風箏放。玉扣金簪，酬
> 你多情況。出張招榜，親投認狀。尋詩句，贖風箏，房租帳。
>
> 【前腔】尋詩覓句郎，尋詩覓句郎，引到藍橋上。先效于飛，後把
> 朱陳講。媒錢幾兩，媒紅幾丈，後君子，先小人，須明講。

改編本同樣只選用二曲部分句子（劃底線處），詹愛娟先唱前三句，乳母隨即看出其心思，於是自願做媒，索取謝禮，然後接唱後四句。

透過上面的論述，改編本對原作曲牌的改變，數量雖然眾多，但大體只著重對原曲牌刪改，無論是刪去部分句子或全曲，或者更動其中部分文字。而曲牌本身的實質基本上仍是保留的。另外，曲牌的去留與更動，主要依據在於情節的需求，大部分與情節無關的曲子、或一曲中與情節進行無關的句子都被刪去，留下的部分與主要情節關聯性高。這一情況顯示曲牌成為輔助情節（或情境）的工具，本身的獨立性較低，其格律的完整、甚至聯套規律在改編的過程中是較不被重視的。

二、念白的改寫與喜劇語言的運用

《風箏誤》改編本念白的改寫，同樣可以區分不同的段落來討論。經過比對，主要的四個折子，念白與傳統的演出大致相同；其餘的五場，念白除繼承自原作，也有部分改寫及重新創作。與曲詞相同，劇本中直接寫蘇白的部分姑且不論，雖然原作念白已是相當通俗化的語言，部份改寫仍是將文字

改的更爲淺白，並適應現代的語言習慣。另外，改編本也縮減了原作的對話。如第九出韓琦仲勸戚友先唸書，原作：「老世兄，你連日在外面閒遊，不曾親近筆硯，萬一老伯來查功課，只説小弟不效切磋。如今屈在這邊，陪小弟看幾篇文字，再不要出去了。」改編本第二場改爲：「啊，世兄，方才老伯來查課了，叫你用功勤讀。」原作的韓琦仲略爲嘮叨，並在這段念白後接著唱【黃鶯兒】，內容仍集中在「開卷益偏多」上，唱完回頭一看戚友先已經睡著，喜劇效果十足。改編本則相當簡單，接續這段文字戚友先反駁了很長一段話，並直接告訴韓琦仲「我到書房打個瞌睡」。戚友先的反應同樣是相當不耐煩的，原作這樣的嘮叨與戚友先的反應恰好構成同樣情緒的連貫，改編本則顯出戚友先的賴皮。同樣的語意，由此產生不同的效果。

改編本念白的設計，似是爲了交代情節而極度縮減，許多相當有趣的語言被刪去，只留下有關情節進行的部分，或僅拈出大意，用一兩句話便交代過去。如第五場〈遣試定親〉，戚補臣爲戚友先擇取詹愛娟爲妻，原作有相當大段的念白清楚交代了戚補臣內心的想法考量，改編本則僅因爲戚友先的不長進，因此「不免將詹家大小姐配與我兒」。原作在此似爲使觀眾不產生疑慮，因此戚補臣特別說自己「一來有些克己的功夫，二來也知兒子的份量。」算是相當細膩的安排了。改編本僅擇取原作這大段文字的要點，即戚補臣爲子擔憂，因此取詹愛娟爲妻，而這也是與情節緊密相關的部分。再如第四場〈驚醜逃遁〉，原作在【漁家傲】中插入許多念白，除了寫明當時狀況外，也道出了韓琦仲當時的心思，表現出韓琦仲內心的期待及對此幽會的緊張。而改編本曲白皆刪去許多，僅有交代當時狀況，同樣是與情節直接相關的部分。這顯示了改編本爲交代情節而省略細部刻劃，情節的進行雖然仍然通順，卻造成了生動的不足。

改編本念白有一個更重要的問題，即喜劇語言的運用。喜劇語言與喜劇效果的產生有直接且密切的關係。本章第一節整理《風箏誤》原作使用的喜劇語言，歸納出四個特點。然而此處必須更深入的探討一個問題，作爲分析改編本喜劇語言運用的前提，即喜劇語言與喜劇人物、情境之間的關係。柏格森把「語言的滑稽」分爲兩類〔註32〕，其一是「語言表達的滑稽」，其二是「語言創造的滑稽」，兩者的差異在於，前者的滑稽根源於「人或物的特定的

〔註32〕（法）昂利・柏格森，徐繼曾譯，《笑──論滑稽的意義》，頁 66～83，商鼎文化出版社，1992・09・01。

心不在焉」，因此產生滑稽的語言本身並不具有獨立性，而是作為一種人物喜劇效果傳達的媒介；後者的滑稽則在於語言本身，「語句和字眼在這裡是有獨立的滑稽力量的」。雖然作了這樣的區分，柏格森在最後下了這樣一個結論：

> 語言的滑稽必須逐點和行動與情景的滑稽相對應。如果可以這樣說的話，語言的滑稽只不過是行動與情景的滑稽在語言這個平面上的投影。

在此姑且不論語言藉由哪些手法達到滑稽的效果。根據柏格森的論述，有一點可以確定的是，在喜劇中，無論是作為表達人物媒介的喜劇語言，或是本身即具有喜劇效果的喜劇語言，都與喜劇本身的人物、情境有絕對的關聯。由此回過頭來比較《風箏誤》原作與改編本對於喜劇語言的運用。柏格森分類之後歸結到二者服膺於人物的行動與情境，可以在《風箏誤》原作劇本中找到例證。根據柏格森的定義，如第二出〈賀歲〉戚友先用《論語》「我欲仁，斯仁至矣」形容本欲到姊妹人家走走，恰好妓女上門拜年的湊巧，是一種「在陳詞濫調中插進荒謬概念」的滑稽語言。再如第六出〈糊鷂〉，把「古來制作的聖人最是有趣，到一個時節，就制一件東西與人玩耍」與「文周孔孟那一班道學先生，做這幾部經書下來，把人活活磨死」則屬於一種「移置」的手法。這幾種手法就柏格森所認為都是語言本身產生滑稽效果的手段，然而這些滑稽語言本身卻又與人物情境牽連在一起，即此滑稽語言透過劇中人在特定情境講出來，呈現出高度的喜劇效果。

　　根據第一節表格的條列，《風箏誤》原作喜劇語言的運用，除了部份本身即具有「獨立性滑稽力量」的語言之外，絕大部分是與情節和人物有密切關聯的。根據這一點，原作的情境與喜劇語言具有相輔相成的效果。李漁精心設計的新巧情節，本身就已具有充分的喜劇效果，再加以語言的輔助，使得整體喜劇性大為提高。而喜劇語言的運用，同樣也是必須置放在如此的情境之下，否則喜劇效果大為減低。然而如同第二節的論述，基本上《風箏誤》的改編本只著重在〈驚醜〉、〈前親〉、〈逼婚〉、〈後親〉四個折子，除了這四折，改編本不只大量省略情節，許多未曾省略的情節，其細節刻劃也被省略了。這樣的情況之下，情境建構的不完整，連帶的其中喜劇語言所產生喜劇效果也因此削弱許多。

　　例如原作的第三出與改編本的第一場，同樣是梅氏與柳氏的爭執。梅氏離開之後，詹烈侯指著梅氏罵道：「老潑婦，老無恥，新年新歲就來尋是非。」

柳氏斥道何以當面不罵，背後再來逞威風，詹烈侯接著說：「當面不罵，是替你省氣；背後罵她，是替你出氣，總是愛惜你的意思。」這幾句話在原作產生的喜劇效果較改編本更為出色，原因就在於改編本對於人物與情境刻劃的不足。從詹烈侯的形象來看，原作從第一支【海棠春】就著意於從「戲謔」的方向舖寫詹烈侯「短於齊家」的性格，自報家門的一段念白，詹烈侯念道：

> 正夫人早喪，子嗣杳然，止留二妾，各生一女，<u>她們一歲之內，倒有三百個日子相爭，下官一日之中，吃得八九個時辰和事。虧了一雙頑皮的耳朵，煉出一副忍耐的心胸，習得吵鬧為常，反覺平安可詫。</u>……昨日是元旦之期，下官在梅夫人房裡度歲，今日輪該到柳夫人當夕了。且喜應酬已畢，不免早些過去，同他吃幾杯歲酒，不要去遲了，又道我冷落她。這叫做：陰氣費和陽易燮，鹽梅好劑醋難調。

這段文字除了寫詹烈侯短於齊家，更寫他善於自嘲，因此在這樣的情況下，仍能保持心平氣和面對二妾的吵鬧。這段文字突顯詹烈侯自嘲之處甚多（如劃底線處），隨後道：「不要去遲了，又道我冷落她。」更是詹烈侯這種性格態度反映出來的動作。改編本大幅刪減這段文字，只大略敘寫詹烈侯家中狀況：

> 下官詹烈侯，正夫人早喪，後繼二妾各生一女，長女愛娟，次女淑娟。年方二八，尚未姻聯。只因內宮欠和，每日動輒，虧得我天生一對頑皮的耳朵，煉出一副忍耐的心腸，年長日久，也習以為常。如若一日不吵，反覺冷清，哈哈哈。昨日大年三十，下官在梅夫人房中度歲，今日輪該柳夫人當夕了。來，有請二夫人、小姐出堂。

改編本這段念白前半段寫詹烈侯自道二妾不合，並點出二女「年方二八，尚未姻聯」，說自己「天生一對頑皮的耳朵，煉出一副忍耐的心腸」，接著又道習以為常，「如若一日不吵，反覺冷清」。因少了前幾句細膩而誇張的形容，加以原作使用更具情緒性的字眼，改編本此場情境的建構比起原作多有不足，而詹烈侯的的性格也未能完整托出。隨後梅氏、柳氏吵鬧，是此場喜劇關鍵的要點，原作寫二人吵架，詹烈侯勸架，二人把詹烈侯推來推去，詹烈侯於此嘻笑道：「他又推來，你又推去，我只當在這裡打秋千。」詹烈侯的反應是這段情節產生喜劇效果的關鍵，根據柏格森的說法，這便是一種「機械性的僵硬」，即詹烈侯的反應與當時的情況呈現明顯的對比差距，由此產生喜劇效果，並與前段詹烈侯的性格呈現相互呼應。改編本同樣寫二妾吵鬧與詹

烈侯勸架，二妾推來推去之間，詹淑娟直接出來打圓場，那麼詹烈侯被推來
推去作何反應？改編本沒有陳述，實際演出時〔註33〕，詹烈侯勸架無效，「無
奈」的朝著女兒處求援，這種演法，顯然與原作詹烈侯善於在二妾吵鬧情況
裡「自得其樂」的性格態度大相逕庭，也因此喜劇效果與原作相較有很大的
差異。

喜劇語言的運用與情境及人物性格的關係從上面的例子可以看的出來。
從這個例子我們還可以發現，同樣的喜劇語言置放在不同情境以及不同人物
性格之上，產生的喜劇效果就有所不同。因此改編本沿用原作的喜劇語言，
卻在許多地方無法收到如原作的喜劇效果，與細節刪減所造成人物與情境刻
劃的不足有絕對的關係。

再來看一個例子。

如上所引，原作第六出與第二場戚友先意欲出門放風箏，有一段有趣的
念白：「古來制作的聖人最是有趣，到一個時節，就制一件東西與人玩耍」與
「文周孔孟那一班道學先生，做這幾部經書下來，把人活活磨死。」這段念
白已具備語言本身的滑稽性，然而改編本與原作的情境與人物性格不同，所
產生的喜劇效果也就有了差異。原作這段文字是戚友先獨自上場的自報家
門，為論述方便引錄如下：

> 小子名喚戚施，家君原任藩司，做官不清不濁，掙個本等家私。只
> 養區區一個，並無同氣連枝。沒偏憍受人妻子之託，甚來由養個趙
> 氏孤兒，與我同眠同坐，稱他半友半師。誰知是個四方鴨蛋，老大
> 有些不合時宜。有趣的事不見他做，沒興的事偏強人為。良人犯何
> 罪孽，動不動要捉我會文作詩，清客有何受用，是不是便教人燒香
> 著棋。好衣袖被香爐擦破，破物事當古董收回，好髭鬚被吟詩拈斷，
> 斷紙筋當秘笈攜歸。更有一般可笑，命中該受孤淒。說起女色，也
> 自垂涎咽唾，見了婦人，偏要做勢裝威。學生連日去嫖姊妹，把他
> 做個俊友相攜，又不要他化錢費鈔，他偏會揀精擇肥。難道為你那
> 沒口福的要持齋把素，教我這有食祿的也忍餓熬飢。我從今誓不與
> 他同游妓館，犯戒的是個萬世烏龜。自家戚公子，字友先的便是。
> 一向坐在書房，被老韓磨滅不過，連日同幾個幫閒在外面賭錢嫖妓，

〔註33〕根據 1997 年 9 月 27 日，江蘇省崑劇院演出錄影，現藏於國立中央大學戲曲
研究室。

> 打雙陸蹴氣球，何等快樂。如今清明近了。那些富家子弟個個在城
> 上放風箏，使我看了一發技癢不過。叫家僮也去糊一個風箏來，我
> 就要上城去放。我想古來制作的聖人最是有趣，到一個時節，就制
> 一件東西與人玩耍。不像文周孔孟那一班道學先生，做這幾部經書
> 下來，把人活活磨死。

這段相當長的文字，生動的表現戚友先頑皮好玩的性格，其中最精采的莫過於從戚友先的眼光看韓琦仲所做的事情，把兩個人的差異明明白白的呈現出來，樸齋主人評這段文字爲：「說來盡有至理，燒琴煮鶴輩，亦非無據而然。」相當清楚的點出了戚友先的性格想法，基於這種想法，戚友先說出「古來制作的聖人……」這段話也就順理成章的於此產生。其文字本身的滑稽在整個人物性格的烘托之下更具有喜劇效果。改編本完全刪去了這段念白，雖然增加了戚友先說「姜太公八十遇文王」的打諢，實際上戚友先本身性格的呈現並不完整，因此後一段文字喜劇效果也就不如原作。

　　《風箏誤》改編本念白大體從原作而來，基本上能夠起到交代情節及喜劇效果營造的作用，然而因過於著重交代情節，語言固然有一定的連貫性，卻遠不及原作的生動新巧。

　　經由以上的討論，在四個主要折子之外，改編本大量刪改原作曲牌念白，卻仍能夠重新構成唱唸的完整性，是改編本唱唸設計的成功之處。若與原作比較，則可發現改編本刪減唱唸的同時，也把部分原作的精華刪掉了，特別是作爲喜劇語言，與整體喜劇情境及人物性格的相互配合相當重要，改編本省略了許多細部描寫的文字，造成情境與人物略顯單薄，進而影響到語言的喜劇效果。

第四節　《風箏誤》各版本的表演呈現

　　本節分析浙崑本《風箏誤》在舞台上的表演。浙崑《風箏誤》繼《十五貫》的旋風後首演於一九五七年，這齣戲也曾獲得多個獎項，演出次數高達147場，並直接影響到九十年代蘇崑本《風箏誤》的編排演出。然而，這齣戲在當時並沒有引起如《十五貫》的風潮，根據張世錚老師的敘述，這齣戲在當時的整體評價爲「有益無害、有害無益、無益無害」，大體說的是這齣戲僅具娛樂效果，不具教育意味，是以這齣戲雖然演出場次多，引起的風潮及影

響卻遠不及《十五貫》。

浙崑改編本《風箏誤》目前錄影的保留狀況，浙崑資料室也沒有早期錄影存留下來，因此完整根據浙崑改編本《風箏誤》的錄影，只有一九九七年江蘇省崑劇院根據浙崑本整理排演的演出〔註 34〕。另外，一九九九年十一月蘇崑來臺演出，亦有《風箏誤》一劇〔註 35〕，同樣由錢振雄、孔愛萍主演，劇本則較原改編本大幅刪減，由第二場〈題鷂〉演起，後接〈驚醜〉、〈催試〉、〈前親〉。另外，浙崑本《風箏誤》基本上仍可視爲以折子戲爲主的改編本，相關的折子戲錄影同樣可作爲討論對象。浙崑王世瑤常演〈前親〉一折，筆者所見有一九八九年七月浙崑於杭州杭歌劇院的折子戲錄影，由王世瑤扮演戚友先、王世菊扮演詹愛娟〔註 36〕，一九九二年群眾劇院的演出錄影由孫肖遠扮演詹愛娟〔註 37〕，二〇〇三年的錄影陣容相同〔註 38〕。蘇崑與浙崑折子戲這幾個錄影在表演方面直接承繼自一九五七年浙崑改編本，浙崑此本把詹愛娟改爲六旦應工，老演法則以丑扮，二者的表演有很大的不同，因此關於傳統丑扮的詹愛娟，此處參考了一九九二年《中國喜劇研討暨展演》演出的〈驚醜〉、〈前親〉二折，由劉異龍扮演詹愛娟、蔡正仁扮演韓琦仲、成志雄扮演戚友先〔註 39〕，這個版本的詹愛娟由丑扮，丑行的表演特色不同於六旦，呈現的舞台風格有大的差異。另外，京劇《鳳還巢》的程雪雁與《風箏誤》詹愛娟是對等的，雖然京劇的表演程式與崑劇不同，二者所要求達到的效果卻是一致的，因此本文以京劇《鳳還巢》的幾個演出錄影作爲旁證，以突顯浙崑改爲六旦扮演的特色。

本章第二節論述浙崑改編本的情節重點，討論的過程中，突出了改編本以〈驚醜〉、〈前親〉、〈逼婚〉、〈後親〉四場爲主，其餘的幾場則作爲串聯之用，又改編本用來連貫情節的這幾場只爲交代情節，提出了原作情節的關鍵

〔註 34〕 江蘇省崑劇院，《風箏誤》，錢振雄、孔愛萍主演，1997。

〔註 35〕 《秣陵蘭蘊·江蘇省崑劇院演出》，雅韻藝術傳播公司製作，國立傳統藝術中心籌備處發行。

〔註 36〕 浙江崑劇團，〈前親〉，王世瑤、王世菊主演，浙江崑劇團自錄於杭州行歌劇院，1989。

〔註 37〕 浙江崑劇團，〈前親〉，王世瑤、王世菊主演，1992。

〔註 38〕 浙江崑劇團，《風箏誤·前親》，王世瑤、孫肖遠、李瓊瑤主演，浙江文藝音像出版社，2003·10。

〔註 39〕 上海崑劇團，《風箏誤·驚醜、前親》，劉異龍、蔡正仁、成志雄主演，《中國喜劇研討暨展演》演出錄影。

元素予以串接，如第一、二場情節迅速交代，並無可供演員著重發揮的表演設計，以致於觀眾欣賞的主要重點在於表演，而非情節的連貫。由此可知全劇的表演主要集中在〈驚醜〉、〈前親〉、〈逼婚〉、〈後親〉四場，這四場的表演主要集中在詹愛娟、戚友先及韓琦仲身上，尤其〈驚醜〉、〈前親〉是全劇的喜劇重點，從這個角度來看，浙崑的《風箏誤》改編本演出的成敗，關鍵在於詹愛娟與戚友先、韓琦仲能否成功營造出喜劇效果，而喜劇效果的營造，除了演員自身的表現之外，在劇中的互動配合也是相當重要的因素。

　　以下分別由行當的差異以及表演論述浙崑《風箏誤》改編本的舞台呈現。

一、由丑至六旦——浙崑改編本人物行當的設計與改變

　　浙崑改編本人物行當最大的突破，在於詹愛娟一角由丑扮改為六旦應工。

　　根據傳統演法，詹愛娟以丑扮符合其劇中形象。這一人物形象在劇中是被醜化的，外型方面，〈驚醜〉、〈前親〉中韓琦仲、戚友先不約而同的將之比喻為：「醜魑魅」、「野鬼山魈」，戚友先更直接念道：「我戚友先一向嫖婦人，美惡兼收，精粗不擇，醜的也曾看見幾個，不曾象他醜的這樣絕頂。你看那鼻凸睛凹，說不盡他顏面的奇巧」（〈前親〉）。性格方面，在傳統要求溫柔含蓄的標準之下，詹愛娟除了動作的粗魯，劇中表現出對男子的幻想與渴求（〈鷂誤〉、〈驚醜〉），由此塑造其丑角性格。因此傳統由丑來扮演，適切的透過其化妝及表演程式直接表達出醜化的意涵。如上海崑劇團劉異龍的〈驚醜〉、〈前親〉兩折戲，在裝扮上，梳大頭、服裝都是以旦行為例，臉上的妝卻是丑行的，目前沒有早期的攝影或化妝資料可供參考，如果以上崑劉異龍的化妝作為例證，則其醜化的化妝表現在加粗且不規則的眉形、加深的眼眶、誇張的嘴部以及臉上的痣。丑扮的特徵不只在於化妝，表演程式更是詹愛娟這一人物形象完整的重點，與六旦扮演的詹愛娟比較，表演上最大的差別，在於這齣戲中以丑的表演程式作為基礎，模擬旦角的身段動作。徐凌雲在《崑劇表演一得》提到：

> 扮演這個醜小姐角色，我認為必須掌握兩點：第一、她的容貌醜陋，是生理缺陷，原是不該諷刺、嘲笑的。這個人物隻所以成為譏諷的對象，是由於醜人作怪，冒名頂替，因此要從她的品質上的骯髒面來進行批判，而不是一味從容貌上強調她的醜陋。第二、她醜雖醜，終究是個閨女，舉動言詞之中，多少應該保留些少女的姿態，不應

把她演成一個偷情老手或者放浪過份的中年婦人（彩旦）。〔註40〕

這裡提到了兩個表演重點，一個是「醜人作怪」，一個是「多少應該保留些少女的姿態」，這兩個重點的提出，有助於理解分析詹愛娟這一人物在表演上應如何拿捏。以上崑劉異龍的演出為例，出場模擬旦行台步，兩手用大紅絲巾遮住臉，手勢也屬旦行的表演程式，然而這樣的模擬又不過於類似旦行，整體動作中基礎明顯表現出丑行的特色，同樣以出場到亮相這一系列動作為例，丑行的表演程式在整個身段到表情的展示佔主導作用，因此動作上帶有「刻意模擬旦行動作」的特徵，如出場的台步雖是模擬旦行，然而從整體來看，較為粗魯而誇大的扭腰擺臀，則使得這一「模擬」整體呈現的效果仍是丑行的特色，表演上的喜劇效果亦由此而生。

傳字輩演《風箏誤·驚醜、前親》等幾折的詹愛娟仍以丑扮，《崑劇傳字輩》載一九二五年首次演出的〈驚醜〉、〈前親〉、〈後親〉分別由華傳浩、姚傳湄扮演詹愛娟〔註41〕，至一九四五年梅蘭芳抗日戰爭結束後所演出的《風箏誤》由傳字輩配演，仍由丑扮，因此可知把丑扮改為六旦扮開始於一九五七年浙崑的《風箏誤》改編本。何以把這個角色改為六旦扮演？就龔世葵的敘述，這是為免過度「醜化」詹愛娟這一人物。這也讓我們想起同樣是五○年代浙崑對〈下山〉所進行的改造。根據王傳淞的敘述，舊本〈下山〉是淫戲，「解放」後因「學習黨的文藝方針」開始對這折戲進行去蕪存菁的工作，主要改動除了劇本內容之外，尚包括表演及化妝，表演方面，去掉了扭屁股、吐舌頭的動作，化妝方面，把「極端醜化」的妝改為俊扮，並在「兩眼之間用白粉勾了一個小木魚」，使其兼顧美觀與丑行的表演風格〔註42〕。浙崑《風箏誤》改編本把詹愛娟改為六旦扮，既然為了避免過度醜化人物，在化妝本身就比丑扮清爽許多，基本上保持了旦角的特徵，僅在五官上略加變化，以達到劇本所塑造的丑角形象。從手邊資料看龔世葵、王世菊、孫肖遠、孔愛萍幾個人的扮相，基本上仍是俊扮，在這一基礎上透過誇飾的五官強調人物外型的「醜化」，如浙崑龔世葵、王世菊、孫肖遠等，在嘴部及腮紅的化妝不同於傳統旦行，一方面用較為誇張的線條，一方面則利用腮紅位置的不對稱（一從眉下畫起，一則只畫臉頰），試圖兼顧「雅觀」及「喜劇」特徵，至於

〔註40〕 徐凌雲演述，《崑劇表演一得》，頁229，蘇州大學出版社，1993·08。

〔註41〕 桑毓喜，《崑劇傳字輩》，頁186～187，江蘇文史資料編輯部，2000·12。

〔註42〕 王傳淞口述，沈祖安、王德良整理，《丑中美——王傳淞談藝錄》，頁65～67，上海文藝出版社，1987·11。

孔愛萍則在一般的裝扮上，突出強調了臉部的某一缺陷，如一九九九年蘇崑來臺演出的《風箏誤》，孔愛萍在眼睛下方畫上一大塊胎記，藉由這個特徵達到對人物的「醜化」。這兩個例子同樣是在「俊扮」的基礎上做文章，雖然不像丑扮那樣醜的徹底，卻藉由部分特徵使人物基本達到「醜化」的目的，以配合整體的表演風格。

詹愛娟的表演因由丑改為六旦扮演而有根本性的改變，這樣的改變表現在表演程式的突破。這與〈下山〉把本無改為俊扮不同，〈下山〉的本無雖然改為俊扮，其表演仍依循丑行程式。詹愛娟的表演則因改由六旦扮轉而成為以六旦為主，在旦行表演程式的基礎上有所改變，以適應原本應屬於丑行扮演的人物形象，其改變方式為部分動作誇張醜化，當然，這樣的改變前提仍在於維持六旦表演程式，因此我們可以看到，詹愛娟的台步、手勢及大部分的身段都維持旦行的範式，部分幾個關鍵處，如〈前親〉的幾個動作：戚友先揭開頭巾，詹愛娟做了一個鬼臉，全身往前一湊，同時打開手上的折扇，待等戚友先退避幾步，詹愛娟順勢把手上的折扇往臉一遮，隨後戚友先唱道：「豈肯配伊行野鬼山魈」，此時詹愛娟用扇子遮著偷瞧，戚友先水袖往詹愛娟一甩，詹愛娟一驚，掉了扇子，急忙矮身拾扇，一陣慌忙扇子不知如何拿法，因此做出一連串具有喜劇效果的動作，這一連串的動作，可看出帶有誇飾性的醜化動作，從臉部表情到全身動作的配合，把人物「醜化」的部分誇大了。再如詹愛娟唱完【福馬郎】，唸道：「想的我好苦也」，接著哭了起來，哭的動作及聲音的誇張，同樣是為了表現其「醜化」的特質。從這些例子可以歸結出六旦扮演詹愛娟不同於丑扮的特色，則是在旦行的表演程式基礎上，適度的在某些關鍵性動作，加上誇張且突破原本程式的表演，從而達到「醜化」的目的，藉以產生喜劇效果。

韓琦仲、戚友先分別為巾生和付，表演方面依循老演法而來，這兩個角色在〈驚醜〉、〈前親〉同樣必須負責喜劇效果的營造，而喜劇效果除了看演員自身的表演之外，這兩個角色在看到詹愛娟的當下，二者的互動表演也是關鍵之一，因此一方面雖可由此看出演員功力的差異，一方面也是個別演員對角色的不同理解與詮釋。韓琦仲作為巾生，與戚友先作為付在劇本的安排中，乍見詹愛娟的「驚」則有全然不同的呈現，由此我們也可以看出行當特色在人物的表現上仍具有重要地位。以下分別討論個別演員在舞台上的表演。

二、個別演員表演的差異

此處討論個別演員的表演，著重在〈驚醜〉、〈前親〉二場，一者此二場本為《風箏誤》全劇最為精采之處，主要演員的表現亦可由此看出，再者根據浙崑《風箏誤》改編本的完整演出只有一九九七年錢振雄、孔愛萍等的演出錄影，目前影音資料以個別折子戲錄影較多，以下的分析比較以蘇崑的全本演出為主，並參考其他折子戲的演出。

作為一齣喜劇，喜劇效果如何營造應是整體表演的重點，因此在上一段所提到的表演特色，以詹愛娟、韓琦仲、戚友先三個角色為主要對象，提出了這三個角色在喜劇效果方面「個別表現」以及「互動表演」兩個表現重點，這兩個重點的表演，在〈前親〉、〈驚醜〉兩場表現為詹愛娟、戚友先以及韓琦仲如何透過自身行當特色作出喜劇性的表現，以及戚友先、韓琦仲二人在見到詹愛娟的當下的反應，如何把驚嚇誇大，並與詹愛娟的表演相互搭配，呈現出高度的喜劇效果。

探討演員的個別表演，即具體的把劇本內容呈現在舞台上，需考慮到演員對劇中人物的分析解讀，以及自身行當的表演特色，其中對劇中人物的分析解讀則是人物形象具體化的基礎步驟，行當表演特色則是為人物形象的表現塑造其類型化的重要手段。因此，劇中的韓琦仲、戚友先、詹愛娟三人同樣可為喜劇角色，因劇本所呈現不同的人物形象，加以行當表演程式的特色，在舞台上塑造出來的形象便有很大的差異，如韓琦仲為巾生，其表演要求具有書卷氣質，因此蔡正仁、錢振雄等在〈驚醜〉所必須呈現的喜劇效果，應具有幾分書卷氣質，如〈驚醜〉上場，右手拎褶子，左手提起遮面，至定位右手翻袖，左手拎褶子，接著唱【漁家傲】，這一連串的動作利用巾生的表演程式，表現韓琦仲暗夜裡幽會的私密，其中右手翻袖的動作，更把韓琦仲害怕被發現的心理狀態具體形象化，並透過水袖功的運用，表現其斯文的性質。再如戚友先本身為付，根據王傳淞的說法，付行分為兩大類，一是「冷二面」（冷面滑稽），一是「油二面」（油頭滑稽），差別在於前者所引起的嘲笑具有批判性質，後者則與丑行較為接近〔註43〕，如果從這個標準來看，戚友先顯然作為油二面，必須透過細膩而誇張的表情動作「炒熱」舞台上的喜劇效果。至於詹愛娟作為丑行，本是以滑稽的戲劇動作引人發笑，在劉異龍的演出就

〔註43〕 王傳淞，〈丑與付之間——就丑和付兩種行當答王朝聞〉，《丑中美——王傳淞談藝錄》，頁 156～157，上海文藝出版社，1987・11。

可以看到這一特色，然而浙崑改爲六旦扮演，爲了作出喜劇效果，則必須在六旦的動作基礎上予以醜化的誇張，這一點在前段已有論及，此處不加贅述。

　　個別演員的表現有很大的差異。韓琦仲、戚友先兩個人物既是作爲喜劇人物，自然在表演中也須呈現出喜劇效果。戚友先爲付行，其表演本身就帶有滑稽性質，而如何達到滑稽性質，則視表演者如何透過細膩的表現人物形象。最早王傳淞所演的戚友先無錄影傳世，戚友先一直是王傳淞擅演的角色，桑毓喜《崑劇傳字輩》載一九二五年及一九三一年演出《風箏誤》皆爲王傳淞扮演戚友先〔註44〕，根據龔世葵的敘述，王傳淞扮演的戚友先是相當精采的，可惜沒有錄影存留下來。目前所見有浙崑王世瑤、蘇崑范繼信及上崑成志雄三個版本，三個版本塑造出來的形象略有不同，若以做工的細膩來看，則王世瑤在表情及身段方面的表現可算是相當出色，無論是自身的表現，或者與其他演員的相互配合，都能各適切的表現「油二面」的表演特色──較爲輕鬆、活潑的滑稽效果，在這些錄影中，一九八九年、一九九二年的演出更較二〇〇三年細膩熨貼。至於范繼信的表演所塑造的形象似乎較爲陰沉，這可以從臉上的表情以及念白每個字句力道速度的拿捏看的出來。

　　韓琦仲這一角色，目前所見有蔡正仁、錢振雄兩個錄影資料，作爲喜劇角色，韓琦仲在巾生所有溫文儒雅的基礎之上，如何做出喜劇效果則是〈驚醜〉一場表演的關鍵。在此同樣提出「誇張化」作爲表演的重點。比較蔡正仁及錢振雄的表演，即可發現蔡正仁的演出對於〈驚醜〉的「驚」的掌握較爲妥貼，因此如二人並坐床上吟詩，蔡正仁所扮演的韓琦仲掌握了詹愛娟提到「佳篇」、「拙作」兩個詞之時，面部表情所呈現的詫異是較爲誇張的，尤其在乍聽詹愛娟言語時的「詫異」與隨後恢復正常表情、但表現出懷疑神色的表情拿捏，既誇張的突出對比，又細膩呈現前後的表情差異差異。而這樣的誇張同時與詹愛娟的表演動作及念白相互配合，製造出充分的喜劇效果；錢振雄的表演表情的掌握則較爲不足，對必須誇張化的幾個表演關鍵的拿捏與表現，較無法充分表現出「誇張」的神態，同時孔愛萍的表演又較爲冷靜，二人搭配的〈驚醜〉一折在喜劇效果的表現方面有了明顯的不足。

　　詹愛娟一角，姑且不論上崑劉異龍以丑角扮演在表演上的特色，單純就浙崑和蘇崑兩個旦角扮的詹愛娟來討論，浙崑的王世菊、孫肖遠爲六旦，六旦本身的表演就較爲活潑生動，配合部分更爲誇張的表演適足以產生喜劇效

〔註44〕桑毓喜，《崑劇傳字輩》，頁186～187，江蘇文史資料編輯部，2000·12。

果，而蘇崑的孔愛萍本工閨門旦，整體表演與浙崑走的路子就有所不同，雖然動作是相同的，許多誇張的表情並沒有呈現出來，以較為「冷靜」的方式來表演，如果用〈前親〉戚友先揭開頭巾之後一連串的表演來比較，就可以看出很大的差異。如戚友先揭開頭巾，浙崑的王世菊、孫肖遠以相當誇張的表情——擠眉、嘟嘴，並配合誇大的肢體動作，在一瞬間強調出人物的醜化，與戚友先受到驚嚇的動作表情相互配合，喜劇效果由此展現，而孔愛萍則在頭巾揭開後略一抬頭，與范繼信扮演的戚友先一個照面，隨即往後一蹬，拿起手上的扇子把臉遮住，動作是比較小的，人物形象因此顯的較為含蓄。再如戚友先唱罷【會河陽】，詹愛娟的一段念白：

> 去年清明時節，有個戚公子放個風箏落在我家，黑夜裡進來取討，
> 我與他只不過講了幾句閒話，其實一點相干也沒有。那晚燈下看不
> 明白，我只道今日來的戚公子，就是去年那個戚公子，落里曉得勿
> 是這個戚公子，也是一個戚公子。

這段念白直接影響到《西園記》最終一場〈驚婚〉香筠一段「趙小姐」念白的編寫，可算是此折的表演重點之一。王世菊、孫肖遠兩人的表演較為誇張而充滿動作性，在這段念白之前，梅氏道：「待老身去拷問她」，隨即喝道：「賤人啊」便揪著詹愛娟的耳朵來到舞台中央，雙方的表現已有不同，王、孫二人的動作聲音較為誇大，在舞台中央問道「做啥」，嘟著嘴並同時抓起梅氏的手往下甩，表現出「不甘願」的神情，而孔愛萍的表演則是被梅氏拉到舞台中央，梅氏放手之後，才舉起手邊問道「做啥」邊摸著被梅氏拉疼的耳朵，皺著眉頭用較小的聲音問，表現出來的彷彿是一種「無辜」的神態。這段念白須用蘇白念，王、孫二人念來較為平順，音調、速度大致相同，加以表情延續著先前「不甘願」的神情，所呈現的人物形象顯的單純而可愛；孔愛萍的念白則帶有較為豐富的情緒，速度、音調差異較大，「放個風箏落在我家」八字，配合身段表示風箏落了下來，念白速度稍微減緩，「黑夜裡進來取討」等二句，速度、音量都較小，似乎透露出若有所思的意味，到「其實一點相干也沒有」又回復到一般速度，思緒似又回到現實，最後幾句「戚公子」速度較快，一字一音卻又相當清楚。孔愛萍從這裡做出了幾個情緒的轉折，雖說是較有深度，然而卻與劇本人物形象的要求產生了差距。這段念白結束後，梅氏氣的捏詹愛娟的肩膀，罵道：「七公子，八公子，賤人啊」，王、孫二人的表演用很誇張的聲音叫喊，接著近似嘶吼的哭了起來，並伸出雙手在眼前

來回擦拭表現哭的動作，梅氏喝道：「不許哭」，二人的表演哭聲乍收，嘟起嘴心不甘情不願的轉過身去；孔愛萍的表演哭的動作較為含蓄，拿著手絹遮住臉，在梅氏道「不許哭」並接著唱【縷縷金】時，仍是拿起手絹不住啜泣。從這裡可以很明顯感受到二者人物形象塑造有很大的差異，浙崑的表演強調人物的「醜化」特徵，而蘇崑孔愛萍的表演則似乎仍可看出閨門旦著重含蓄表現的影響，因此就表演的喜劇效果來看，蘇崑孔愛萍的表演就不及浙崑的這幾個版本。

以上分別從劇本的人物形象、行當的表演特色以及個別演員表現的差異論述《風箏誤》的舞台演出，其中掌握的重點在於演員如何運用行當表演程式，並在這些程式的限制下呈現劇本所傳達出的喜劇效果。其中韓琦仲在巾生的風流儒雅中，必須準確的抓緊表演的關鍵處，以較為誇張的表情動作，在不失其行當特色的前提下，表現出人物與情節的喜劇性。戚友先作為「油二面」，本身的表演就必須以「滑稽」為目的，因此表演重點在於透過細膩抓取人物心理表情並予以誇張化的表現。詹愛娟的行當安排方面，浙崑改編本把傳統以丑扮演改為以六旦扮演，行當表演程式及特色的差異，造成詹愛娟這一人物在表演方面產生很大的改變。這些表演的特色透過不同演員的表現產生了不同的人物形象與喜劇效果。

小　結

《風箏誤》的改編以〈驚醜〉、〈前親〉、〈逼婚〉、〈後親〉四個主要折子為主軸，這四個折子被相對完整的保留在劇本中，四折之外的情節空白，則把必要的情節因素極度壓縮，作為這四場的串連之用。這種改編手法好處在於保留了折子戲的表演精華，同時能夠呈現完整情節，而缺點同樣在於完整情節的呈現過於草率，幾個被用來「串連」的場子徒有交代情節之用，其中的「細節」被大量省略，造成這幾個場子缺少表演可施力的重點，且由於只在交代情節，原作細膩展開的錯誤巧合所產生的情節趣味，在極度壓縮的情節下無法呈現，因此全劇的欣賞重點由「情節」與「表演」的相互配合，轉移到了「表演」之上，演員如何在〈驚醜〉等折子中以表演製造出喜劇效果成為改編本的關鍵，

《風箏誤》原作的喜劇語言少部分被保留在改編本，而改編本則自創了

部分的喜劇語言，在本章第三節的分析，喜劇語言之所以產生喜劇效果，與全劇的整體「喜劇情境」有密切關聯，《風箏誤》改編本大量的刪減情節，同時造成喜劇情境營造的不足，喜劇語言無法發揮更高程度的作用。

表演的突破是《風箏誤》最為重要的地方，六旦扮演的詹愛娟，在化妝上基本保持俊扮，部分特徵予以加強，以達到「醜化」的用意，而表演方面，基本保留了「六旦」的整體表演形式，在部份喜劇效果的關鍵之處，用誇大而醜化的動作，突破原有的表演程式，由此達到喜劇效果。這樣的表演實際上並不輸原本「丑扮」的詹愛娟。更有甚者，戚有先作為「油二面」，與「丑」的同質性高，在表演上過於相似，改為六旦的扮演由於表演程式的不同，在場上呈現二人表演的差異，表演的層次感亦由此而生。

第四章　《西園記》改編本析論

前　言

　　《西園記》爲浙崑改編戲的「第二個里程碑」，其成就僅次於《十五貫》，從一九六〇首演至今依然盛演不衰，是當代改編崑劇難得見到的情況。

　　本章透過與原作的比較，並從「編劇手法」、「曲唸安排」與「舞台呈現」等各個方面，探討《西園記》在此各方面的成就。其中「編劇手法」涉及到「主題呈現」、「結構設計」以及「人物安排」等三個方面，這三方面《西園記》取得相當高的成就，「唱唸安排」方面，《西園記》改編者貝庚大量運用傳統曲牌，部分利用原折子的牌名重新創作，其效果如何？至於「舞台呈現」方面，《西園記》的演出版本相當豐富，雖然大致是同一班人馬的演出，不同年代演出的比對，仍可看出演員在舞台實踐的過程中，對人物有何新的體會與創造。

第一節　原作主題與情節結構

　　吳炳《粲花五種》在戲曲史上具有相當高的地位，

　　文字音律與情節結構是《粲花五種》最受矚目的藝術成就，如李漁認爲認爲吳炳劇作的科諢：「皆文人最妙之筆」，吳梅則認爲其文字「以臨川之筆，協吳江之律」，給予高度的評價；另外，所有評論對於吳炳劇作情節安排的新巧細膩、曲折生動有高度的評價。然而在主題思想方面，一般論者認爲《粲

花五種》繼承湯顯祖的「至情」思想，以愛情婚姻爲主要題材，然而這些評論也一致的認爲《粲花五種》題材的侷限，反映生活面與社會面的不足〔註1〕。

以下分別討論《西園記》主題及其呈現手法，並分析情節結構，作爲改編本討論的基礎。

一、主題及呈現手法

關於吳炳《粲花齋五種》的主題思想，胡忌、劉致中《崑劇發展史》概括的認爲：

> 吳炳的五部傳奇，主要是寫青年男女的愛情婚姻問題，官場的黑暗，和文士的醜態科場的弊端。他寫青年男女的愛情婚姻，「無一不本於情」，是湯顯祖「情至」論的追隨者。……吳炳的劇作也有缺陷，如反映生活面較狹小，美化一夫多妻制，有追求劇情曲折、堆砌詞藻的傾向。〔註2〕

郭英德《明清傳奇史》亦提到：

> 吳炳的傳奇創作步武湯顯祖，緊緊圍繞愛情婚姻問題，熱情地歌誦「至情」，肯定戀愛自由、婚姻自主，在一定程度上體現出要求個性解放的時代進步思想。〔註3〕

這兩部關於崑劇史和傳奇史的重要著作，一致的強調吳炳劇作中的「至情」思想，並給予高度的評價。吳炳劇作主題的「至情」觀念，出於其自覺對湯顯祖《牡丹亭》所闡發的思想性的追求，由此格外受到後代批評者的注意。本文不擬再討論觀念本身，而是把焦點轉移到「至情」觀念在劇中藉由什麼樣的手法被闡發。所謂的「至情」觀念應包含兩個概念：一是對「至情」的追求，二則是對「阻礙至情」的種種觀念及動作的批判，因此在劇作中，除了代表「至情」一方的人物之外，也必然有反面人物及動作的設計。

《西園記》主題存在「至情」的觀念，同樣透過這樣的手法闡述。《西園記》所塑造代表「至情」的一方是張繼華、趙玉英及王玉眞等人，然而作者在「至情」觀念下所欲批判的對象，並不是做爲反面人物的王伯寧，而是王

〔註1〕 如胡忌、劉致中，《崑劇發展史》，頁160～161，中國戲劇出版社，1989・06。車文明，〈論粲花五種的藝術成就〉，《中華戲曲》第二十輯，頁320，山西古籍出版社，1997・04。

〔註2〕 胡忌、劉致中，《崑劇發展史》，頁160～161，中國戲劇出版社，1989・06。

〔註3〕 郭英德，《明清傳奇史》，頁281，江蘇古籍出版社，2001・05。

伯寧與趙玉英自幼許婚的關係。趙玉英因錯許王伯寧一病而亡，死後仍然受到王伯寧以「受過我家聘禮，生是我家人，死也是我家鬼了。」（〈冥拒〉）為由的糾纏，再者，就連趙玉英之父趙禮早在〈庭宴〉就表現出對這一錯許婚事的無奈與不滿。由此，可將「至情」觀念賴以呈現的正方和反方勾繪出完整的形貌：

1. 正方：以張繼華、趙玉英等人為主，其餘趙家的人物為輔。
2. 反方：以王伯寧為媒介呈現的「錯許」關係。

　　劇作的主題思想與當時的時代背景和風氣有密切的關聯，降至當代，透過劇本的解讀，從中理解劇作的主題思想，或多或少的參雜當代的標準及眼光，故而在對劇作的主題思想作評價時，筆者仍傾向以較為保守的態度來檢視原作。因此針對《西園記》的主題思想，可以《牡丹亭》做為參照對象。《牡丹亭》在當時就因「至情」的思想感動了許多人，並引來許多評論，如果杜麗娘的「情不知所起，一往而深，生者可以死，死可以生」作為「至情」觀點的積極追求，那麼《西園記》中趙玉英因錯許王伯寧「可憐紅粉，豈委白丁，誓不俗生，情甘怨死」，並在死後魂魄「自尋張郎」，則可做為「至情」觀念的消極抵抗。

　　然而必須注意到的是，《西園記》似乎並不單純的把「至情」的主題做為創作的最高目的，這可以從兩個細部的安排得知。第一個是人物行當的安排，一般傳奇女主角照例由旦扮，第二女主角或者配角由小旦扮，《西園記》旦扮王玉真，小旦扮趙玉英，在「生旦對位」的基本概念下，由此可以初步區分出人物在劇中的重要性，生扮張繼華與旦扮王玉真的感情發展是《西園記》情節推進的首要任務。然而王玉真在劇中的戲劇動作一直是被動的，包括最終與張繼華的結合，一方面是其父兄的安排，一方面則是趙玉英鬼魂對張繼華的勸婚，因此雖然如〈憶見〉、〈再館〉可看出王玉真有意於張繼華，然而「有意」並未化為實際動作，其被動的追求動作導致這一人物在「至情」表現上顯得薄弱。凡而負擔劇作「至情」觀念主要媒介的趙玉英卻退而由小旦扮，不管在戲份還是自覺意識的描述都比王玉真高，這一「反向」的操作手法顯然弱化了「至情」觀念的表現。第二個則是人物的安排。吳炳設計了兩個主要女性腳色：王玉真與趙玉英。何以特別安排兩個主要女性腳色？她們的「功能」為何？在此同樣可以《牡丹亭》做為參照。《牡丹亭》「至情」的表現集中在杜麗娘的為情而死及慕色還魂，因此從〈遊園〉、〈尋夢〉乃至於

〈離魂〉，杜麗娘一連串的戲劇動作集中且明確的開展了這一主題。然而綜觀《西園記》，並未透過王玉眞和趙玉英兩個女性腳色的安排：一者二人的關係是分立的，二者吳炳並不曾透過相關的事件及情節描述、闡發「至情」的概念，由此加深劇作主題「至情」的表現，因此，兩個女性腳色在劇中的功能並不在於表現「至情」觀念。那麼何以要安排兩個女性腳色？從〈雙覯〉、〈訛始〉、〈堅訛〉、〈訛驚〉等幾出來看，兩個女性腳色的安排似是爲了營造全劇充滿誤會巧合的新奇情節，這一點可以從二女事件上或人物上的關係得知，如王玉眞是趙禮好友的遺孤，趙禮領養王玉眞，就造成「趙家小姐」這一概念的模糊，也因此，紅樓墜花的王玉眞，在〈訛始〉張繼華與夏玉的對話中，因「趙家小姐」這一概念的誤導，把王玉眞想成了趙玉英，開始了全劇的誤會。再如「眞」、「英」兩字讀音相似，因此產生〈驚訛〉張繼華問「小姐的尊字可是玉英」，遠處的翠雲回答「正是玉眞」，張繼華則聽成了：「他說正是玉英」。從事件上來看，如〈雙覯〉王玉眞墜花、下樓緊接著趙玉英上樓、捲簾，這兩個人接續的動作，在張繼華眼中，因爲一張簾子而產生誤會的效果，因此正如西園公子評〈雙覯〉一出，謂：「此齣係全部傳奇靈動處，看他串插變幻，若兩不相照，離離合合，具天刻神鏤之巧。」並特別聲明：「此等關目要細看」，則可知作者特意安排兩個女性腳色，在戲劇動作上發揮的功能。因此我們可以看出，兩個女性腳色的設計在劇中的主要功能。至於「至情」只能做爲全劇的基礎概念，沒有被進一步或更深入的闡發。

在「巧合」的強調下，另一個元素被突顯了出來，即張繼華主觀認知的錯誤。改編本特意突顯的地方就在於此。然而原作並不像改編本對張繼華的主觀錯誤作刻意的描述，因此這個部分在原作雖然顯得可笑，如〈雙覯〉中張繼華數花，認爲「將花數恰恰成雙，賦摽梅，空悒快。」再如〈訛始〉張對夏玉念道：「不意樓頭，有一美人攀折梅花，故意打在小弟額上。」由於二位小姐確實有意於張繼華，這一主觀錯誤事實上並不是完全沒有理由。另外，從〈驚訛〉之後這主觀誤解成爲一個相對穩定的狀態，意即張繼華的主觀誤解不被做爲「可笑」的呈現出來，反而像是已經既定的人物關係，所有事件在這一關係上呈現並且發展，所以原作對於張繼華主觀認知的錯誤，並不做爲一個特別強調的課題，在其主觀錯誤之上，呈現出來的反而是情節的巧合、曲折。

透過以上的討論，我們可以看出《西園記》主題上的三個特點：

1. 「至情」做爲全劇基礎概念。
2. 對曲折離奇的情節追求。
3. 在充滿誤會巧合的情節中，隱伏張繼華主觀錯誤的因素。

二、情節結構與敘事元素的分佈

　　《西園記》所有的人物情節都與主要情節——即張繼華與王玉眞的結合——有密切關聯，全劇情節難以區分主、副線，因此此處的分析，將《西園記》的人物情節區分爲三個層次：主要情節爲張繼華——王玉眞，敘述其結合的過程，在此之上第二層次的情節則可分爲兩個方面來看：其一爲趙玉英，趙玉英的出現在全劇前半段作爲影響張繼華主觀錯誤的因素之一，下卷則以鬼魂的身分上場，與張繼華幽媾，從而刺激張、王二人趨向結合；其二則爲王伯寧。此二人並未構成完整而獨立的戲劇動作線，而是直接介入主要情節，與張繼華、王玉眞共同構成完整的戲劇動作。第三個則是屬于主要情節的外圍人物，以趙禮、趙惟權、夏玉爲主，旁及其他角色，對於主要情節主要起串聯的影響作用。從人物來區別情節層次，並將之回歸到各個分出，可以將全劇情節做如下的區分：

出目＼區別	舟鬧	倦繡	尋幽	庭宴	雙覩	憶見	訛始	憶訛	留館	巫醫	堅訛	代禱	病訣	聞計	訛驚
基礎層次	V	V	V		V	V	V		V		V	V			V
第二層次	V			V	V			V					V	V	
第三層次				V						V					

議立	立女	倖想	同登	再館	覷婚	呼魂	訏悚	議贅	幽媾	辭婚	遣伺	勸婚	冥拒	驚婚	訛釋	道場
V	V	V	V	V	V	V	V	V	V	V	V	V	V	V	V	V
		V	V	V	V				V							
V	V			V					V							V

　　上面這個表，把各出出現的人物及其相關情節做一對照，由此分別就各出情節來看，即便是第二、三層次的情節，除了〈巫醫〉寫李娘娘與趙醫官搶生意，與主要情節差距較遠之外，其餘各場均或多或少與主要情節有關聯，

如〈議贅〉雖寫趙禮、趙惟權與夏玉商議招贅張繼華爲婿，這三個人物屬於較外圍的腳色，並不直接涉入主要人物的糾葛之中，不過仍具有推動主要情節進行的力量。再如〈再館〉寫張繼華再次住進西園，然而全出人物以趙禮和趙惟權爲主，此出場面非常熱鬧，張、趙、夏三人同登金榜，回鄉光宗耀組，整體氣氛是歡騰而熱烈的，這一情節上的關鍵性除了把張繼華再次帶回西園之外，同時暗中安排張繼華與王玉眞各有所思：張繼華因誤解以爲「小姐」已死，此刻回到西園，有「景物依舊，人事已非」之感，這可從第三支【前腔】的曲文「湖光映，山色連，依然鹿徑隱西園，人應笑，賓又還，敢是再圖館穀戀寒氊。」及之後的念白得知。王玉眞乍聞張繼華抵達趙府，一句背白：「他也中了。」四個字看似簡單，卻值的尋味，吳炳再此處加上這四個字的背白，把王玉眞對張繼華的態度點了出來，除了加強了主要情節張繼華與王玉眞的對應關係之外，也爲隨後〈呼魂〉、〈訝悚〉等二人個別的戲劇動作預作準備。因此嚴格說起來，這場戲的主要人物雖是趙禮等人，從中仍點出了主要情節的因素。

從另一個角度來看，第二及第三層次的人物及情節並未構成連貫的情節，因此也無法構成獨立的戲劇動作線〔註4〕。第三層次的情節較爲零散，如〈庭宴〉、〈巫醫〉、〈議立〉、〈再館〉等幾出，個別是頭尾完整的事件，即具備從開頭至結束的結構，雖然從中引出對主要情節的暗示或影響，第三層次的人物及情節仍未能構成一貫的線索。作爲第二層次人物的趙玉英及王伯寧，雖各自構成相對完整的情節線索，趙玉英在〈庭宴〉、〈雙覯〉、〈憶訛〉、〈病訣〉、〈呼魂〉、〈幽媾〉、〈勸婚〉、〈冥拒〉、〈訛釋〉、〈道場〉等幾出，從出場經催婚而病故，再到魂魄與張繼華相會，最後道場上飛升天界。王伯寧則從〈舟鬧〉乍登場的蠻橫印象開始，〈留館〉、〈聞計〉、〈倖想〉、〈同登〉、〈覿婚〉、〈冥拒〉等幾出，想盡辦法要娶得趙家二女，最後因「科場被騙、親事不諧，氣成一病，不期太尉老官人又死了，買關節一事又發作了，平日酒色過度，身子原是虛的，幾件齊來，弄得嗚呼哀哉。」然而化爲鬼魂仍是糾纏趙玉英，因此有〈冥婚〉一出。由此看來，除了「催婚」以及〈冥拒〉的爭辯之外，趙玉英與王伯寧並沒有任何人物上的直接交流。反而這兩段相對獨立的情節線索，分別與主要情節的關係更爲密切。大體來說，這兩段情節線索，各別與主要情節構成具有因果關係的聯繫，如〈雙覯〉與張繼華的誤解

〔註4〕關於戲劇動作線的區分，已於第三章第一節述及《十五貫》原作劇本討論。

有直接關聯，同時影響到〈憶訛〉、〈呼魂〉等一連串的動作，而〈呼魂〉引出趙玉英鬼魂，與張繼華的幽會，也帶出了張繼華〈辭婚〉、〈驚婚〉等事件。王伯寧在上卷出場雖不多，卻屢藉由趙玉英、趙禮等人提起，作爲「催婚」的衝突力量對主要情節產生直接影響，而〈聞計〉、〈倖想〉、〈覷婚〉欲娶王玉眞爲妻被拒，更引起〈議贅〉趙禮急欲爲王玉眞許配張繼華，因此帶出隨後的情節。因此第二、三層次的人物情節，皆無法脫離主要情節，構成獨立的情節線索。

因此，與一般區分主、副線情節的傳奇劇本不同，《西園記》單一線索的情節，同時包含了劇中所有的人物及事件元素，由此構成一個「主腦」鮮明且曲折離奇的情節系統，正如車文明論述《粲花五種》情節結構時提到：「除了《綠牡丹》兩對男女、兩條線索外，其餘四種皆敷演一個主要人物的愛情悲歡，眞正做到了『始終無二事，貫穿只一人』。〔註5〕」原作劇本這方面的特點，從改編的角度來看自然是增加了難度，因爲作爲主要情節的敘事元素分佈於劇中各個人物及事件之中，關於這一點，借用敘事學對情節及其功能、主題的分析方法，將可以清楚了解《西園記》的敘事元素如何分佈。根據羅蘭·巴特在〈敘事作品結構分析導論〉所建構的分析方式〔註6〕，並參考華萊士·馬丁在《當代敘事學》所統整比較托馬舍夫斯基（1925）、查特曼（1978）等各家對於情節的「功能與母題」的分析方法〔註7〕，把整個《西園記》的敘事元素從劇本中析解爲一個個的「單位」，並把這些單位依在劇中的用途區分爲「功能」（過程陳述、事件）與「標誌」（靜態陳述、存在）〔註8〕，然後再回歸到各出，與「母題」的關係來分類，可以得到以下的三個類別：

〔註5〕 車文明，〈論《粲花五種》的藝術成就〉，《中華戲曲》第二十輯，頁322，山西古籍出版社，1997·04。

〔註6〕 （法）羅蘭·巴特，張裕禾譯，〈敘事作品結構分析導論〉，收錄於董學文、王葵譯《符號學美學》，頁108～145，遼寧人民出版社，1987·09。

〔註7〕 （美）華萊士·馬丁，伍曉明譯，《當代敘事學》，頁131～148，北京大學出版社，1990·02。

〔註8〕 根據羅蘭·巴特〈敘事作品結構分析導論〉，此處有幾個概念必須釐清：一、無論強弱，所有的單位都具有功能性；二、一個單位可以同時屬於兩個不同的類別，即「混合單位」；三、單位的連接，有一種簡單的蘊含關係：「標誌」依附基本「功能」，「功能」的各個單位則是一種相互支持的關係。針對第二點，筆者認爲一個「混合單位」的外顯作用仍是屬於「功能」的，「標誌」作爲烘托或者強調某種意象的作用，因此此處的分類仍是把「混合單位」視爲「功能」的一類。

1. 整出作爲「功能」：尋幽、雙覷、訛始、留館、堅訛、代禱、聞訃、訛驚、再館、呼魂、議贅、辭婚、勸婚、驚婚、訛釋、道場。

2. 部分作爲「功能」，部分作爲「標誌」：病訣、議立、立女、倖想、覷婚、訐悚、幽媾、遣伺。

3. 整出作爲「標誌」：舟鬧、倦繡、庭宴、憶見、憶訛、巫醫、同登、冥拒。

這樣的區分與上面表格相呼應，二者同樣根基於上述對人物──情節的討論。這樣的分類對大部分的折子是清楚的，如〈舟鬧〉、〈倦繡〉、〈庭宴〉作爲主要人物情節的舖墊，以對「功能」和「標誌」兩個概念的區分，這三出顯然只作爲主要情節的「依附」之用，並且未曾以因果關係作爲聯繫，因此應作爲「標誌」。再如〈巫醫〉爲園公爲趙玉英病請李娘娘及趙醫官，其情節本身重點在於李娘娘和趙醫官的吵嘴，作爲一個「單位」，與主要功能並無關聯，而〈堅訛〉也只透過園公唱道：「鎮昏朝延醫問巫」點出〈巫醫〉這一事件的重點，因此〈巫醫〉對於主要情節的作用，只是透過園公暗示趙家二老對趙玉英病情的著急和關心。當然部分幾出的分類還須進一步斟酌，尤其集中在第二類的部份，尤其〈議立〉、〈立女〉等幾出，似是作爲「功能」，然而其中仍存在大量與功能無關的「標誌」性舖墊，因此將之作爲第二類。上述的區分直接關係到改編者如何對原作進行改編。姑且不論改編本如何在原作情節的基礎上提煉出新的元素與意涵，主要情節（即「功能」的部分）無疑是必要提出並加以濃縮精練的，以上被歸爲第一類的幾出，從張繼華的〈尋幽〉開始，進入主要情節的架構之中，〈雙覷〉至〈訛釋〉等幾出基本上完整舖敘了張繼華與王玉眞的情節動作線。這幾出之外，主要情節的空白在第二類得到補充，如〈議立〉、〈立女〉主要交代王玉眞的過門，此外的舖敘，如〈議立〉趙惟權的應考作爲其人物形象與事件背景的標誌，則與主要情節關聯性較低，可以省略或以其他方式交代。

以上的分類同時也透露出一個訊息，即作爲主要「功能」的分佈，在第一部分就有十六出之多，幾近全劇的一半份量，而部分作爲「功能」的第二部分則有八出，二者相加以超過全劇的三分之二，這個數據透露的訊息是，主要情節的敘事元素分佈的相當廣，如果必須透過所有的敘事元素才能夠把整個情節交代完整，則改編本必須技巧性的對原作全劇情節進行裁鎔，甚至調整主題及情節的方向，以適應部分無法克服的困難。這個部分在第二節將

有較爲完整的敘述。

從改編本的角度反向思考原作，這三個類型的區分，恰好可與改編本選用哪些情節相互參照。值得注意的是，這些重要性的區分是直接就整出情節而言，第一類固不待言，被列爲第二類的各出情節「密度」較低，部分一整出的長度只爲交代一個單純的事件，如〈病訣〉寫趙玉英因催婚一病而亡，原作利用一整出的長度鋪排，強烈的抒情性固然感人，在情節上卻只作爲一個簡短的環節，這正是傳統戲曲編劇上善於抒發「情感高潮」之處〔註9〕。把這一出列爲次要，主要由於其情節密度低，然而在全劇結構中，某些環節仍是必須交代，以避免情節產生空白，造成全劇連貫性及合理性受到影響，這也是改編者必須斟酌的問題之一。然而傳統崑劇畢竟有其特色，從一個完整的作品中僅僅提出情節，純粹以情節的濃縮作爲改編的主要目的，絕對無法編出一個好的劇本。因此此處單純由情節方面來考量，絕非認爲「情節的提煉精簡」是改編的唯一或主要目的，在此之上有一個更具統攝性的指導原則——保持崑曲特色。事實上從同樣貝庚改編的浙崑《風箏誤》改編本第二場，就可以得到因僅強調情節的精簡造成整體效果大打折扣的例證。由於《西園記》三個層次的人物——情節彼此關係密切，多有混雜，造成改編者在考慮情節完整性的時候，幾乎必須把全劇所有情節都列入考量，以維持情節的完整，這確實也造成改編上的困難。因此可以看到，如改編本第一場〈墜花〉，大膽的結合原作〈尋幽〉與〈雙觀〉。原作把一個連貫的事件分爲兩出來寫，並加入了與情節進行無關的人物和抒情唱段，改編本刪去了這些的枝節，由此提高情節密度。因此如〈尋幽〉園公唸白的大量刪減、馬夫和張繼華大段抒情唱段的省略、〈雙觀〉簡省了部分王玉眞、張繼華與情節進行無關的交代或抒情唱段都被省略，兩出連貫濃縮爲一場戲，並適度的加入了適合於情節進行的唱段，不惜重寫曲詞，因此不但情節上看來清爽許多，適時的唱段——如張繼華上場唱【白練序】——爲整體情境產生加分效果。

〔註9〕關於傳統戲曲抒情性特質，以及此一特質因敘事性的必要造成戲曲劇本形式上的特色，論述頗多，王安祈老師《當代戲曲》（三民書局，2002‧09）對傳統戲曲特質的基本論點之一，便在於傳統戲曲『情感高潮』重於『情節高潮』」（頁99）。呂效平《戲曲本質論》（南京大學出版社，2003‧09）則透過梳理元雜劇至當代戲曲敘事模式的轉變，提出三個分類概念：文學性、劇場性、系劇性，認爲傳統傳奇劇本「一面追求著文學的詩歌意境，一面追求著詩歌的劇場性表達。」（頁8）這一說法在三個概念的函括下，突出了傳奇劇本在抒情性上的長處，以及敘事性上的短處。

　　情節的精簡是崑劇改編戲所面臨的基礎問題。《西園記》在人物及情節結構上的安排，使得情節的進行及人物安排條理分明且具有層次感，主要情節也因此被突顯出來。這種緊密的結構，促使改編者在改編《西園記》必須考慮的更為全面。

第二節　《西園記》改編劇本分析

　　查各曲譜，《西園記》並無折子戲流傳下來，這一方面表示《西園記》可用的傳統資源少，一方面也使得《西園記》的編劇有更自由的發揮空間。改編本由貝庚根據吳炳原作改編，情節的裁鎔及人物的設計安排都能夠別出新意，在浙崑所有的改編劇本中，此劇的編劇成就可算最高，其編劇成就甚至可超越名噪一時的《十五貫》，因此此劇從一九六〇年首演至今盛演不衰。本節從主題、情節及人物設計三方面，分析改編本的編劇手法，以探討改編本編劇方面的成就。

一、主題構思的改變

　　「諷刺」的作用是改編本改編的主要目的。

　　如同《十五貫》的改編為了批判主觀主義，《西園記》的改編目的也同樣為了對主觀主義的批判〔註 10〕，因此與原作比較，情節結構與人物塑造產生很大的差異〔註 11〕。然而就改編者將此劇作為「諷刺喜劇」的意圖來看，這層諷刺意涵的表達卻是不夠明確的，原因就出在改編者對於諷刺對象——也就是反面人物——的塑造。

　　富·弗勞洛夫在〈諷刺作品的力量〉文中提到：

〔註10〕貝庚，〈略談《西園記》的改編及其他〉，《西湖》，1980 年第 1 期。轉引自吳戈，〈從《十五貫》到《胭脂》——略論傳統劇目的推陳出新〉，《藝術研究資料》1，頁 47，浙江省藝術研究所。2003 年 12 月 27 日。吳戈文中同時談到《西園記》諷刺效果不彰的問題，認為：「如果此劇的主題也是反對『主觀惟心主義的』，那麼，至少張繼華的行為要令人痛恨。可是，實際情況恰恰相反，張繼華的『主觀臆測』卻是可笑又可愛的。張繼華愈是主觀，就愈顯出他對愛情的『痴』，就愈可愛。」此說與本段論點相同，本文從原作如何突出張繼華的主觀性格，以及對其主觀性格的處理方法討論《西園記》諷刺立意削弱的問題。

〔註11〕關於主題思想與情節結構的關係，見（俄）弗萊塔克，張玉書譯，《論戲劇情節》，頁 1，上海譯文出版社，1981。

> 諷刺喜劇所以不同於喜劇體裁的其他的劇首先在於，諷刺劇本中劇
> 作家所嚴厲揭發的反面人物的活動佔中心位置。品德惡劣的人們引
> 起作者的憤怒的諷刺、辛辣的嘲笑，他們受到無情的指責，作者的
> 激怒使他們面向毀滅。〔註12〕

這個觀點把諷刺喜劇與一般喜劇比較，從中強調了一般諷刺作品設計的重
點。雖然指涉對象是話劇，然而作為諷刺喜劇設計重點的討論，強調應如何
達到諷刺效果，這一點與中國戲曲諷刺作用的設計存在某種程度的同質性，
故在此引用作為解釋何以《西園記》無法達到預期諷刺效果的依據。這段文
字強調了諷刺劇本的「反面人物」在劇中所佔位置，即劇作家所欲諷刺的對
象，將反面人物置放在劇本的中心，意指情節的進行必須扣緊諷刺對象，換
言之，反面人物即作為劇作的中心主角，在這個基礎之上，對反面人物進行
嘲弄式的描寫。

　　《十五貫》雖有中心興趣模糊的問題，然而對反面人物的塑造有助於討
論同樣諷刺「主觀主義」的《西園記》。作為《十五貫》諷刺對象的過于執與
周忱，由於作者典型化的處理，其反面形象的處理，同時藉由與正面人物況
鐘的對比，顯示出強烈的諷刺意圖。《西園記》對於「諷刺主觀主義」這一主
題的處理則相對「微弱」許多，因此如同汪世瑜稱《西園記》為「輕喜劇」〔註
13〕，同時也反映出《西園記》諷刺效果不彰的問題。作為「諷刺喜劇」，張健
認為不能將之「簡單理解為『諷刺＋喜劇』」，而應更準確的定義為「諷刺的
喜劇化〔註14〕」，並在隨後提到：

> 就戲劇學意義而言，諷刺的喜劇化不僅要求賦予諷刺以一種完整的
> 喜劇（戲劇）形式，而且要求諷刺成為這一話語系統中的支配性因
> 素。〔註15〕

在「諷刺」與「喜劇形式」輕重的考量上，「諷刺喜劇」顯然必須把「諷刺」
作為支配劇本的主要因素，「喜劇形式」雖必要但仍退居其次。《西園記》諷

〔註12〕　（俄）富・弗勞洛夫，克地譯，《劇本》1955 年 7 月號，頁 164，人民文學出
　　　　　版社，1955・07・01。

〔註13〕　章驥、程曙鵬主編，《藝海一粟——汪世瑜談藝錄》，頁 63，金陵書社出版公
　　　　　司，1993・03。

〔註14〕　張健，《幽默行旅與諷刺之門——中國現代喜劇研究》，頁 171，中國人民大學
　　　　　出版社，1997・01。

〔註15〕　張健，《幽默行旅與諷刺之門——中國現代喜劇研究》，頁 172，中國人民大學
　　　　　出版社，1997・01。

刺對象爲張繼華的「主觀」，根據前段的論述，諷刺對象必須置放在全劇中心，且應突出全劇的「諷刺」意圖。因此對《西園記》作爲「諷刺喜劇」的分析，應從是否突出諷刺對象，以及諷刺意圖是否明顯兩層意義來檢視。

《西園記》突顯張繼華的「主觀」成分，表現在情節及相關細節的設計，因此可知，改編本強化張繼華的主觀性格，不僅著手於情節，細節的描述使這層主觀性格更具說服力，也更爲眞實。

原作涉及張繼華主觀性格表現不甚明顯，第六出〈雙覯〉略現端倪，【大節高】一曲「將花數恰恰成雙，賦摽梅，空悒快」三句，用《詩經》〈摽有梅〉典故，把墜花解釋爲王玉眞有意於自己。在這層理解之下，才有第八出〈訛始〉張繼華告知夏玉：「不意樓頭，有一美人攀折梅花，故意打在小弟額上。小弟因侍女送還她，她卻仍贈小弟，垂簾一笑，煞是有情」的說法，由此引出第十出〈留館〉、第十二出〈堅訛〉、第十三出〈代禱〉、第十六出〈訛驚〉一連串因誤解而產生的情節，其中〈堅訛〉張繼華誤以爲小姐「多應爲著小生，想憶成病」及〈訛驚〉誤以爲見鬼則是因主觀誤解產生的喜劇效果。然而這層喜劇效果「嘲弄」意味不強，且〈雙覯〉及〈憶見〉說明王玉眞確實也有意於張繼華，如此更降低了原作對張繼華主觀性格的指涉。

改編本強化張繼華的主觀性格，可以從兩個不同於原作的特徵看出。其一是情節雖然大致相同，改編本藉由細節的修改，突顯張繼華的主觀性格。如第一場〈墜花〉的【懶畫眉】中「爲什麼低回笑臉把朱簾放」一句，原作由翠雲唱，改編本則把前半句「爲什麼低回笑臉——」改爲張繼華唱，後半句「——把朱簾放」仍由翠雲唱。這樣的細節修改，把張繼華和王玉眞乍見雙方在劇中意義的曖昧不明，加上了張繼華對王玉眞「下簾」舉動的主觀解讀。原作與之配合的，是王玉眞樓上的心態，〈雙覯〉中【懶針線】一曲王玉眞唱道：「知音賞，直教他因梅添渴，想殺瓊漿」，並交代翠雲「不如仍舊還了那生」，實際上暗示了王玉眞有意於張繼華，並在第七出〈憶見〉透過王玉眞的自白「自從樓上遇著那生，更有甚心情遊賞？」，以及與翠雲的對話，表現了王玉眞的心態：

翠：要知心腹事，但聽口中言。姐姐在此自言自語，說些甚麼？

王：不曾說甚。

翠：小姐，不要瞞我，敢憶著拾花那生？

王：好胡說，我且問你，你可曉得那生姓名麼？

既然「好胡說」，又何以要問那生姓名？足見王玉眞有意於張繼華。因此原作中張、王二人相互有意於對方，實際上張繼華的主觀臆度也並非完全沒有道理，造成的效果便是主觀錯誤與現實狀況的對比縮減，喜劇性不由其中突顯而出。改編本對梅花如何又到張繼華手中則有不同的設計：

> 王：傻丫頭，誰著你接他的花呀？
>
> 翠：咦，是小姐教我去尋的呀！
>
> 王：【針線箱】留著它，這嫩蕊曾經遊蜂釀，待擲去，那花瓣未綻被摧傷。我不要了。
>
> 翠：（接花）我曉得了。（揭簾，擲花）我家小姐不要了。
>
> （王玉眞、翠雲下）
>
> 張：（拾花）多謝小姐，梅者媒也。

王玉眞態度的冷漠，並把張繼華比喻爲「遊蜂」，尤其當翠雲把不要的花擲到窗外，張繼華拾起，卻又將花解釋爲「梅者媒也」，如此則藉由對比加強了張繼華主觀猜測的嘲弄效果。再如第三場〈詢病〉張繼華唱【啄木兒】一曲，原作〈堅訛〉同樣的【啄木兒】，寫張繼華對樓前景物的陳述，改編本曲文完全重創作，寫張繼華因誤以爲「趙玉英」因思念成病而大慟：

> 張：啊呀！（大叫一聲，狀如暈眩）誰知你竟爲著小生思憶成病呵！
>
> 小姐，我那玉英呵！【啄木兒】我痛難言，過難恕，害得你思憶成病受悽楚，錦衾單幽夢誰溫，鸞鏡寒淚濕羅襦，我恨不得像那花間蛺蝶無拘束，因風翩遷入繡戶，好把那刻骨相思從頭訴。

文意悲悽，寫張繼華的自責與癡情，然而這樣的曲子置放在張繼華錯誤理解的情境之下，卻產生了滑稽效果，從而達到改編者突出張繼華主觀性格的目的。

強調張繼華的主觀，同時表示張繼華形象的改變。汪世瑜把張繼華作爲一個「喜劇人物」來詮釋[註16]，正可說明張繼華形象在原作與改編本的差異。關於「喜劇人物」，姚一葦根據西方戲劇整理出幾個特色[註17]：

> 1. 喜劇人物較一般人爲「惡」，所謂的「惡」非由道德和倫理出發，而是性格的卑抑或乖訛。

〔註16〕 章驥、程曙鵬主編，《藝海一粟——汪世瑜談藝錄》，頁 60，金陵書社出版公司，1993‧03。

〔註17〕 姚一葦，〈喜劇的人物〉，《戲劇論集》，頁 74～92，開明書店，1988‧05。

2. 喜劇人物的行為表現為凡庸或瑣屑。

3. 喜劇的人物為類型的。（按·即人物的典型化）

4. 喜劇人物引起觀眾的游離或超然（detachment），藉由這層距離感使觀眾感覺可笑。

　　然而經過這樣的整理分析，姚一葦同時認為喜劇人物的複雜性不能以上述狹隘的分類概括，因此提出喜劇人物的特性有兩類：其一為性格的乖訛；其二為意念的乖訛，提出這兩個更高層的概念，實際上也並非否定前述關於喜劇人物歸納所得的特性，而是在研究大量劇作後提出更具概括性的分類標準，而前面四個特性的指涉對象主要為：

1. 土俗的笑劇。

2. 商業劇場中的笑劇。

3. 古典喜劇中，表現為一種類型的人物，此種人物「或僅具某一種單純的性格，或某一種癖性鎖支配，以至於缺少變通，不能適應環境，於是動輒得咎，成為笑柄。」

　　涉及喜劇的分類，東西方雖有部分同質性，差異之大卻也不容忽視，于成鯤在《中西喜劇研究——喜劇性與笑》有概略的分類，初步認為中國喜劇「諷刺劇少，抒情喜劇多〔註18〕」，此依據西方喜劇類型對中國喜劇作概括的區分，只能顯示概略的情況，然而無論是哪一種類型的喜劇，其作為「喜劇」在本質上有共同的特徵。姚一葦認為以上幾種類型的喜劇有一共同特性，即這類喜劇引發的笑「係眼見劇中人的笨拙的行為而發出來的一種『爆笑』，多少帶有幾分的辛辣與邪惡的意味。」因此，在討論中國戲曲的喜劇人物是否也具有上述特性時，因反向思考該劇引人發笑的「笑」是屬於哪一種類型的「笑」，即直接就喜劇人物分析其引人發笑的原因。

　　用上述「喜劇人物」的觀點檢視並比較原作及改編本的張繼華，人物形象的差異馬上明顯的浮現出來。原作張繼華雖因主觀認定的錯誤造成不少的喜劇效果，然而並不具備「表現人物的『惡』」和「典型性格」，張繼華「主觀性格」的處理在原作並不被強調渲染，因此如下卷的前半段，第二十一出〈再館〉、二十三出〈呼魂〉分別寫張繼華再入西園以及對「趙玉英」的思念難捨，因趙玉英鬼魂的回應，整體營造出悲淒之感。改編本則因加強了「主觀性格」的描述，因此「表現人物的『惡』」即為此「主觀性格」，在〈夜祭〉

〔註18〕于成鯤，《中西喜劇研究——喜劇性與笑》，頁249，學林出版社，1992·10。

一場透過香筠、趙禮等人的作用，使得此一「主觀性格」呈現出極為滑稽的效果，改編者同時透過張繼華學貓叫的舉動，作為「主觀性格」滑稽、醜化的表現，由此構成全劇的喜劇高潮。

　　然而正如本段開頭提到，《西園記》作為「諷刺喜劇」，全劇的諷刺寓意並不具有支配性，相反的，喜劇因素在劇作中反而較諷刺意圖更為顯著，這與張繼華性格中的刻劃有密切關係。

　　雖然 Reaske 在《戲劇的分析》提到：「劇中人物的動作和他自己有關，但他卻懵然不覺，而觀眾卻了然於心，這即我們所謂的戲劇的嘲弄」隨後又提到「劇中人與觀眾所知道的內容真相不成比例，戲劇的嘲弄即從而產生。劇中人是當局者迷，而觀眾卻旁觀者清。把這二種情況加以對比，嘲弄的效果於焉產生了。〔註19〕」，Dawson 述及反諷也認為：「只要觀眾明白了某件事情，而劇中人物至少有一個卻不明白這件事情時，反諷便產生了。〔註20〕」二者一致認為諷刺產生於觀眾全知觀點與劇中人物無知所構成的矛盾，然而這樣的矛盾所製造出來的「可笑」性並不等同於諷刺，正如馬丁・艾斯林認為：

> 如果觀眾比舞台上的人物知道的少，就會有懸念、緊張、期望；如果他們知道的更多，他們就會全神貫注，幾乎要對台上的人物高聲大叫：別當傻瓜！這就是大量喜劇的根源。〔註21〕

這段文字說明了「觀眾對劇中事件的明白程度」關係到的只是此劇「是否作為喜劇」，而其中能否帶有諷刺性的因素，即劇中人物因此所造成的「可笑」是否能夠作為一種「嘲弄」，仍需視編劇是否在「可笑」中注入「惡意」的因素，因為「嘲弄」本身是具有惡意的，惡意強度的差異，產生的嘲弄效果也不盡相同，如《十五貫》改編本意欲諷刺「主觀主義」，其惡意的「嘲弄」效果藉由揭示過于執主觀的醜惡面而產生，這個醜惡面的揭示，如同第三章的敘述，過于執的主觀中滲入了把主觀醜惡化的因素，甚至包括「草菅人命」等原本不屬於在「主觀」範疇之內的元素，由此醜化了人物本身，進而藉由其「失敗」，成功達到「嘲弄」的效果。由此可知，「惡意」的因素牽涉到的範圍很廣，針對嘲弄的對象來說，其醜惡化的形象以及最終註定的失敗，是

〔註19〕 C.R. Reaske，林國源譯，《戲劇的分析》，頁109，成文出版社，1977・06。
〔註20〕 S.W. Dawson，陳慧樺、范國生譯，《戲劇與戲劇性》，頁51，黎明出版社，1981・10。
〔註21〕 （英）馬丁・艾思林，羅婉華譯，《戲劇剖析》，頁68，中國戲劇出版社，1981・12。

「嘲諷」意圖產生的基礎。然而《西園記》改編本雖同樣成功營造了觀眾全知與劇中人物無知的衝突，從中產生的「可笑」卻因缺少惡意的刻劃，使得「嘲諷」效果無從產生，由此產生的「可笑」便成為不具殺傷力的喜劇因素。

《西園記》改編本諷刺意圖不明，關鍵在於張繼華形象的塑造。改編本雖然突顯了張繼華性格的主觀因素，並藉由其主觀認知與外在情況的錯誤矛盾，使其主觀性格顯得可笑，然而這一「可笑」本身不具任何「惡意」的成分，如〈詢病〉一場從茂兒、翠雲及園公分別得知「小姐」的病況，實際上有病無病所指對象不同，張繼華主觀的錯誤認知卻以為是同一個人，由此產生情緒上忽悲忽喜、忽喜忽悲的起伏，看來雖然可笑，然而因導致這個誤解的基礎在於張繼華的「癡情」，其「善意」的起因，使得「可笑」並不具有嘲諷的意味，反而使人感覺張繼華對「小姐」一片癡情的可愛。

從人物性格分析改編本的諷刺意圖，很清楚的可以發現諷刺在劇中遠不及喜劇作用明顯，因此改編本嚴格來說並不能稱之為「諷刺喜劇」，如汪世瑜所稱的「輕喜劇」是更合適的類別稱呼。

二、喜劇情境與情節的經營

關於喜劇情境的討論，已於討論《風箏誤》改編本時略有述及，《西園記》改編本喜劇情境在劇中所佔地位更為重要，在此有必要重新梳理喜劇情境與情節的關係。

關於戲劇情境與情節的關係，王瓊玲提到：

> 在戲劇藝術中，要探討情節的特性及其生成與發展，不論從哪個角度，都離不開一個著眼點，即是使情節能「蓄勢」產生一種「延續張力」的根基；這個根基就是「情境」。〔註22〕

「情境」作為「情節」發展的根基，其範圍涵蓋人物與客觀環境、事件及人物關係〔註23〕，由此可知「情境」涵蓋範圍的廣泛，既可說是劇中所有元素的組合，又不全然等同於這些元素總合的產物，而是劇中元素總合所產生的一個更具統攝性、也更為抽象的整體感知。喜劇情境作為戲劇情境的一種類型，與一般的戲劇情境有所區別，周國維認為喜劇情境與一般情境存在最根

〔註22〕王瓊玲，〈論明清傳奇名作中「情境呈現」與「情節發展」之關聯性〉，《中國文哲研究集刊》第四期，頁555，中央研究院中國文哲研究所，1994‧03。
〔註23〕譚霈生，《論戲劇性》，頁129，北京大學出版社，1984。

本的差異，在於喜劇情境具有「鮮明的喜劇性〔註24〕」。何謂「喜劇性」？里普斯認為：

> 喜劇性是小，……它是這樣一種小：即裝作大、吹成大、扮演大的角色，另一方面卻仍然顯得是一種小，一種相對的無，或者化爲烏有。同時，主要在於這種化爲烏有是突然發生的。〔註25〕

柏格森針對「滑稽」的論述提出「僵硬」原則，即「當情況要求有所改變的時候，肌肉還在繼續進行原來的活動。〔註26〕」可笑性因而產生。這兩個論述有一共同點，即喜劇性的產生，關鍵在於與原來（或一般）想法突然落空的對比，無論是里普斯所說假裝爲大卻突然化爲烏有，或者柏格森認爲的因週遭環境的改變而產生的「不協調」，都有一事先的預期以及與預期結果不一致的對比，這種對比不僅存在於審美對象自身，同時也存在於審美對象與觀眾期待之間。而當這樣的對比落實在戲劇中成爲一種衝突關係，這一衝突導致情節往不同方向的轉化，由此成爲「喜劇衝突」〔註27〕。因此，如果從「衝突」的性質著眼於喜劇情境的建構，將有助於理解分析喜劇情境。正如王璦玲認爲「『情境』是孕育與承載戲劇衝突的底蘊和基石〔註28〕」，戲劇衝突產生的基礎，在於情境對衝突力量的醞釀，也就是情境如何爲衝突進行舖墊預備。從這個概念來理解喜劇情境，可以作同樣的推論：喜劇衝突產生的基礎，在於喜劇情境對衝突力量的醞釀，因此如同上述里普斯和柏格森的論述，當劇中的客觀環境、人物或事件都已有所改變，而主要喜劇人物仍渾然不覺，由此產生衝突對比，進而造成主要喜劇人物行動的落空，喜劇衝突從而產生。如此一來，喜劇情境建構的關鍵在於：對主要喜劇人物而言的客觀環境，在主要喜劇人物未曾察覺的情況下有所改變，環境——包括人物——的「改變」成爲喜劇情境營造的關鍵。

〔註24〕 周國維，《中國十大古典喜劇論》，頁217，暨南大學出版社，1991·05。

〔註25〕 （德）里普斯，胡半九譯，〈喜劇性與幽默〉，伍蠡甫、胡經之主編，《西方文藝理論名著選編·中卷》，頁452，北京大學出版社，2003·06。

〔註26〕 （法）柏格森，徐繼增譯，《笑——論滑稽的意義》，頁6，商鼎文化出版社，1992·09。

〔註27〕 關於「喜劇衝突」，于成鯤認爲有三種特點：其一、喜劇衝突的力度弱；其二、喜劇衝突要引導矛盾向不同的方向轉化；其三、喜劇衝突表現爲「改變條件」而非「對抗現實」。見于成鯤，《中西喜劇研究——喜劇性與笑》，頁129～132，學林出版社，1992·10。

〔註28〕 同註9。

　　因此分析《西園記》改編本的喜劇情境，可著眼於「人物的錯置」與張繼華「思考的僵硬」所產生的衝突來分析。趙玉英、王玉眞二女的關係與張繼華的主觀性格，構成了《西園記》的人物錯置。趙禮本有一女趙玉英，又領養亡友之女王玉眞，此關係在〈墜花〉、〈路憶〉二場，透過王玉眞的墜花、香筠的挑簾，以及張繼華向夏玉說明西園墜花的整個情況，逐步藉由主觀性格與人物關係構成貫串全劇的錯置關係。然而在原作，姑且不論人物的設計安排〔註29〕，這一錯置關係所構成的戲劇情境雖因部分事件而有所改變，然而從第二十六出〈幽媾〉趙玉英鬼魂假稱王玉眞與張繼華相會，到第三十二出〈訛釋〉趙玉英、王玉眞與張繼華明白整個錯置關係，吳炳安排的衝突處於這樣的錯置之中，張繼華在衝突中成爲被動角色，因此此一衝突基本上不由人物性格展開，人物性格也未能藉由衝突得到完整的展示。

　　與原作不同的是，改編本情境基礎與原作大致相同，戲劇衝突卻不在錯置的關係上打轉，而是能夠進一步扣緊人物性格來發揮。蘇珊・朗格論及戲劇情境，提到：「情境有其自身的有機性格，它會隨著劇情的發展而成長，從而隨著激情達到頂點。」《西園記》改編本的戲劇情境的變動，可大致分爲三個階段來看。第一個階段爲〈墜花〉、〈路憶〉二場，在這一階段，劇中人物的特定關係與張繼華的主觀性格構築成爲人物的錯置，這一階段改編本的設計承繼原作而來。而由這一錯置關係所構築的戲劇情境，在第二階段──第三場〈詢病〉至第七場〈夜祭〉──逐步透過趙玉英與王伯寧兩個隱藏人物的催化，造成客觀環境產生急遽的轉變，相形之下，張繼華的思考仍因其「主觀性格」而處於第一階段的情境氛圍之中，由此與客觀環境的轉變產生產生衝突，在〈夜祭〉一場構成喜劇衝突的高潮。第三階段爲〈追婚〉、〈驚婚〉二場，第二階段客觀環境與人物關係的轉變在〈夜祭〉取得新的平衡，這一平衡逐步引導張繼華主觀誤解的明朗化，喜劇衝突終在圓滿的情境中獲得解決。

　　第一階段的情境營造雖然承繼自原作，改編本突出了張繼華的主觀性格，爲第二階段的衝突預作舖墊。改編本對張繼華主觀性格的突出，已於本

〔註29〕原作挑簾者爲趙玉英，改編本隱藏這一人物，故而以香筠替代，此處的挑簾在原作與主要情節的直接關聯，原作與改編本同樣在於使張繼華誤以墜花者與挑簾者爲同一人物，進而聯想到小姐有意於他，因爲對主要人物造成的作用相同，此處的替代可略過不論。

節第一段討論，主觀性格在此藉由三個事件，與已設定完成的人物關係逐步構成一個新的喜劇情境：其一爲王玉眞墜花，此墜花動作引起張繼華的臆度，包括「梅者、媒也」及「將花數恰恰成雙」等等，由此認爲小姐有意於他；其二爲香筠失手打落茶杯以及挑簾的動作，使得張繼華更爲主觀確定小姐的「心意」，其三則爲張繼華歸途中巧遇夏玉，因特定的人物關係，提到趙家小姐，夏玉理所當然的聯想到趙玉英。這三個事件，連結了張繼華的主觀與劇中特定的人物關係，由此情境的轉變到達第一個段落，第二階段的衝突基礎大體建構完成。

　　第一階段中特定的人物關係在第二階段產生急遽的轉變：因錯許王伯寧，趙玉英抑鬱成病，王伯寧幾度催婚致使趙一病而亡，趙亡後王玉眞過房易姓，王伯寧以此爲由向趙禮重提親事，趙禮爲免趙玉英事重演，急欲把王玉眞許配張繼華。由此第二階段人物關係與客觀環境的改變可拈出三個關鍵事件：其一爲趙玉英因病而亡；其二爲王玉眞過房易姓；其三則爲王伯寧的逼婚。這三個事件有其因果關係，構成完整的隱藏情節，透過劇中人物的暗示，以張繼華的主觀臆度爲中心呈現。因此從第三場〈詢病〉至第七場〈夜祭〉，除了第六場〈閨誓〉情節重點在王玉眞與趙禮之外，其餘幾場焦點集中在張繼華身上。改編者如何以張繼華的主觀臆度爲中心來呈現隱藏事件與衝突，可用第三場〈詢病〉以及第五場〈補驚〉爲例說明。這兩場戲以張繼華的「主觀」作爲貫串主軸，其他的人物與事件全部環繞這一主軸進行，因此〈詢病〉一場張繼華分別遇到茂兒、翠雲及園公，三個人物扮演給予張繼華一個「答案」，這個答案在客觀環境中是一事實，然而這一事實在上述「錯置」的關係中構成笑話，張繼華先是聽到茂兒說趙玉英因「婚姻之事」而染病，造成張繼華做出「竟爲著小生思憶成病」的聯想，緊接著遇到翠雲，一經打聽翠雲言道：「我家小姐又沒有病」，張繼華大喜，隨後又聽得園公說趙玉英病入膏肓，進而串聯三人所說，做出「想必是小姐故意瞞我，怕小生煩惱，這園公不明此情，說來一定是眞的。」這樣的主觀推論。在觀眾的全知觀點之下，張繼華主觀臆度顯然是可笑的，因此這場戲三個人物的作用，在於突顯張繼華的主觀所造成的錯誤。〈補驚〉一場同樣在於突顯張繼華的主觀錯誤，此時趙玉英已死，人物關係又有改變，因此當張繼華巧遇王玉眞見到的種種跡象，包括【香柳娘】曲文的暗示：「她嬌容哀婉，頻沾淚眼，順風兒又聽得低聲嘆」，以及王玉眞見香筠到來，輕聲對張繼華道「一言難盡」之後急

忙下場，透過張繼華暗示，王玉眞往「園外」而去。這一連串的跡象，在園公告知趙玉英不幸去世的消息後，張繼華又主觀的做出了似是而非的可笑推測。透過這兩個例子，改編者衝突的安排，著眼於張繼華的主觀猜測以及客觀環境、人物關係的改變之間，而以張繼華的「主觀」作爲主軸，換句話說，張繼華的主觀性格在情節的進行過程占主導作用。

第二階段的客觀環境與人物關係在一連串的轉變之後達到了另一個平衡狀態，〈夜祭〉一場以王伯寧蠻橫逼婚的隱藏事件爲催化，趙禮向張繼華的提親，以及香筠半是玩笑半是威迫的逼婚，使得情境有根本性的改變，在第三階段，所有人物一致指向張繼華與王玉眞的結合，這一強大的動力下，張繼華仍因主觀把所有事件「合理化」——包括誤以香筠爲鬼——而有拒婚、逃婚的舉動，因此第三階段的喜劇衝突，仍可視爲整體外在環境與張繼華主觀錯誤的衝突。在情節的安排上，〈追婿〉可視爲〈夜祭〉與〈驚婚〉兩個重場的過場戲，這場戲節奏快速，趙禮追趕張繼華途中巧遇夏玉，夏玉自願代趙禮追趕張繼華，隨後接到〈驚婚〉，場面迅速轉到洞房。〈驚婚〉一場參考原作第三十一出〈驚婚〉，而改編本同樣較原作強調張繼華的主觀錯誤，因此原作中張繼華揭開頭巾，王玉眞見張繼華神色有異，便直接問道：「你這般錯愕，畢竟有個緣故，好好與我說明。」張繼華直說之後，誤會在平靜的情境中獲得解決。從情境的部分來看，改編本透過翠雲之口暗示整個婚禮的情況是「新郎逃跑，新娘著惱」且「拜堂垂頭喪氣」的狀況，爲此場起頭製造的緊張情境，這一情境基調隨著張繼華的轉念，緊張的氛圍逐漸鬆弛，再透過香筠的介入，進而利用活潑的科白炒熱整個場子，情境也因此明朗化，朝圓滿的結局發展。因此〈驚婚〉一場的情境營造，隨著場上人物關係的變化而不斷變動，喜劇衝突即在這樣的情境基礎上開展。此場開頭緊張情境所蘊含的衝突能量，在張繼華揭去頭巾後，因其主觀的誤以爲「趙小姐陰魂復現，前來責怪小生」而引發實際衝突。然而正如上述喜劇衝突特徵中提到，喜劇衝突引導矛盾往不同方向的轉化，此處因張繼華主觀所引發的衝突，因張轉念想到「實是小生負心」而願與「做一對人鬼夫妻」將衝突往喜劇性的結果轉化，因此當張繼華表明這樣的想法，引起王玉眞的疑惑，誤會在此時透過香筠的介入迅速明朗化，衝突也由此消弭。

從改編本的情境營造與喜劇衝突，把改編本的情節發展分爲三個階段討論。上述的討論有一點值得特別注意：改編本的編劇手法已不同於傳統劇本，

王安祈老師認爲，當代戲曲的編劇方式與傳統劇本的不同點之一，在於「情節、情緒與性格是相互涵融交會的〔註30〕」從這一觀點做進一步的解釋，情節與性格的「相互涵融交會」，即人物性格主導情節的開展及衝突的構成，譚霈生提到情節及衝突的開展須從人物性格出發有相同〔註31〕。《西園記》改編本情節開展與衝突構成的方式，由張繼華的主觀性格展開，其主觀性格不僅推動主要情節的進行，更直接構成本劇的喜劇衝突。因此，從這樣的觀點來檢視《西園記》改編本的編劇手法，雖然情節與原作有相當程度的出入，其經驗仍可作爲傳統傳奇劇本整理改編的借鑒。

三、人物的設計安排——錯綜的人物關係及隱藏人物的巧妙運用

《西園記》改編本較之原作情節已大爲改變，劇中人物以及人物性格、關係也有相當程度的調整。除了主角張繼華之外，針對劇本及情節的完整性等諸多因素，改編者對幾個次要腳色做了大幅度的更動安排，經過與原作的比對以及在劇中的作用，可以略分爲三種類型：

1. 劇中存在卻不曾露面，其存在直接影響情節發展——趙玉英、王伯寧。
2. 填補人物重新安排造成的情節空缺——香筠。
3. 重新設定性格或身分，在劇中起調劑連貫的作用——夏玉、茂兒。

這是直接根據改編本對人物的設計及安排所作的分類，事實上，改編本的人物能夠有效的爲情節服務，便是出自於這樣的安排。從情節需求來分析整個劇本人物的設計安排，改編本的這些人物安排可分爲三個層次來看：推動情節發展的基礎動力爲「王伯寧逼婚」，在此之上的第二個層次趙玉英，其餘則與男女主角共同作爲最外顯的層次。這三個層次的人物安排，在情節上恰好構成由動機到過程到結果的完整一貫性，使得改編本即使大量刪減原作情節，仍然能夠藉由完整的動作進程及巧妙的人物安排，保持情節的完整性與均衡性，從而突出改編本所欲強調的主題。

「王伯寧催婚」作爲推動改編本情節進行的基礎動力。綜觀全劇，王伯寧產生的影響可分爲兩個階段，前一階段爲第一場至第五場，王伯寧催婚的對象爲趙玉英，從第一場開始，屢屢透過場上角色，暗示趙玉英因錯許王伯寧而病，第一場香筠告知王玉眞：「那個該死的王伯寧，前日又遣人來嘮叨，

〔註30〕 王安祈，《當代戲曲》，頁 269，三民書局，2002‧09。
〔註31〕 譚霈生，《論戲劇性》，頁 75，北京大學出版社，1984‧04。

要催期成親,我家小姐聽了一氣,就實梗病哉。」第三場趙禮唱【端正好】:「催吉期,逼成親,悔當日一言錯允這兒女婚姻,休則説氣憤難屈忍,只可憐弱女病日沉,她恨無語淚暗淋。」從王伯寧對趙玉英的影響,再從趙玉英的病影響到張繼華等所有情節,尤其在〈詢病〉之後張繼華的主觀誤解全因趙玉英因病而亡起。後一階段則為第六場至最後,這一階段王伯寧因趙玉英已死,轉而逼迫趙禮將王玉眞許配與他為妻,由這一動作引發〈閨誓〉、〈夜祭〉等情節,包括王玉眞夜裡私會張繼華,以及趙禮向張繼華提親。由此可知「王伯寧催婚」這一事件推動全劇情節的進行,因而可視為軸心事件。

趙玉英為人物安排的第二層次,具有連結基礎事件與表層人物情節的作用,在此可以看到一個明顯的事件進程:王伯寧催婚→趙玉英憤而成病→張繼華誤解,雖說張繼華的誤解在〈墜花〉和〈路憶〉就已構置完成,眞正推動這一誤解,使之開始運轉成為一連串的情節,應從〈詢病〉開始算起。因此在這樣的過程當中,把王伯寧催婚的壓力轉而促使主線情節的發展,其關鍵在於趙玉英。

了解改編本人物安排在情節上的作用之後,人物如何呈現則是另一個面向的問題。王伯寧和趙玉英這兩個角色在劇中有絕對的必要性,趙玉英是張繼華主觀誤解所由產生的關鍵人物,王伯寧則直接關係到趙玉英、王玉眞的婚事,進而影響其他事件的產生。然而改編本把趙玉英及王伯寧作為隱藏角色,這兩個人物在改編本全劇並不曾出現,只有透過人物暗示觀眾。這種設計是相當值得注意的。如本章第一節論述原作結構時提到,趙玉英和王伯寧在原作本作為輔助主要情節之用,改編本在時間限制下突出主要情節,致使原作王伯寧及趙玉英各自較為獨立的情節必然的受到刪減,如趙玉英在上卷〈憶訛〉、〈病訣〉及下卷〈呼魂〉、〈幽媾〉等、王伯寧〈留館〉、〈同登〉等,這幾出對主要情節的進展作用不大,主要作用在於人物情感及性格的深化發展,因此,考量到劇中人物份量的輕重比例,以及劇團人員的調度〔註32〕,

〔註32〕 根據姚一葦統整歷來關於戲劇動作的論述,最終提出的兩個基本條件:一、動作是戲劇結構的核心;二、動作必須具備從開始、中間到結束的完整性。(《戲劇原理》,頁97,書林出版社,1992‧02)筆者認為,所謂的「完整性」除意指全劇動作之外,個別人物在場上的動作也必須具備完整性。因此如安排趙玉英和王伯寧上場,必然得增加部分情節的交代,以使人物的動作完整,因此如改編本設計為隱藏人物,把人物化為事件的陳述,使之成為影響情節推展的力量,則具有較自由可發揮的空間。以趙玉英為例,其動作的起點,在於因催婚而病,此或可在〈墜花〉以自述的方式呈現,然而至〈詢病〉及〈補

將之設計為隱藏人物，一方面強化主要情節，一方面又可避免這兩個人物的出場所產生後續必須處理的一連串問題。

雖然場上不曾出現，觀眾卻可真實感受到這一人物的存在，這可回歸到編劇手法來看：劇本上設計了相應的人物情節，利用人物的安排，作為導演舞台調度的依據，香筠由此成為這一替代手法的關鍵。原作香筠為趙玉英侍女，劇中伴隨趙玉英出現，第十四出趙玉英死後，至第三十三出〈道場〉再次上場，對情節的進展不具重要性。改編本重新塑造的香筠，除了能夠填補因隱藏趙玉英造成的情節空白外，人物形象也更為豐富。

先來看一個例子。原作〈雙觀〉王玉真失手落花後，遣翠雲下樓尋花，隨後便下樓，此時趙玉英上場，意欲上樓一看，一捲簾發現牆外有人，馬上又把簾子放下，而此時張繼華已於樓外聽得趙玉英上樓聲響，見到樓上捲簾又止，當下誤以為與墜花同一個人，因此以為「小姐放我不下」，在樓下大喊：「小姐，梅花在此，小生在此」，趙於是唱【瑣窗繡】一曲。這一段情節在改編本完整的被保留下來，只是隱藏的趙玉英由香筠替代，因此〈墜花〉中這段情節，除了香筠加了一段念白：「這是怎麼回事？我家小姐病在床上，我是她身邊的丫環香筠，你弄錯哉。」其餘完全相同。這個例子中，香筠替代了原作趙玉英上場，同時藉由幾句白口說明當時的情況，達到了人物與情節交代的統一性。

人物在情節產生的作用可視為結構的重要環節，因此直接透視全劇「結構」更可明顯得知，趙玉英作為結構重要「環節」的部分關鍵性情節，在被處理為隱藏人物之後，藉由香筠的補充而使情節仍朝原方向進行。如原作〈呼魂〉之後趙玉英化為鬼魂與張繼華幽媾一大段情節，目的在於引出張繼華的「拒婚」和「驚婚」的動作，改編本為保留這樣的作用，第七場〈夜祭〉便安排香筠勸婚及逼婚等動作，由此導致張繼華的逃婚，被夏玉追回而有〈驚婚〉的情節。為突出主題，這段情節由改編者重新設計，與原作〈呼魂〉至〈驚婚〉的情節一比較，可發現二者同樣有三股力量互相牽引、衝突，其關係如下表所示：

驚〉，其戲劇動作告一段落，如果與改編本同樣藉由園公來交代，不免令人質疑：何以一開始出現的人物無聲無息消失了，從這裡就顯示出這一人物動作的完整性不足，在全劇情節上產生的缺陷。然而若另外寫一場戲來交代，則對主要情節的注意力則轉置在趙玉英因病而亡的情節上，重心轉移減低對主要情節的強調。

	原　作	改編本
張繼華方面	與趙玉英鬼魂私定終身，不願接受趙禮提議的婚事。	誤以趙禮所提為鬼，心中害怕，不願接受趙禮提議的婚事。
趙　禮方面	欲將王玉真許配張繼華，以解決燃眉之急。	欲將王玉真許配張繼華，以解決燃眉之急。
王伯寧方面	催逼趙禮，欲以王玉真為妻	催逼趙禮，欲以王玉真為妻
趙玉英方面	顧及王玉真及張繼華，苦勸張繼華應允婚事。	
香　筠方面		在屏風後偷聽，明白整個誤會過程，裝鬼威嚇張繼華應允婚事。

　　從這個表格已經可以清楚的看出這三股力量的關係，原作趙玉英與改編本香筠雖然進行的情節完全不同，然而其目的及結果卻是相同的，意即在催婚的壓力之下，作為推動張繼華與王玉真結合的直接動力。由此可以看出香筠在改編本中承擔起相對於原作中趙玉英的任務，並同時作為一個具有完整戲劇動作的人物。

　　香筠已屬表面層次的人物，其動作及影響全部在舞台上呈現，同時也負擔了過渡隱藏人物至表面呈現的作用。與之同樣作為表面層次人物，夏玉和茂兒的情況則較為單純。

　　原作夏玉由末扮，可知是年紀較大的腳色，全劇形象雖不甚明顯，由第二、八、十三等幾出，仍大約可看出夏玉閱歷豐富、老於世故的一面，雖屢試不中，作為失意文人卻不帶酸氣，大體表現較為老實、穩重的性格。改編本的夏玉由末扮變成丑扮，人物基調已與原作完全不同，這樣的不同可以面對屢試不中的態度為例。原作〈代禱〉夏玉自道：「小生夏玉，虛長三十多歲，連困公車，明春又當大比，未知命運如何。」這是原作夏玉第一次提到自己屢試不中，口吻略有無奈之感，而改編本〈路憶〉為夏玉首次上場，其定場詩同樣陳述屢試不中的心態：「誤盡平生實可哀，螢窗卅載兩鬢衰，生科場變熟科場，新秀才成老秀才」比起原作，這首定場詩則帶有幾分自嘲的味道，與其行當特色呼應。而由劇中作用來看，夏玉適時的出現對情節進行起著過渡作用，如原作第十三出與改編本第四場〈代禱〉，寫夏玉及張繼華分別往靈應廟求籤，其前第十二出〈堅訛〉（改編本〈詢病〉）寫張繼華誤以為小姐因己得病的焦慮，其後第十四、十六出（第十五出情節轉向王伯寧，故暫時略去不談）寫趙玉英因病而亡，〈代禱〉末尾張繼華被夏玉強留，張繼華回到西

園的時間與趙玉英亡故的時間因此錯開，故而有〈訛驚〉這一事件的產生。

　　茂兒一角前無所承，原作趙禮有一子趙于度，是與張繼華伯仲之間的才子，其正面形象表現在好學（如〈留館〉）、孝順（如〈庭宴〉）及才華（如〈同登〉）等各個方面。改編本的茂兒雖同樣為趙禮之子，形象卻完全不同，因此可視為改編本全新設計的人物。茂兒由貼旦扮，出現在改編本第三場〈詢病〉，作用有二：其一與翠雲、園公前後呼應，藉由張繼華三次詢病，突顯其主觀的錯誤；其二則作為喜劇角色，藉由「尋詩」的問答引發喜劇效果。

　　夏玉和茂兒的設計，同樣可看出人物如何更有效的為主題及情節服務。這兩個人物的設計，直接目的在於強調張繼華的主觀性格，夏玉承繼自原作，原作中這一人物的作用已相當清楚，情節上的作用也完整保留下來。茂兒則為改編本重新設計，原作〈驚訛〉張繼華自道：「又聞得趙小姐有恙，多應為著小生思憶成病」，在此之前並無任何交代張繼華如何得知，這一情節的空白在改編本透過茂兒彌補。〈詢病〉中茂兒與張繼華一段對話，內容為張繼華詢問小姐近況，茂兒答道趙玉英因「婚姻之事」而病了，隨即引起張繼華錯誤聯想：「多應為著小生思憶成病」。因此這個環節的補充，直接呈現了實際情況與張繼華主觀想像的衝突，並與翠雲、園公串成一線，強調張繼華主觀所產生「痴態」的可愛與可笑。

第三節　《西園記》曲牌與念白的設計

　　《西園記》整體風格保留了崑曲本身細膩的韻味，與曲牌的運用有密切關聯，改編者重視傳統曲牌的格律，所有曲詞的填寫與譜曲完全依照傳統曲牌的規範，由此奠定其作為崑曲的基本風格。在格律之外，情節與人物的設計安排已與原作不同，改編者對文曲文的重新創作與沿襲使用，也能夠適切的表達人物心理與整體情境，因此在曲牌的運用上，《西園記》是相當成功的。念白方面，口語習慣的不同促使改編本對於念白需重新創作，在這方面改編本並非只以適應現代口語的翻譯作為目的，許多頗具趣味性的念白設計，表現在香筠、夏玉、茂兒及院公身上，並配合情節與人物舞台調度，設計具有喜劇效果的念白，《西園記》改編本這方面的成就也是不容忽視的。

　　以下分別從曲牌的運用與念白的設計，探討《西園記》在這兩方面的特色與成就。

一、曲牌的沿用與創新

如果把曲牌的使用作為評騭一本當代崑劇改編全本戲的標準之一，那麼《西園記》無疑是相當成功、並且是大放異彩的。首先以下表整理比對原作與改編本曲牌運用的關係〔註33〕：

原 作			改編本	
出 次	曲牌運用	場次		曲牌運用
4、6 尋幽 雙覯	〈尋幽〉：白練序、醉太平（換頭）、白練序（換頭）、醉太平（換頭） 〈雙覯〉：香遍滿、懶畫眉、前腔、前腔、前腔、懶針線、醉宜春、鎖窗繡、大節高、浣溪帽、東甌蓮、尾聲	1 墜花		白練序、醉扶歸、香遍滿△、懶畫眉◎〔註34〕、懶畫眉◎、針線箱◎、醉太平△、宜春令▲、瑣窗寒△、繡衣郎▲、大聖樂△
8 訛始	新水令、步步嬌、折桂令、江兒水、雁兒落帶得勝令、僥僥令、收江南、園林好、沽美酒帶太平令、清江引	2 憶路		新水令◎〔註35〕、步步嬌△〔註36〕、雁兒落△
12 堅訛	西地錦、啄木兒、前腔、三段子、前腔、歸朝歡	3 詢病		端正好、啄木兒、前腔、前腔◎、三段子△、前腔◎、歸朝歡◎
13 代禱	卒地錦當、玉枝帶六么、鎖南枝、玉枝帶六么、鎖南枝、前腔、前腔	4 代禱		玉交枝、六么令△〔註37〕
16 訛驚	一剪梅、香柳娘、前腔、前腔、前腔、尾聲	5 捕驚		一剪梅、香柳娘◎、前腔△
		6 閨誓		解三酲、皂羅袍、前腔、尾聲

〔註33〕此表改編本曲牌使用，根據王文章主編，《蘭苑集粹——五十年中國崑劇演出劇本選·西園記》，頁157～204，文化藝術出版社，2000.03。原作用集曲者，《蘭苑集粹》一律拆解為兩個曲牌名，如原作【醉宜春】，《蘭苑集粹》作【醉太平】及【宜春令】，此處改編本曲牌使用依照《蘭苑集粹》依序而列。在原曲牌基礎上改寫者註◎，沿用原曲牌者駐▲，沿用部分句子者註△，未加標註者曲文為改編者重新創作。

〔註34〕原作連唱四支【懶畫眉】，改編本除第一、二句改寫之外，第三、四句沿用原作第二支最後兩句，第五句沿用原作第三支第四句。

〔註35〕首句原作「一鞭落日杏花西」，改編本作「人隨春入武陵園」，其餘全部相同。

〔註36〕省略原作前三句。

〔註37〕此二曲合為原作【玉枝帶六么】，屬【玉交枝】的部分重新改寫，【六么令】部分完全沿用原曲。

23 呼魂	霜蕉葉（霜天曉角、金蕉葉）、小桃紅、下山虎、本宮賺、五般宜、江頭送別、五韻美、羅帳裡坐、山麻楷（換頭）、餘音	7 夜祭	霜天曉角〔註38〕、小桃紅、下山虎、五韻美、五般宜、山麻楷、前腔、江神子、尾聲
		8 追婚	川撥棹、撲燈蛾、七兄弟
31 驚婚	于飛樂前、于飛樂後、賀新郎、香柳娘、隔尾、不是路、太師引、大聖樂、三換頭、奈子花、劉潑帽、節節高、尾聲	9 驚婚	于飛樂前△、香柳娘◎、不是路、太師引、三換頭、

　　經過上表的比較，可以看出除了第六、第八場之外，各場曲牌的選用大體根據原作。因此如第一場〈墜花〉，情節上綜合了原作第四、六兩出，曲牌挑選了與情節有關者，如【白練序】寫張繼華跨馬遊玩，隨後張進入西園，王玉眞上場，唱半支【醉扶歸】，比對曲文，雖經重新改寫，似參考原作第七出〈憶見〉王玉眞上場所唱【醉扶歸】一曲。接著王玉眞上樓，張繼華再次上場，情節轉回第六出〈雙觀〉，張繼華所唱諸曲，雖曲文大部分經過改寫，情節的進行仍依循原作，因此曲牌的選用亦依照原作次序。

　　如第七場〈夜祭〉則情況較爲複雜，原作與改編本情節完全不同，原作寫張繼華思念趙玉英（實爲王玉眞），因誤會小姐因他而亡，因此「就枕還醒，看書又懶，如何是好？不免把小姐叫喚一番。」此時趙玉英魂魄上場，全出呈現濃烈的抒情氣氛，改編本第七場〈夜祭〉則是全劇喜劇高潮，香筠、王玉眞、趙禮在張繼華的誤會下產生錯綜複雜的關係，經過作者巧妙安排，又以趙禮戲稱鬼怕貓叫而產生強烈的喜劇效果。整場基調與原作〈呼魂〉全然不同，因此雖然前半場情節與原作類似，且全場所用曲牌大部分沿用原作，曲文內容基本上都重新改寫了。

　　然而不只是第七場，改編本曲文保留自原作者少，改寫部分多，而且二者幾乎是不成比例的，根據上表，直接沿用原作，只有第一場【醉宜春】的【宜春令】部分以及【瑣窗繡】的【繡衣郎】部分。而如第三場〈詢病〉【啄木兒】改寫原作第十二出〈堅訛〉同曲的例子算是少數，此曲由翠云唱，間以張繼華念白，原作：

　　　驚多禮，羞驟呼，說起梅花還記汝，可知他寂寞文園，恰堪留病窩相

<hr>

〔註38〕此曲實爲句數句式都與原作【雙蕉葉】相同，而【霜蕉葉】爲【霜天曉角】與【金蕉葉】的集曲，改編本註【霜天曉角】，疑有誤。

如。他年年替額看春去，便郎當未必因新句，不勞你浪向妝台問起居。
改編本則作

驚多禮，羞驟呼，說起梅花心有數，我不曾問你行止，爲甚的攔住去
路。他年年替額看春去，便郎當未必因新句，不勞亂向妝台問起居。
此曲二者差異不大，改寫較多的第四、五句，可看出是因原作難解，因此改
得較爲口語。這樣的例子還有第一場【懶畫眉】及【懶針線】、第二場【新水
令】、第五場以及第九場的【香柳娘】，在全劇曲牌運用所佔的比例相當低。

　　由此可知，無論是否沿用原作曲牌的句子，改編本曲文大部分是重新創作
的，而這也正是改編本曲牌使用的成功之處。改編本曲牌的創作可從兩個角度
來檢視：一是曲牌的格律，一是曲文的文字及內容，前者作爲基礎，是崑曲構
成的基本條件之一，後者則可看出改編者的功力，從文字到整體情境的塑造。

　　首先就格律來看，藉由比對曲譜同名的曲牌，可知改編本恪守曲牌的文字
及音樂格律，這與《十五貫》大量改寫原作曲牌是不同的。然而在音樂方面，
《西園記》基本維持崑曲本身的風格特色，卻也有很大程度的自由創作。如第
二場〈墜花〉的【醉扶歸】曲文爲改編者重新創作，茲將曲譜錄於下〔註39〕：

《醉扶歸》（浙崑《西園記》改編本）

〔註39〕曲譜根據國立中央大學戲曲研究室藏《西園記曲譜》，浙江崑劇團，1978‧11‧
07。

吳梅《南北詞簡譜》【醉扶歸】註釋提到：

> 是詞下板皆在每句五、七兩字上，故萬不能多加襯字，如《牡丹亭》
> 你道翠生生一曲，實不可爲據也。幸而此曲有贈板，若是緊唱曲，
> 則許多襯字如何帶去？此當省查者也。〔註40〕

原曲格式有六句，改編本只用四句，經比對，此四句爲曲牌的前四句。再逐
一檢視改編本曲譜下板之處，並與《崑曲曲牌與套式範例集·南套》所整理
的【醉扶歸】比較〔註41〕，改編本在作曲方面有以下幾個特徵：

1. 主腔形式相對完整存在於樂曲之中，然表現方式與傳統曲牌有異。此
   曲主腔明顯位於每句後三字的行腔之處，改編本的作曲則在最末一字
   加上類似「過門」作用的旋律，此旋律與原曲主腔相當類似，由此可
   知改編本作曲方面已與原曲格律有不同之處。

2. 下板位置的不同。檢視《範例集·南套》所收曲子，並與吳梅的說法
   相互應證，此曲每句下板皆在第五、七字上，以上所引的曲子則似無
   一定規則，第五、七字或爲下板處，或爲中眼處，已與原曲牌有相當
   大的差異。

3. 音樂的處理速度較快，旋律也較簡單。原曲牌每句末三字行腔較多，
   改編本的處理大量減少每字行腔，因此全曲音樂較爲簡單，相對而言，
   整個曲子的速度也呈現較快的速度感。

4. 每句結束音與句讀相互配合。就曲子而言，每個「樂句」與「詞句」
   的配合度與原曲牌相當類似，加以主腔被基本保留在曲之中，因此改
   編本整個曲子與原曲牌仍相當接近。

由此可知，「主腔」被作爲曲牌的「特色旋律」，被處理爲「音樂動機」，
保留在新作曲子之中，因此雖然曲詞完全合乎曲牌格律，作曲者運用對曲詞
進行創作有很大程度的自由。這種作曲的方式與《十五貫》曲牌的作曲不同，
無論填詞、作曲均有意識的保留原曲格律，因此雖然主腔被以不同的方式處
理，其基本旋律的大致相同，與樂句——詞句的關聯性強，仍大致表現出【醉
扶歸】一曲的面貌。

至於曲牌的文字內容，改編本並不只求改的淺白，部分例子可看出改編

〔註40〕吳梅，《南北詞簡譜》，頁 332，學海出版社，1997·05。
〔註41〕王守泰主編，《崑曲曲牌與套式範例集·南套》，頁 624～627，上海文藝出版
　　　　社，1994·07。

本能夠依據情境調整曲詞內容，由此可進一步看出改編本曲詞的重新創作，使得曲牌能更緊密的為情節服務。如第一場的【白練序】，原作與改編本情境是雷同的，然而原作此曲後半段寫張繼華叮囑馬夫湖頭不可去，對話式的曲文，卻不如改編本純為寫景。原作【白練序】為：

> 抛書卷，試強挽吟鞭控紫騮，看踏破萬疊，武林山岫。湖頭，且免遊，單對這酒肉，看花花也羞。閒探究，憑咱手眼，另標奇秀。

改編本則為：

> 烟靄深，映回巒秀嶂庭院幽，正石徑草淺，綠萼濃稠。風滿襟，香盈袖，看春塘凝碧，雲影逐水流。猛抬頭，柳隱翠閣，花遮層樓。

改編本此曲文字清麗，寫張繼華策馬暢遊沿途所見，透過文字營造一派初春景象，並在最後兩句點出西園的形象。又此曲在改編本為張繼華首次上場所唱，改編本的重寫除了點出全劇背景之外，藉景抒情的筆法，對強化張繼華形象也有很大的作用。再如第七場〈夜祭〉與原作第二十三出〈呼魂〉，張繼華同樣獨坐書館，思念趙玉英，然而所唱【霜蕉葉】曲詞內容有所不同，原作：

> 秋窗葉火，照影挨更坐。片片庭梧欲墮，冷惺忪風生帳羅。

改編本則作：

> 漏斷更悄，秋窗燭影搖。夜長愁多夢少，怯聽寒蛩吟壁角。

與原作不同的地方在於，原作主旨在藉景抒情，因此全曲不涉及一個情緒性字眼，卻能成功烘托出當時的情境。改編本重新改寫的曲文，則是較為直接的傳達張繼華的心理狀態，情味較少，卻較為直接，且仍具有相當程度的文字美感。從這一點來看，改編者曲詞的改寫也是相當成功的。

二、念白的設計與唱念安排

改編本念白絕大部分是重新改寫了，部分沿用原作，其用意也非繼承，而是採用原作恰好適合使用的文句，因此經過比對，原作念白在改編本的使用是相當零星且不成比例的，又這樣的狀況在改編本第六場以後更為明顯，第六場之後許多情節為原作所無，雖部分沿用原作套曲，曲詞卻都重新填過，念白則更是重新設計。

改編本直接襲用原作念白的狀況，首先舉一個例子。如第一場〈墜花〉王玉真折梅花失手落花，打在張繼華額頭上，原作：

張：這連枝梅花，爲何落下，像是有人折的。（作起立，見旦介）分
　　明是散花天女瓊樓上，（掩身偷覷介）我待巧學鶯身葉底藏。

王：翠雲，可下樓去，尋這梅花上來。（丑應，作下樓開門尋花介）

翠：【前腔】紫泥淹泡上鞋幫，（回顧介）你看偷印尖尖樣幾雙。

王：翠雲，是這裡落下去的。

翠：猛聽得枝頭何處弄鶯簧，（望旦介）小姐，再尋不見哩。（旦作
　　見生，急下簾介）爲甚麼低回笑臉把朱簾漾。

張：（生袖花揖丑介）小娘子拜揖。

翠：（丑驚介）呀，你是何人，輒敢至此。卻叫我褪步苔堦應禮忙。

張：請問小娘子，尋甚麼東西？

翠：是枝梅花。

……（省略【前腔】及念白）

張：小生遊春至此，偶爾倦眠，那花不偏不正，剛剛打在額上，既
　　是你家小姐的，借手奉上，還要借小娘子的口傳說，小生是楚
　　國張繼華便是。（遞花與丑，揖介）小娘子，好生拿著。只願你
　　翠袖殷勤做玉捧將。

改編本情節相同，念白亦大體沿用此段：

張：這連枝梅花爲何落下（起，見王玉眞）分明是散花天女瓊樓上，
　　我待巧學鶯身葉底藏（掩身花樹中偷覷）。

（翠雲開門上）

王：翠雲，是這裡落下去的。

翠：我再尋不見哩。（王玉眞見張繼華，急下簾）。

張：爲甚麼低回笑臉——

翠：把朱簾放。

張：小娘子，拜揖。

翠：呀，你是何人，怎敢至此。

張：請問小娘子，尋甚麼東西？

翠：是枝梅花，掉了下來，再也尋不見了。

張：（不以爲然）哪裡是「掉了下來」！（背唱）【前腔】分明是鶯
　　鶯寄柬背紅娘，她親自飛花傳信到西廂。小娘子，花在此。

翠：相公拾得，何不早還？

> 張：這花既是你家小姐的，自當借手奉上，還要借小娘子的口傳說，
>
> 小生是襄陽張繼華，遊學至此。（還花，揖）小娘子，好生拿著。
>
> 但願你翠袖殷勤莫把嫩蕊傷。

引用這一大段念白，目的除了說明改編本如何處理原作念白，有一個更值得注意的現象：改編本即使襲用原作念白，卻能藉著不同的處理表現出不同效果，比起原作，改編本處理的更為細膩，也更為生動。如上所引，這段情節為張繼華誤會的開始，原作並未直寫張繼華對王玉真落花的解讀，主要寫乍見王玉真的鍾情與癡態，一直到第八出〈訛始〉才寫張繼華念道：「小弟跨馬緣山而行，到一個所在，只見文垣朱戶，竹木交加。小弟入觀亭榭之盛，偶然足倦，披草而眠，不意樓頭有一美人攀折梅花，故意打在小弟額上。小弟因侍女送還他，她卻仍贈小弟，垂簾一笑，煞是有情，因此留連，不覺至晚。」從這裡可以發現，原作設計的誤會，重點不在張繼華揣摩王玉真心理的主觀錯誤（因王玉真確實有意於張繼華，如此才有後面的贈花之舉），而在著意描寫王玉真落花，以及張繼華誤以趙玉英為王玉真的曲折過程。改編本於此則有所改變，刪去王玉真贈花，由此加強張繼華主觀錯誤的成分，並在上面所引、大體依於原作的唱念作了兩個修飾：

1. 原作「為什麼低回笑臉把朱簾漾」由翠雲唱出，此處有片段凝住時空，生、旦互視，以眉目傳情，而由侍女點出二人的情意交流。這樣的情景，類似於京劇《紅娘》的張生與崔鶯鶯乍見的情況。改編本將「為什麼低回笑臉」改為張繼華唱，把原作張繼華對王玉真的一見鍾情，改為張繼華對王玉真落花後和下簾的思考，進而把王玉真這的舉動串聯在一起，構成自己的對落花——下簾一連串的主觀判斷。從而強化改編本著意描述張繼華主觀臆度造成錯誤的主題。

2. 翠雲對張繼華說梅花掉了下來，改編本加了張繼華不以為然的說道：「哪裡是『掉了下來』。」並後面兩句唱詞用《西廂記》典故。在沿用的基礎上，改編本加了這些文字，點出了張繼華的主觀，又與王玉真的反應形成對照，由此產生喜劇效果。

因此改編本對於原作念白的使用，並不止於沿用，或者把念白改的更為淺白，而是能夠考量改編本整體主題情節，適度修改或加入文字，使主題更為明確。而第六場之後的情節，除第七場〈夜祭〉部分沿用原作第二十三出〈呼魂〉，第九場〈驚婚〉部分沿用原作第三十一出〈驚婚〉之外，其餘皆改

編者重新創作。從這些從新創作的念白可以看出，改編者有兩個主要的目的：
其一爲主題的呈現，其二則爲喜劇效果的呈現。如第七場〈夜祭〉張繼華與
趙禮的一段對話：

趙：先生門高閥閱，志抗雲霄，名播江左，士林咸仰，不知可曾婚
　　配？

張：尚未婚配。

趙：老夫作個媒人若何？

張：多承老先生好意，晚生萍蹤浪跡，不欲有室家之累。

趙：（背白）這原是怪他不得的，他怎知我提的就是方才那個。待我
　　慢慢明點於他。（轉向張繼華）張先生，這頭親事不錯，還是應
　　允了吧。

張：晚生有難言之隱，錐心之痛，深荷老先生隆情厚誼，還望不加
　　勉強。

趙：先生之隱痛，老夫已略有耳聞了。（張繼華爲之一震）閨訓失嚴，
　　咎在老夫，先生不必介懷。（張繼華離座）請坐。

張：（坐）老先生寬仁大度，不加苛責，晚生思之，實覺惶恐。只
　　是……

趙：什麼？

張：唯恐老先生耳聞失實。（拿出梅枝）晚生初到武林，路徑不熟，
　　那日偶過尊園，得遇小姐，他就將……

趙：將什麼？

張：將這枝梅花相贈。

趙：（接看，背白）我料也不是今夜之事，這等看來，他們彼此來往
　　已有半年之久了。（向張繼華）張先生，可知我提的婚事是哪家
　　小姐？

張：這就不消多問了。

趙：事情尚未問明，豈不推拒的太早了。老師所提正是方才那個。

張：（一驚）哪個？

趙：（笑指門外）就是方才走出去的那個呀！

張：（遠離，失色）老先生敢是取笑麼？

趙：嗯，婚姻大事，豈有戲言。

這段文字全為改編者的創作，張繼華與趙禮兩人所知不同，而趙禮所知是實，張繼華則純為主觀認知，其精采之處，就在於改編者安排二人的碰撞，又以梅枝為線索，在情節上產生緊密扣合、前後照應的效果。因此整段文字讀來，除了張、趙二人因認知的不同所產生的喜劇性之外，情節的照應扣合同時使得戲劇效果更為強烈。

原作念白及唱念的設計安插，能夠深入且準確的扣緊主題。以下則要針對科諢的使用，根據《中國大百科全書‧戲曲曲藝卷》，「科諢」一詞分別表示「滑稽動作」及「滑稽語言」〔註42〕，而其中「語言」形諸於文字，「動作」則是配合語言而產生，因此科諢的設計，實際以「語言」為重。如李漁在《閑情偶寄‧科諢第五》提到：

> 插科打諢，填詞之末技也，然欲雅俗同歡，至於共賞，則當權在此
> 處留神。〔註43〕

李漁論述科諢的設計，妙處在於「近俗」而「不俗」，在這個標準之下，李漁給予吳炳《粲花五種》的科諢相當高的評價：

> 吾於近劇中，取其俗而不俗者，《還魂》而外，則有《粲花五種》，
> 皆文人妙筆也。《粲花五種》之長，不僅在此，才鋒筆藻，可繼《還
> 魂》。〔註44〕

這段文字對吳炳《粲花五種》的科諢設計評價相當高，認為與《牡丹亭》並駕齊驅。如車文明論述吳炳劇作的語言，也認為既通俗流暢，又含蓄優美、富有意境〔註45〕。吳梅對《西園記》科諢的高度評價，則集中在淨丑角色，認為：

> 又《畫中人》之胡圖，與此記之王伯寧，同一俗物。而寫胡圖處，
> 語語絕倒，寫伯寧處，則語語爽快。《冥拒》一折，尤為千古奇文，
> 自有淨丑以來，無此妙人妙語。【混江龍】一支，痛罰紈綺子弟。【寄
> 生草】曲又調侃文人，此等詞宜擊唾壺歌之，豈料出諸淨角口吻。
> 余故謂五種內淨丑角，以此記為最也。且名人傳奇，凡淨丑諸色，

〔註42〕 沈彭年主編，《中國大百科全書‧戲曲曲藝卷》，頁174，中國大百科全書出版社，1983‧08。
〔註43〕 李漁《閑情偶寄‧科諢第五》，浙江古籍出版社，1991‧08。
〔註44〕 李漁《閑情偶寄‧科諢第五》，〈忌俗惡〉，浙江古籍出版社，1991‧08。
〔註45〕 車文明，〈論《粲花五種》的藝術成就〉，《中華戲曲》第二十輯，頁319～344，山西古籍出版社，1997‧04。

皆不從身後著筆，此作直是創格，當與《綠牡丹・帘試》出，同爲
破天荒之作。〔註46〕

對於《西園記》原作科白，吳梅注意力集中在淨角王伯寧之上，尤其在〈冥拒〉
一折，認爲此角科白設計的最佳之處，在於字字珠璣，於玩笑處帶有譏諷之意。
而《西園記》改編本已與原作有很大的出入，不只在情節上，曲文與科白都有
相當大的更動，因此如吳梅上述《西園記》劇中科諢最大的特色，由於改編本
隱藏了趙玉英及王伯寧兩個角色，全劇焦點集中在張繼華及王玉眞身上，基本
上已被刪去，而主要負責科諢的角色，則轉移到夏玉以及香筠身上。

原作第十三出與改編本第四場同爲〈代禱〉，同樣有丑扮廟祝作爲此場科
諢的主角。若以整場戲的基調來看，改編本此場顯然是較原作輕鬆的，主要
關鍵在於改編者增加了廟祝與張、夏二人的互動，由此加強表現了此角的科
諢，如夏玉問張繼華「因何卜，著甚哀，恁憂煎費疑揣」（【鎖南枝】末三句）
張直接答道：「小弟只爲玉英小姐，再至西園，不想被她父親留住，那小姐思
憶小弟，染成一病。」此段前後唱兩支【鎖南枝】，強調的重點在張繼華的憂
心。改編本此段純爲對話，加強表現喜劇效果，因此正當張繼華對著下下籤
喃喃自語，此時夏玉上場，改編者使用了諧音的滑稽性，而廟祝適時加上一
句錯誤的判斷，場面更顯生動活潑：

（張繼華泣，夏玉上）

夏：今年又當大比，未知此去若何？秀才都來求籤，學生隨例拜
　　佛。

張：下下……

夏：夏玉在此。

張：（悄聲）哎呀，夏玉兄呀！她……她爲我思憶成病了。

夏：可是小姐（張繼華點頭）

廟：（背白）原來是爲他女兒。

上述廟祝的科諢是在繼承原作的基礎上創新，使之更符合全劇的喜劇基調。
除此之外，夏玉及香筠是改編本作較大程度修改的角色。這兩個角色的重新
設計已於本章第二節討論，此處則把焦點放在兩人的科諢設計。夏玉在原作
由「末」扮演，改編本則改爲丑扮，香筠由花旦扮演，二人負責的科諢性質

〔註46〕吳梅，〈瞿安讀曲記・西園記〉，王衛民編，《吳梅戲曲論文集》，頁443～444，
中國戲劇出版社，1983・05。

有所不同，大體來說，夏玉丑扮，表現久試不中的落魄書生，科諢本身帶有滑稽可笑的意味；香筠的科諢則主要表現在其機伶的應對之上。

本章第二節從原作與改編本比較夏玉的形象，從末扮到丑扮，夏玉的形象也轉而成爲了一種「喜劇人物」，而科諢的設計也由此而生。與原作同樣陳述屢試不中，原作採用的是直接陳述的方式，第十三出夏玉首次自陳屢試不中，念道：「小生夏玉，虛長三十多歲，連因公車，明春又當大比，未知命運如何……」帶有無奈的自我陳述，到了改編本則另有安排。第二場〈路憶〉夏玉首次登場，定場詩爲：「誤盡平生實可哀，螢窗卅載兩鬢衰，生科場變熟科場，新秀才成老秀才」這段文字前二句以自己屢試不中爲哀，後二句卻又能夠自我解嘲，與改編者重新設定行當相互呼應。第八場〈追婿〉夏玉與趙禮的對話，趙對耽誤夏的應試於心不安，夏反過頭來安慰趙道：「這勿要緊，多少年來，我趙趙都是實梗去，又趙趙都是實梗來格，今科不中，自有來科，還是追趕師兄要緊。」同樣也是針對科考不中的自我調侃。從人物性格的轉變，影響人物行當的選擇，再由行當作爲科諢設計的依據，因此夏玉這一形象的改變是整體的。

香筠由貼旦扮演，其科諢設計重點在於其機伶的反應，主要在最後一大段「趙小姐」的念白。關於第九場香筠「趙小姐」一大段念白，根據早期扮演香筠的龔世葵老師的敘述，這段念白的構思參考自《風箏誤》第六場〈前親婚鬧〉詹愛娟「戚公子」一段念白，由於詹愛娟這段念白在《風箏誤》的演出帶來成功的喜劇效果，因此在《西園記》的編劇過程中，經龔世葵老師的提議，改編者在第九場加入了這段念白：

> 你見的趙小姐，並不是你想的趙小姐；你想的趙小姐，並不是方才
> 那個趙小姐。方才那個趙小姐，才眞正是你遊園所見的趙小姐。不
> 過她不是死去的趙小姐，卻是活著的趙小姐，如今她方是趙小姐，
> 當初並不是趙小姐，原本是一個趙小姐，後來才變成兩個趙小姐，
> 你爲什麼自說自話、糊裡糊塗又把她倆當成一個趙小姐？

這段念白的份量比起《風箏誤》有過之而無不及，《風箏誤》詹愛娟「戚公子」一段念白只在陳述當日（指〈前親〉）所見的戚公子並非今日的七公子，而《西園記》這段念白交代的是更爲複雜的誤會過程，又扣緊「原來的」趙小姐以「現在的」趙小姐發揮，把整個誤會過程敘述的面面俱到且條理分明，這段念白的設計是相當精彩的。

第四節 《西園記》的舞台呈現

自一九六一年首演以來，《西園記》演出場次之高，位居浙崑所有改編、新編劇目的第一位，至今舞台上仍時常演出，成為浙崑改編戲的保留劇目。這樣的成就絕非偶然，除了改編劇本本身的成就之外，演員的精采表現是造就《西園記》成功的關鍵因素。

《西園記》主要演員陣容大體相同，由汪世瑜飾演張繼華，早期由沈世華飾演的王玉真，一九八五年復排後則由王奉梅扮演，其餘幾個腳色在一九八五年以後演員陣容都相當固定，如王世瑤的夏玉、郭鑒英的香筠及唐蘊嵐的茂兒等。目前可見《西園記》的錄影，戲曲研究室所藏有六個版本，除了未標著日期之外，有一九九三年、二〇〇〇年汪世瑜、王奉梅的演出〔註47〕。筆者另有中央電視台、蘇州電視台的轉播錄影，張繼華前由陶鐵斧扮演，後由汪世瑜扮演。另外，二〇〇三年十二月浙崑於台北社教館城市舞台演出《西園記》，張繼華同樣分別由陶鐵斧、汪世瑜扮演，本文的演出分析根據這幾個版本進行比對。

在表演方面，由汪世瑜扮演的張繼華是全劇最重要的腳色，所有人物及情節皆圍繞著張繼華這一人物發展。關於張繼華人物形象的塑造，汪世瑜在〈情轉濃時便成真——三演《西園記》有感〉文中述及表演重點及人物的構思過程〔註48〕。由於劇中主從地位的對比懸殊，其餘人物的表演無專文討論，然而個別人物有其表演重點必須掌握清楚，正文將一併討論之。

一、《西園記》舞台呈現的重點——「喜劇」需求影響表演的構思

把《西園記》作為一本「輕喜劇」來看是十分適切的〔註49〕，如同西方的「輕歌劇」一樣，輕鬆簡單而沒有沉重的負擔是《西園記》作為「輕喜劇」的主要特色，這一特色對表演者如何掌握人物來呈現情節有重要的影響。本論文所討論的《西園記》及《風箏誤》同樣可作為「輕喜劇」來理解，然而

〔註47〕 2000 年有兩個版本：《西園記》，汪世瑜、王奉梅主演，浙江京崑藝術劇院，1月 10 日於中央大學大講堂演出，中央大學系曲研究室錄影。1 月 12 日於台北新舞台演出，新象文教基金會出版。

〔註48〕 汪世瑜、程曙鵬，〈情轉濃時便成真——三演《西園記》有感〉，《藝海一粟——汪世瑜談藝錄》，頁 59～72，金陵書社，1993．03。

〔註49〕 汪世瑜、程曙鵬，〈情轉濃時便成真——三演《西園記》有感〉，《藝海一粟——汪世瑜談藝錄》，頁 63，金陵書社，1993．03。

不同的是，《風箏誤》由於劇本結構的問題，作為喜劇情節在「喜劇性」的表現上由於過度的簡化而略有不足，因此全劇的重點〈驚醜〉、〈前親〉、〈後親〉三場表演者如何透過身段表情等手段達到喜劇效果。《西園記》結構完整，喜劇性蘊含在情節的曲折發展之中，因此全劇的喜劇效果除了表演者自身表演方面的掌握之外，情節的錯誤巧合是喜劇效果所由產生的重要基礎。

探討《西園記》改編本喜劇情節的設計，主要在於「巧合」與「錯認」的層層因果累積，關於這方面的論述詳見本章第二節。此處討論的重點在於情節安排直接聯繫到劇本，有哪些表演重點必須被提出，這些表演重點可作為劇本「喜劇性」表現的關鍵。

「巧合」與「錯誤」為喜劇情節構成的要素，在表演方面首先應被提出的是劇中人物由「巧合」引發「錯認」反映出來的「點」，所指人物主要是張繼華。這些「點」可作為兩種不同層次的分析依據：其一是情節本身的喜劇性；其二則是表演者如何表演的反應。前者可直接透過劇本的閱讀體會喜劇性，後者則必須直接就表演者的舞台表現觀察分析。從第一個層次來看，情節的這幾個「點」並不是一個一個獨立分散，而是把張繼華錯以王玉眞為趙玉英作為整個錯認基礎，表現在外的動作呈現具有因果關係的扣連。綜觀整個劇本，分別把各場這些「點」整理如下：

1. 第一場〈墜花〉：王玉眞失手把梅枝打在張繼華頭上，並透過香筠挑簾的動作，引發張繼華「梅者媒也」及「將花數恰恰成雙」的錯認反應。

2. 第二場〈路憶〉：延續第一場，張繼華錯以為小姐「將這枝梅花故意打在小弟額上」。

3. 第三場〈詢病〉：在混同王玉眞與趙玉英兩個人物的錯認基礎上，分別從茂兒、翠云及園公等人得知小姐病情，在「有病」與「無病」之間自行把整個過程合理化，產生「想必是小姐故意瞞我，怕小生煩惱」的想法。

4. 第四場〈代禱〉：求得下下籤的反應，並告知夏玉「她（小姐）為我想憶成病」。

5. 第五場〈補驚〉：回到西園巧遇小姐迎面而來，先是喜道「這籤果然靈驗」，隨後由小姐的行進方向及「倏然而來，飄然而去，似悲似喜，若即若離」的動作神態，透過園公告之的催化，誤以小姐為鬼。

6. 第七場〈夜祭〉：喜劇衝突重點，香筠、王玉眞、趙禮三人陸續前來，

引起張繼華的驚疑，並由其主觀認知的錯誤把三人動作連貫一起，作出滑稽而誇張的動作。

7. 第九場〈驚婚〉：張繼華仍陷於錯認的情境之中，與王玉真牛頭不對馬嘴的對話產生強烈的喜劇效果。

以上這幾個「點」的提出，可視爲情節的設計安排本身所具有的喜劇性，閱讀劇本的過程很明確的可以把這些「點」挑選出來。這些「點」構成全劇的喜劇基調，直接影響到演員對人物及情境的體會，換言之，由這些「點」體現的人物性格及情節趣味，是表演者在構思過程及表演上必須掌握的重點。因此，飾演張繼華的汪世瑜在敘述對張繼華這一人物進行創作的過程，無論是自身體悟，或者周傳瑛的講述並提出如何「掌握人物特性」及「觀眾的欣賞心理」〔註50〕，都相當強調張繼華作爲「喜劇人物」，這不僅是張繼華這一人物不同於其他巾生人物（如柳夢梅、潘必正）的最大的特徵，也是此劇的表演成功與否的關鍵。

除此之外，必須提出此劇其他角色與張繼華的主從差異相當懸殊，然而即便人物的安排是爲了逐步構成張繼華的「錯認」而存在，個別人物本身的表演重點仍是值得注意的。除了夏玉、茂兒及香筠本身在情節上就帶有重要性，在表演上分別須掌握冷面熱腸、活潑可愛及機伶風趣的特色，從整個表演的大架構來看，這幾個人物同樣具有相當重要的地位。以下分別討論個別人物的表演重點，並分析演員如何運用表演程式的工具來體現劇中人物。

二、行當特色與喜劇效果的表現

在討論《十五貫》及《風箏誤》曾多次提及，行當的程式特色對演員構思人物表演具有關鍵性的指導作用，在這些劇本的表演中，「程式化」的動作並非規定該人物只能運用既定的行當（或家門）程式，而是允許演員在表演時能依據不同的人物性格、情境，鎔鑄不同行當（或家門）的程式特色，以更準確的塑造人物，因此如《十五貫》的況鐘在身段上融合了小官生、大官生及末，《風箏誤》的詹愛娟則在花旦的程式基礎上適度加入丑行的特徵，這些情況都顯示了行當的「表演程式」是根據人物性格及戲劇情境而允許靈活組合，換言之，人物性格及戲劇情境是表演者塑造人物最爲基礎、也是最重

〔註50〕 汪世瑜、程曙鵬，〈情轉濃時便成真——三演《西園記》有感〉，《藝海一粟——汪世瑜談藝錄》，頁7，金陵書社，1993‧03。

要的關鍵，表演程式則是表現人物的工具。

　　從《西園記》劇中人物的行當設定到表演者如何透過程式來表現人物的過程中，「喜劇性」作為一個關鍵性的要素必須被提出，亦即「喜劇性」作為全劇表演所的主要目的，表演者如何在行當表演程式的基礎上表現出喜劇效果，其中最重要的人物為張繼華。正如汪世瑜對人物的詮釋把張繼華作為「喜劇人物」，並把「崑劇巾生」和「喜劇人物」作為不同的兩個類型〔註51〕，因此如何兼顧「巾生」與「喜劇人物」二者的特色成為表演關鍵，汪世瑜接著提到：

> 飾演張繼華這一喜劇人物時，掌握「不溫不火」的分寸感尤為重要。他和張珙、潘必正、柳夢梅一樣，均是篤情忠厚的風流才子，但決不能運用崑劇巾生通用的表現手法，否則便演成溫良恭謙讓的彬彬君子，以致喪失預期的喜劇效果。表演溫和固然不行，「過火」則會離「譜」。因為張繼華不屬於三教九流的層次，也不是市井百姓，他的喜劇因素看似荒唐卻合乎情理，近於誇張卻高雅脫俗。倘若演的「過火」，很可能演成插科打諢式的滑稽人物，那麼勢必與其身分、性格不相符合，就會削弱或失去人物應有的美感〔註52〕。

這段文字提到的表演重點，在於喜劇人物的「誇張」與巾生的「溫文儒雅」應如何拿捏以取得平衡，這個表演的關鍵可作為檢視表演者塑造人物形象的標準。應如何「誇張」以呈現喜劇效果，與應如何「含蓄」以表現巾生氣質，二者的平衡與對比在表演上相當重要，我們可以由此切入，看汪世瑜與陶鐵斧二人塑造張繼華形象的差異。《西園記》的演出早期由汪世瑜一人飾演張繼華，一九九五年之後則把〈夜祭〉之前改由陶鐵斧飾演，〈夜祭〉以後仍由汪世瑜飾演〔註53〕，二人的差異，可以從〈夜祭〉以前的幾場進行比較。

　　就情節與人物表現來看，劇中營造喜劇效果的重點，在於如何表現因「主觀錯誤」與「痴情」交互產生的「痴態」，在這個重點上，可舉第三場〈詢病〉比較汪世瑜與陶鐵斧二人人物塑造的差異。汪世瑜在表演上對比的呈現較為誇張，並有人物整體較為趨向「喜劇人物」之感，相比之下，陶鐵斧的「誇

〔註51〕章驥、程曙鵬主編，《藝海一粟──汪世瑜談藝錄》，頁60，金陵書社出版公司，1993・03。

〔註52〕章驥、程曙鵬主編，《藝海一粟──汪世瑜談藝錄》，頁61，金陵書社出版公司，1993・03。

〔註53〕據筆者電訪，王世瑤老師口述。

張」則較汪世瑜不明顯，整體而言「巾生」的氣質仍大於「喜劇人物」。〈詢病〉張繼華分別詢問茂兒、翠雲及園公關於小姐的情況，情緒有三個轉折：茂兒告知小姐因婚姻之事而病，張繼華先是震驚，隨後哀痛；至翠雲上場，張繼華問小姐病情，翠雲告知小姐無病，張繼華轉憂爲喜；最後園公上場，又是一問方知小姐已病入膏肓，又由喜轉悲。三次的情緒轉折，在汪世瑜的表演以較爲誇張的肢體動作來表現，如茂兒告知張繼華小姐病了的一刹那，汪世瑜雙手一收，往後退了兩步，並以誇張的表情與聲音重複「她病了」三字，這整個動作同時以較長的時間，把人物情緒表現的更爲充分。陶鐵斧的表演動作跨度較小，嗓音的對比也較弱，在「誇張」的表現上頗有不足，由此喜劇效果較不如汪世瑜的演出。隨後聽到因「婚姻之事」而病，汪世瑜的表演眼神直瞪前方，順勢跌坐在牆邊石上，表現出「震驚」的情緒，陶鐵斧除了眼神運用的不同之外，表演還加入了一個「甩袖」的動作，在「震驚」的表現上略有不足，而加入了更多「巾生」的表演程式，則強調了人物作爲「巾生」的表現。在隨後兩個情緒轉折的表演中，同樣可以看到汪世瑜與陶鐵斧二人這方面表現的差異。

　　「誇張」的表演，根據汪世瑜的敘述，是與「巾生」的表演程式不相符合的，表演者根據情節與人物性格，爲表現充分的喜劇效果，適度加入「誇張化」的表演動作，同時意味著對崑劇行當表演程式的突破。因此，就汪世瑜的表現來看，這方面突破的代表意義是相當值得重視的。

小　結

　　《西園記》改編者預設的「諷刺意圖」並未在劇中呈現，反而因突出了張繼華的主觀錯誤，造就張繼華「癡情」的「癡態」，這一「癡態」的表現不僅是可笑的，同時也表現出張繼華這一人物相當可愛的一面，作者的「諷刺意圖」在此消弭了。

　　《西園記》的曲牌運用可說是相當「精緻」的，改編者貝庚大部分運用原作的曲牌，部分曲牌因應情境的需要重新改寫，而其文辭的精美，甚至把原作較爲平淡的曲牌寫的頗具詩意，更能突顯當時的戲劇情境。

　　在表演方面，全劇最主要的人物是張繼華，這一人物不同於一般巾生，而是被要求作爲「喜劇人物」，其「喜劇」表演的關鍵，就在於幾個「錯認」

的「癡態」之上。汪世瑜、陶鐵斧雙方在這方面的表現是有所差異的，汪世瑜自一九六〇年的首演起，扮演張繼華不下數百次，對於這種關鍵性的表演掌握的較爲準確，喜劇效果也有更強烈的發揮，在這一點上，陶鐵斧表現出的「層次感」不及汪世瑜，主要差異在於「巾生」與「喜劇人物」二者的對比不甚強烈，喜劇效果的呈現也就與汪世瑜的演出略有差別了。

結 論

　　本論文研究浙崑改編戲，以《十五貫》、《風箏誤》、《西園記》作為主要研究對象，從情節結構、唱念設計及舞台呈現三個方向切入，探討這三本戲編劇及表演藝術方面的成就。從這三本戲延伸到浙崑所有的改編戲，甚至到當代崑劇改編劇本，這三本戲作為當代早期的崑劇改編戲，縱使有部分值得商榷的問題，編劇手法以及表演藝術方面的突破不僅對於近現代的改編戲有指導性的作用，其成就甚至超越了後來的部分改編劇本，足以列於當代以來崑劇經典改編劇目之林。本文結論分為兩個部分：第一個部分總結這三本戲在浙崑改編戲中具有何種特色，並從整個改編戲的觀點出發，釐清此三本戲與其他改編戲有何共性，又如何在此共性中表現其特點；第二個部分在第一個部分的基礎上，與其餘五大崑劇團比較，提出這三本戲在當代崑劇改編戲中，體現了何種突破性意義。

一、《十五貫》、《風箏誤》、《西園記》的共性與特點——
　　從選材、主題、編劇總結前文

　　如果把一九五三年的《琵琶記》、《十五貫》〔註1〕及一九五四年的《長生殿》三本崑劇串本戲列入計算（這三本戲為全崑折子戲串本〔註2〕），截至二

〔註1〕　一九五三年《十五貫》初改本現藏於戲曲研究室，其演出方式有全崑與崑蘇各半兩種。見周傳瑛，《崑劇生涯六十年》，頁206，上海文藝出版社，1988·07。

〔註2〕　洪惟助主編，《崑曲辭典》，頁1244～1246，附錄六〈國風崑蘇劇團一九五二

○○三年，浙崑改編戲共有十五本〔註3〕。嚴格說，這十五本戲在編劇、演出等各方面成就都不低，其中最爲突出的《十五貫》、《風箏誤》及《西園記》，在選材、主題、編劇手法及表演藝術各方面均較爲突出。而把範圍擴大到整個當代崑劇改編戲來看，《十五貫》所開創的編劇手法，影響當代崑劇改編戲甚多，而具體表現則略有不同。以下分別從這四個方向，討論《十五貫》、《風箏誤》及《西園記》的特色與成就。

選　材

首先看各劇團改編戲的取材來源〔註4〕：

浙江崑劇團	江蘇省蘇崑劇團	江蘇省崑劇院	北方崑曲劇院	上海崑劇團
牡丹亭（湯顯祖）	牡丹亭（湯顯祖）	牡丹亭（湯顯祖）	牡丹亭（湯顯祖）	牡丹亭（湯顯祖）
長生殿（洪昇）	長生殿（洪昇）		長生殿（洪昇）	長生殿（洪昇）
漁家樂（朱佐朝）		漁家樂（朱佐朝）	漁家樂（朱佐朝）	
獅吼記（汪廷訥）	獅吼記（汪廷訥）		獅吼記（汪廷訥）	獅吼記（汪廷訥）
繡襦記（薛近兗）		繡襦記（薛近兗）	繡襦記（薛近兗）	
風箏誤（李漁）		風箏誤（李漁）	風箏誤（李漁）	風箏誤（李漁）
	一捧雪（李玉）			一捧雪（李玉）
		玉簪記（高濂）	玉簪記（高濂）	玉簪記（高濂）
連環記（王濟）	連環記（王濟）		連環記（王濟）	連環記（王濟）
	釵釧記（月榭主人）		釵釧記（月榭主人）	

至一九五七年於杭州、上海一帶演出概況〉，
〔註3〕詳細劇目見第一章第一節〈研究範疇〉，頁6～7。
〔註4〕此表所錄爲一九五六年《十五貫》編演以後，各個崑劇團復興後所編演的改編劇目。爲求表現的簡單明確，綜合各劇團改編戲的改編來源，將原作列表，詳細劇目及狀況參見《崑曲辭典》（頁1280～1315，〈附錄七·六大崑劇團新編、改編劇目表〉，國立傳統藝術中心，2002·05）、《中國崑劇大辭典》（頁159～193，南京大學出版社，2002·05）的劇目整理。各劇團重複編演的劇作並列，以明白其取材的共性，其餘則羅列於下。

		爛柯山		爛柯山
		琵琶記（高明）	琵琶記（高明）	琵琶記（高明）
		桃花扇（孔尚任）	桃花扇（孔尚任）	
牧羊記	荊釵記	浣紗記（梁辰魚）	百花記	蝴蝶夢
十五貫（朱素臣）		焚香記	雷峰塔	占花魁（李玉）
鳴鳳記（王世貞）			水滸記（許自昌）	
西園記（吳炳）				

　　由此表可知，各團改編劇目來源重複率相當高，部分傳奇名著——如《牡丹亭》、《長生殿》等幾乎各個劇團都有改編本，這種現象顯示了傳統傳奇劇本降至當代演出的存留性。這幾種傳奇存留下來的原因是相當複雜的，不同類型的劇作或許因不同原因而有當代改編本的出現，如《牡丹亭》、《長生殿》為經典名作，固不待言，在傳統「串本」的演出方式中，以上劇目絕大部分都存在全本演出的紀錄，少數如《西園記》沒有折子戲存留下來，早期也就沒有這本戲的「全本」演出，此為浙崑直接根據原作的改編創舉。另外，從這些劇目也可以看出「情節性」成為當代改編戲中一個重要考量，以上劇目大約同具有敘事性較高，換言之，這些劇目的改編一般而言較有「情節」可看，如果從清末以來「全本戲」改編的因素來假設，這種情況可視為因應觀眾喜好所作的考量。

　　如果單就浙崑來看，如果把一九五六年以前幾本演「全崑串本」的改編系列入計算，浙崑改編戲共有十二本之多，以下將這十二本改編戲的來源詳列於下，為了分析方便，後面括號根據郭英德《明清傳奇綜錄》的分期予以分類：

1. 《琵琶記》：元，高明，《琵琶記》。（南戲）
2. 《十五貫》：朱素臣，《雙熊夢》（或稱《十五貫》）。（發展期上）
3. 《長生殿》：洪昇，《長生殿》。（發展期下）
4. 《風箏誤》：李漁，《風箏誤》。（發展期上）

5. 《鳴鳳記》：作者不可考，或謂王世貞，首演於嘉靖四十一年（1562）。（生長期）

6. 《救風塵》：元，關漢卿，《趙盼兒風月救風塵》。（雜劇）

7. 《牆頭馬上》：元，白樸，《裴少俊牆頭馬上》。（雜劇）

8. 《西園記》：明，吳炳，《西園記》。（勃興期下）

9. 《獅吼記》：明，汪廷訥，《獅吼記》。（勃興期上）

10. 《牡丹亭》：明，湯顯祖，《牡丹亭》（又稱《還魂記》）。（勃興期上）

11. 《繡襦記》：明，薛近兗，《繡襦記》。（勃興期上）

比較參考郭英德《明清傳奇綜述》對明清傳奇劇本創作的分期及各期特色〔註5〕，以下表說明原作各期作品所佔比例：

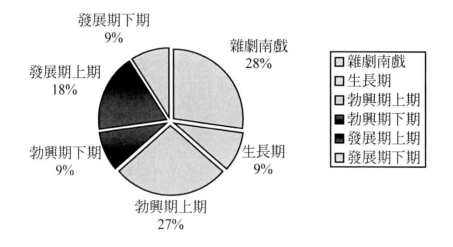

此表把勃興期下期與發展期上期特別塗以深色，原因在於特別突出的三本戲即屬於這段時期的作品，根據郭英德的分期，勃興期下期至發展期上期的時間跨度從一六二一年到一六八○年間，這段時間除了劇本思想性的提高外，大量歷史劇和時事劇成為創作重點，而在發展期體現「傳奇創作與舞台演出的關係空前密切，促使傳奇的文學體制、文學要素和語言風格發生了新變」的特色，實際上在勃興期下期就已略現端倪，郭英德謂：「勃興期傳奇作家已經有意識地以傳奇性作為傳奇戲曲的本體特徵。……傳奇性作為本體特徵，指的是故事情節迂迴曲折，波瀾疊起，變幻莫測，人物情感幽邃深遠，

〔註5〕郭英德，《明清傳奇綜錄‧前言》，頁4～8，河北教育出版社，1997‧07。

千回百轉，悲喜交替，因而能激起觀眾的驚奇感，使之得到審美的愉悦和滿足。〔註6〕」從《明清傳奇史》列舉這些「尚奇」的作家年代來看，尤其集中在勃興期後期，與發展期上期（至康熙初年）構成一貫的發展脈絡。追求情節的曲折、新奇，成爲這段時期傳奇劇本情節發展的整體特色，這個特色顯示出來的是劇作敘事性的加強、抒情性的相對減弱。

　　浙崑的十二本改編戲中，本論文所提出的《十五貫》、《風箏誤》及《西園記》恰好屬於這段時期的作品，《西園記》屬於勃興期下期，《十五貫》、《風箏誤》則屬於發展期上期。這三部劇作在後代的整體評價反應出這方面的時代特色。郭英德《明清傳奇史》稱《西園記》：「情節構思奇特巧妙〔註7〕」，論蘇州派（朱素臣爲蘇州派代表作家之一）結構特色爲：「主腦突出，體制精悍，情節曲折，佈局嚴謹，結構周密。〔註8〕」胡忌、劉致中《崑劇發展史》稱吳炳劇作有「追求劇情曲折」的傾向〔註9〕，而李漁《閑情偶寄》提到〈立主腦〉、〈脫窠臼〉，強調情節構思的的奇特新鮮，體現在其《十種曲》中。這三部劇作本身所具有情節發展曲折而新奇的特色，與浙崑其餘八本戲（《十五貫》有兩次出現）的取材有很大的不同，而如果情節的新奇曲折表現的是敘事性加強，那麼浙崑這三本改編戲的原作本身就具有較強的敘事性。在一定的演出時間內，一本戲敘事的密度較高，同時表示這本戲情節進行的節奏較快，抒情性也較爲減低，在觀眾對戲劇節奏的要求下〔註10〕，這樣的原作改編是比較容易獲得成功的。

主　題

　　中共戲改觀念的驅使下，劇作「主題」成爲檢視劇目的唯一標準，即便劇本的藝術成就或表演者有精采的發揮，劇作的主題如不能符合政治目的或教育群眾的用意，則這本戲就不太可能獲得高評價。從浙崑的改編戲當中，可以明顯看到「主題」成爲影響劇作流傳的因素。然而在主題要求的標準之下，戲曲作品作爲群眾的「娛樂」，本身的娛樂價值同樣作爲一本戲是否受到歡迎的因素。因此，當我們面對當代中共戲改環境下的任何一部劇作，從

〔註 6〕　郭英德，《明清傳奇史》，頁 235～236，江蘇古籍出版社，2001．05。
〔註 7〕　同上註，頁 285。
〔註 8〕　同上註，頁 380。
〔註 9〕　胡忌、劉致中，《崑劇發展史》，頁 161，中國戲劇出版社，1989．06。
〔註10〕　洪毅，〈時代、戲曲、觀眾──戲曲觀眾學學習札記〉，《藝術研究》第 10 期，頁 90～105，浙江省藝術研究所，1985．07。

「主題思想」的角度切入、剖析這部劇作之所以受到群眾歡迎的原因，隨之而來、隱而未現的問題是這部劇作是否具有「娛樂價值」，而後者有時、甚至常常超越前者，成為影響劇作流行的主要因素。在浙崑的這三部改編劇作中，可以明顯的看到「主題思想」與「娛樂效果」並存、以及後者超越前者的例子。

《十五貫》與《西園記》以批判主觀主義、頌揚實證主義作為主題意涵，即便《西園記》的諷刺功能不明顯，二者在這方面的表現在當時卻是受到肯定的。相形之下，《風箏誤》只具娛樂效果，即便受歡迎的程度也相當高，在當時的整體評價卻不如《十五貫》與《西園記》。

《十五貫》、《西園記》從原作中掌握到「批判主觀主義」的元素，實因原作本身已有這方面的意味，然而由於原作創作的基礎概念（Root idea）不在於此，人物塑造與情節安排並未由此朝這個方向發展，這在論文第二章第一節及第四章第一節已有詳盡的論述。兩本戲的改編者同樣透過人物與情節的巧妙安排，在原作的基礎上突出了「諷刺」的意味，以《十五貫》為例，其做法可概略總結以下三點：

1. 人物典型性格的突出
2. 正、反雙方立場的確立
3. 觀眾全知觀點的運用

這三個手法的運用，是《十五貫》成功從原作提煉出「批判主觀主義」這一主題的關鍵，個別從三個點仍有許多細節的運用，在第三章第二節已有討論。至於《西園記》改編者貝庚雖然仍是基於「批判主觀主義」對劇作進行改編，然而「典型化性格」與「正、反雙方立場無法確立」，因此造成人物性格塑造以及情節安排成功達到這一主題的需求。然而從另一個角度來看，這也是《西園記》的成功要素之一，張繼華的「主觀錯誤」所構成「痴」態的可笑，使得這部劇作主題的嚴肅性減少了，取而代之的是更為輕鬆活潑的情節節奏，喜劇效果集中呈現在張繼華的痴態之上，娛樂效果由此大為提高。

《風箏誤》的主題意識較不明確，李漁原作所欲闡示「好事從來由錯誤」這一主旨本身就不具備「現實主義」或任何政治意涵，所要陳述的重點只在於「錯誤巧合」導致一件「好事」，在改編之後，就連這個意涵也被過於簡化的情節給剝奪，整個劇作呈現在舞台上，只有〈驚醜〉、〈前親〉、〈後親〉三折被完整保留下來，成為全劇的表演重心，因此觀眾主要要看的不是情節的

前後結果，而是這三折戲的精采表演，主要集中在王傳淞的戚友先以及詹愛娟二人身上。《風箏誤》雖然因爲主題觀念淡薄所獲得的評價不高，但精采的喜劇性表演及情節基調，使得這本戲深具娛樂效果，而娛樂價値甚至超越了主題觀念的不足，使得這本戲的上演率不下於《十五貫》與《西園記》。

編劇手法

　　「編劇手法」是當代改編戲最値得注意的部分，《十五貫》、《風箏誤》、《西園記》作爲當代的「新全本戲」，其編劇手法除了具有當代新全本戲的特色之外，仍具有個別突出之處，此處提出兩個重點：

1. 整體結構——串本的「封閉式結構」到當代新全本的「開放式結構」

　　舊有全本戲的「開放式結構」，在以「串本」爲「全本戲」主要構成手法的階段成爲「封閉式結構」〔註11〕，而降至當代全本戲，結構方面與傳統「串本」最大的差異，便在於這種「封閉式結構」的基本取消，成爲以「開放式結構」爲主，至於部分仍呈現「封閉式結構」，除了「串本」形式的保留之外，其餘則可明顯看出編劇對這一結構手法的需求與運用。以《十五貫》、《風箏誤》爲例，很清楚的可以看到結構方式的演變。傳字輩以前老演法的《十五貫》，從〈商贈〉演至〈審豁〉，這一形式持續到一九五三年串本《十五貫》〔註12〕。然而〈商贈〉已是戲劇衝突進行至一半的結果，此前熊友蕙一大段情節隱而不現，透過〈商贈〉場上人物略以交代，隨即引到熊友蘭蒙陶復朱贈與十五貫救弟。這種開始於衝突的癥結點的結構，後來的交代逐漸把前情明朗化，正是「封閉式結構」的特色。當然我們也可以看到，前情的交代未必要完整，如《十五貫》〈商贈〉客商對熊友蕙一節的交代是相當簡略的。至於《風箏誤》的「全本」演出〔註13〕由〈題鷂〉演至〈茶圓〉，同樣是從韓琦仲、戚友先、詹愛娟三人衝突的起點開始，之前的背景交代等完全被省略。這類「串本」形式即便顧及了各節事件，全劇仍不構成一個完整的戲劇動作，即一般省略了「開始」，只演「中間」和「結束」，有時「結束」的交代仍不完全，只做到主要人物的交代完整〔註14〕（如早

〔註11〕　洛地，〈關於崑班演出本〉，《戲曲藝術二十世紀紀念文集》，頁369～370，中國戲劇出版社，2000・11。

〔註12〕　《十五貫》初改本，劇本現藏於中央大學戲曲研究室。

〔註13〕　《風箏誤》全本演出較少，僅光緒二年一整年中三雅園、一桂軒、豐樂園常上演，餘者主要演〈驚醜〉、〈前親〉、〈後親〉三折。見方家驥、朱建明主編，《上海崑劇志》「風箏誤」條，頁92，上海文化出版社，1998・10。

〔註14〕　關於戲劇動作的「完整」，參見姚一葦，《戲劇原理》，頁97～102，〈戲劇動作

期《義俠記》演到〈殺嫂〉潘金蓮被殺全劇結束，傳字輩的演出則加入了〈獅子樓〉，包括西門慶一節也交代完整）。

　　當代全本重新回到「開放式結構」的重要指標在於「戲劇動作」的首尾完整，《十五貫》可作為這一結構類型最早的例子。一九五六年《十五貫》改編本刪減熊友蕙一線，並對部分情節略加調整，情節的「起、承、轉、合」很清楚的展現出有頭有尾的完整結構，而劇中所有衝突元素，從情節的開頭逐漸累積，第一場〈鼠禍〉至第八場〈審鼠〉所有情節、人物關係完整被呈現在表面上。這是一九五六年《十五貫》改編本情節結構上最重要的創新。《風箏誤》與《西園記》基本上繼承了這種結構方式。然而值得注意的是，前段論及「題材」曾有提及，《十五貫》、《風箏誤》、《西園記》同屬於傳奇創作的分期中最重視「情節曲折」的階段，換言之，整本戲的「敘事成分」較高是原作的重要特色，這一特色直接影響到改編，在「開放式結構」的基本需求下，改編者必須在三個小時左右的時間，擠入原作可能得花兩天才能演完的情節份量，因此，改編本「情節密度」的提高成為這種「開放式結構」在改編時所需面對的重要問題。在這方面，《風箏誤》與《西園記》採取了不同策略，前者直接壓縮情節，在保留主要折子的基礎上，其餘必要情節被壓縮到各場，然而這導致了情節的密度過高，表演者無法從中抓到可以發揮的空間，造成這本戲在劇本方面的缺憾。後者則運用人物與情節的調配處理（包括刪去與改編本無關的主題），使得情節能相對完整的保持在改編本中。這種編劇手法是《十五貫》所開創「開放式結構」連帶引來的問題。

2. 開展手法——「情節設計」、「衝突開展」與「人物性格」關聯的強化

　　傳統傳奇劇本較為重視「情節」本身，「情節」的開展、推動多由「錯誤」、「巧合」等「穿插式」（而非「因果式」）因素的影響〔註 15〕，這類「外部」的影響使得「情節的發展」與「劇中人物性格」的關聯性大為減低，由此可看出傳統戲曲的這個部分，「情節發展」是相對獨立於其他因素之外的。《十五貫》、《西園記》之所以成功，便在於突出了「人物性格」的因素，情節的

<hr>

論・第三節、動作的法則〉，書林出版社，1992・02。

〔註15〕呂效平，《戲曲本質論》，頁 114～120，南京大學出版社，2003・09。此分類根據亞里斯多德《詩學》而來，「因果式」意指「事件要有緊密的組織，任何部分一驚挪動或刪削，就會使整體鬆動脫節」，而「穿插式」即指「穿插的承接見不出可然的或必然的關聯」，後者即指的是在情節瘀發展中主要受到劇作者從外部加入的元素影響劇中人物的動作。

發展以此「人物性格」作爲中心主體而展開，如《十五貫》況鐘、過于執的「典型化」形象，其中的衝突的主因在於二人性格中「實證主義」與「主觀主義」的衝突，因此「情節」與「衝突」的設計根源於「人物性格」。

與此相同的是《西園記》，全劇情節集中在張繼華一人身上，情節的錯認巧合在原作中的偶然性，被改編者集中在張繼華一人的主觀性格身上，意即改編者突出了張繼華的主觀性格，並設定了既定的客觀環境，此客觀環境本身並即具有隱藏的衝突元素，此衝突元素並不在客觀環境中激化爲外部衝突，而是把衝突的作用力加諸在張繼華之上，表現爲其主觀性格與客觀環境的喜劇衝突，如果從衝突表面逆向思考就可以看出其中的關聯，即「喜劇衝突」的雙方在於張繼華對客觀環境的認知差異，此認知差異固然由於客觀環境本身因衝突而起的變遷，然而主要基礎仍在張繼華本身主觀認知的錯誤，由此可知，全劇的衝突開展表現在人物性格之上，而人物性格亦藉著衝突開展得以深化具現。

「整體結構」方式的改變，「情節設計」、「衝突開展」與「人物性格」關係的強化，象徵著編劇注意到劇作的「戲劇性」因素，此「戲劇性」根源於話劇的定義與需求〔註16〕，換言之，西方話劇這種「戲劇性」的需求，具體影響到中國傳統戲曲的編劇手法，這一現象作爲當代崑劇改編戲與傳統原作不同的重要象徵，是相當值得重視的。

二、浙崑改編戲在當代崑劇改編戲表現的開創性意義

以上談到的三點除了作爲浙崑《十五貫》、《風箏誤》、《西園記》三劇的共同特徵之外，某種程度上也略同於當代崑劇改編戲的形式特徵，或者可以說，在當代崑劇改編戲的共同特徵上，《十五貫》、《風箏誤》、《西園記》三劇同樣具有的共性與其表現特質。然而我們更可以在這三本戲中，發現在其他改編戲不管是編劇手法或表演方面的突破，此突破性意義表現在編劇手法以及表演之上。新的編劇手法，表現爲西方戲劇觀念引入傳統崑劇的編劇之中，在《十五貫》、《風箏誤》與《西園記》同樣表現的相當明顯。關於這一點，本文屢有提及，此處不加贅述。

表演方面的改革突破，主要表現在以人物性格作爲最高準則，巧妙的搭

〔註16〕參見譚霈生，《論戲劇性》，頁61～120，〈關於戲劇衝突〉，北京大學出版社，1984‧04。

配運用「行當家門」的表演程式，在有必要的情況下，甚至改變人物的行當以適應人物形象。

從「行當」的形成到「家門」的細分，本是爲了適應多種不同的人物形象〔註17〕，這種以人物形象作爲行當表演藝術指導原則的傳統，一直存在於崑劇之中，因此我們可以看到，同樣是「五旦」，《牡丹亭》的杜麗娘、《療妒羹》的喬小青、《玉簪記》的陳妙常甚至到《爛柯山》的崔氏，爲適應劇本所表現人物形象的差異，在行當的表演程式上允許有適度的突破〔註18〕，然而這樣的突破仍是在人物的「行當表演程式」之內的。一九五六年《十五貫》的演出，編導陳靜引入了「史坦尼斯拉夫斯基表演體系」，爲演員解說各個人物的性格差異，並用形象化的例子以引起表演者的準確聯想，這種強烈突出「人物性格」的做法，對表演最重要的影響在於：表演者塑造人物，著重從人物性格出發，因此面對行當、家門「程式動作」的態度已與傳統有所差異，傳統表演仍是必須把已設定的行當作爲基礎，此處則把行當的表演程式拆解爲塑造人物形象的工具，表演者可依人物性格的需求，選取所需的表演程式，比如周傳瑛創造況鐘這一人物時，除了其本工的「小生」之外（其自述運用小冠生、大冠生的表演程式），並爲表現人物的穩重感，適度加入了「末」的程式化特色，由此綜合而成的況鐘，不僅略帶有小生行的瀟灑，還帶有冠生的氣度以及末的穩重，人物形象在表演上顯得更爲豐富。〔註19〕

如果說《十五貫》仍保持舊有行當的表演程式，《風箏誤》則有更大的突破，其表現爲詹愛娟由傳統的丑扮，改爲六旦扮演。丑行與六旦的表演程式本有相當大程度的差異，就劇中的人物形象而言，「醜」是其最重要的特質，爲表現人物的「醜」，傳統以丑行扮演是相當適切的。然而由於詹愛娟仍是千金小姐，丑行在此劇仍需模擬旦行的表演特色，由此顯現出莊、諧的對比衝突，愈顯人物的醜態。改爲花旦扮演，主要雖是爲了不使人物形象如此醜化，

〔註17〕 陸萼庭，〈崑劇角色的演變與定型〉，《民俗曲藝》第139期，頁5～28，財團法人施合鄭民俗文化基金會，2003‧03

〔註18〕 二○○四年四月王奉梅女士至中央大學示範演出，曾就杜麗娘、陳妙常、喬小青三個人物，分別解說其人物特色以及表演上的些微差異。楊凡導演的紀錄片《鳳冠情事》於二○○四年四月二十五日於城市舞台的放映，片中張繼青女士亦略述崔氏在表演上不同於一般閨門旦的差別。此處以這些例子爲證，旨在說明行當的表演最重要的部分仍需考慮到人物形象。

〔註19〕 戴不凡，〈周傳瑛和他在《十五貫》鐘的藝術創造〉，《戲劇報》，1956年6月號，頁10～11，藝術出版社，1956‧06。

然而我們可以看到，透過這一層改變，人物形象轉而成為以六旦的表演程式為基礎，在喜劇效果的關鍵處予以特別的「誇張化」，以顯出人物醜陋的本質，這種改變使得人物形象不單純只是「醜化」，更加強了形象中屬於千金小姐的一面，因此整體形象要比丑扮來的豐富。

「改編戲」這一表演形式，從最早的「節本」到清代乾嘉之後「串本」的逐漸興起，再到西方戲劇觀念引入，成為當代新全本的這一發展歷程，「適應表演機制以及觀眾需求」一貫的成為「全本傳奇原作」改編的最重要指導原則，此一指導原則的反映，可以從劇本以及舞台呈現看的相當清楚。

《十五貫》、《風箏誤》、《西園記》作為浙崑當代改編本最重要的三部劇作，劇本及舞台呈現兩方面的成績是有目共睹的，經由上述的討論，這三本戲在當代崑劇改編戲中不僅有其共同特徵，同時亦有其自身特色，而其在編劇手法以及表演上所具有的突破性意義，不僅在當時就具有相當重要的影響，降至今日，仍可作為傳統劇本改編的重要參考。

參考書目

專書部份（依作者／編者姓名筆劃排列）

一、劇本

1. 王文章主編，《蘭苑集粹——五十年中國崑劇演出劇本選》，北京，文化藝術出版社，2000・03。

2. 尤文貴、李冰，《浮沉記》，《溫州劇作》第一期抽印本，。

3. 貝庚，《西園記》，浙江崑劇團演出油印本，1962・07。

4. 貝庚改編，周傳瑛、王世瑤整理，《風箏誤》，浙江崑劇團演出手稿本。

5. 貝庚改編、周傳錚譜曲，《救風塵》（附工尺譜），浙江崑劇團演出手稿本，1983・05。

6. 周世瑞、王奉梅整理，《牡丹亭》上本，演出本，2000・10。

7. 周世瑞整理，《長生殿》，浙江崑劇團演出油印本，1994・01・14。

8. 周雪華作曲，《少年遊》旋律譜，演出手稿本。

9. 周傳瑛、洛地，《孔雀膽》，浙江崑劇團演出油印本，1980・08・28。

10. 周傳瑛，《十五貫》初改本，浙江崑劇團演出手稿本，1953。

11. 周傳瑛、洛地，《長生殿》，浙江崑劇團演出手稿本，1984・07・03。

12. 周傳瑛、洛地，《長生殿》曲譜，浙江崑劇團演出手稿本。

13. 陳正國，《伏波將軍》，《戲文》，頁 62～80。

14. 陳西冷，《獅吼記》，演出油印本，1987・10。

15. 陳祖廣作曲，《西園記》曲譜，浙江崑劇團演出手稿本，1978・11・07重印。

16. 陳靜，《同心結》，浙江崑劇團演出油印本，1980‧07‧07。

17. 陳靜，《楊貴妃》，浙江崑劇團演出油印本，1982‧04。

18. 陳靜，《唐明皇與楊貴妃》（即《楊貴妃》又一名），浙江崑劇團演出油印本。

19. 陳靜，《青虹劍》，浙江崑劇團演出油印本。

20. 陳靜，《李自成》演出手抄本，1978‧09。

21. 陳靜執筆，《十五貫》，浙江崑劇團演出油印本，1977‧09。

22. 陳靜執筆，《十五貫》曲譜，浙江崑劇團演出手稿本，1977‧12。

23. 楊子才作曲，《楊貴妃》曲譜，浙江崑劇團演出手稿本，1982‧04。

24. 齊致翔、張之雄編劇，龔世葵、王世菊、張世錚、周世瑞整理，，《少年遊》，演出整理油印本，1990‧08。

二、戲曲史及相關論述

1. 中國戲曲研究院編印，《中國戲曲研究院藏書目錄》（中國戲曲之部），北京，中國戲曲研究院，1958。

2. 方家驥、朱建明主編，《上海崑劇志》，上海，上海文化出版社，1998‧10。

3. 史行主編，《中國戲曲志‧浙江卷》，北京，中國 ISBN 中心，1997‧12。

4. 田本相主編，《中國現代比較戲劇史》，北京，文化藝術出版社，1993‧06。

5. 朱穎輝，《當代戲曲四十年》，北京，文化藝術出版社，1993‧02。

6. 周秦，《蘇州崑曲》，臺北，國家出版社，2002‧12。

7. 周傳瑛口述、洛地整理，《崑劇生涯六十年》，上海，上海文藝出版社，1989‧07。

8.〔日〕松原剛著，叢林春譯，《現代中國戲劇考察錄》，北京，中國戲劇出版社，1992‧06。

9. 洪惟助主編，《崑曲演藝家、曲家及學者訪問錄》，臺北，國家出版社，2002‧12。。

10. 洛地，《戲曲與浙江》，杭州，浙江人民出版社，1991‧02。

11. 胡忌主編，《戲史辨》，北京，中國戲劇出版社，1999‧11。

12. 胡忌主編，《戲史辨》第二輯，北京，中國戲劇出版社，2001‧09。

13. 胡忌、劉致中，《崑劇發展史》，北京，中國戲劇出版社，1989‧06。

14. 胡曉明主編，《近代上海戲曲系年初編》，上海，上海教育出版社，2003‧07。

15. 高義龍、李曉主編,《中國戲曲現代戲史》,上海,上海文化出版社,1999‧09。

16. 桑毓喜,《崑劇傳字輩》,蘇州,江蘇文史資料編輯部,2000‧12。

17. 張庚主編,《當代中國戲曲》,北京,當代中國出版社,1994。

18. 郭英德,《明清傳奇史》,江蘇,江蘇古籍出版社,2001‧05。

19. 陳白塵、董健主編,《中國現代戲劇史稿》,北京,中國戲劇出版社,1989‧07。

20. 陸萼庭,《崑劇演出史稿》,臺北,國家出版社,2002‧12。

21. 黃仕忠,《中國戲曲史研究》,廣州,中山大學出版社,2001‧06。

22. 葉長海,《中國戲劇學史》,臺北,駱駝出版社,2001‧05。

23. 謝柏梁,《中國當代戲曲文學史》,北京,中國社會科學出版社,1995。

24. 顧篤璜,《崑劇史補論》,江蘇,江蘇古籍出版社,1987。。

三、戲曲理論

1. 于成鯤,《中西喜劇研究—喜劇性與笑》,上海,學林出版社,1992‧10。

2. 王安祈,《傳統戲曲的現代表現》,臺北,里仁書局,1996。

3. 王安祈,《當代戲曲》,臺北,三民書局,2002。

4. 王瓊玲,《明清傳奇名作人物刻劃之藝術性》,臺北,臺灣書店,1998‧03。

5. 王蘊明,《當代戲曲審美論集》,北京,中國戲劇出版社,2002‧05。

6. 吳梅,《吳梅戲曲論文集》,北京,中國戲劇出版社,1983。

7. 吳新雷,《中國戲曲史論》,江蘇,江蘇教育出版社,1996‧03。

8. 呂效平,《戲曲本質論》,南京,南京大學出版社,2003‧09。

9. 李玫,《明清之際蘇州作家群研究》,北京,中國社會科學出版社,2000‧10。

10. 李漁,《閒情偶寄》(收錄於《李漁全集》第三卷),浙江,浙江古籍出版社,1991‧07。

11. 李曉,《戲劇與戲劇美學》,成都,四川人民出版社,1998‧04。

12. 李曉,《比較研究—古劇結構原理》,北京,中國戲劇出版社,1989‧01。

13. 周秦、高福民主編,《中國崑曲論壇》,蘇州,蘇州大學出版社,2003‧10。

14. 周國雄,《中國十大古典喜劇論》,廣州,暨南大學出版社,1991‧06。

15. 周靖波,《中國現代戲劇論——衝突與發展中的戲劇》,北京,北京廣播學院出版社,2003‧02。

16. 林慧雯，《當代崑劇全本戲改編本析論——以 1956 年《十五貫》後之崑劇劇本編寫爲討論對象》，新竹，清華大學碩士論文，1998。

17. 侯雲舒，《古典劇論中敍事理論研究》，新竹，清華大學博士論文，1990。

18. 姜永泰，《戲曲藝術節奏論》，北京，文化藝術出版社，1990·07。

19. 姜智主編，《戲曲藝術二十年紀念文集·戲曲表演卷》，北京，中國戲劇出版社，2000·11。

20. 姜智主編，《戲曲藝術二十年紀念文集·戲曲理論卷》，北京，中國戲劇出版社，2000·12。

21. 姜智主編，《戲曲藝術二十年紀念文集·戲曲文學、戲曲史研究卷》，北京，中國戲劇出版社，2000·13。

22. 姜智主編，《戲曲藝術二十年紀念文集·戲曲導演、音樂、舞台美術卷》，北京，中國戲劇出版社，2000·14。

23. 姜智主編，《戲曲藝術二十年紀念文集·戲曲教育卷》，北京，中國戲劇出版社，2000·15。

24. 洛地，《詞樂曲唱》，北京，人民音樂出版社，2001·03。

25. 姚一葦，《戲劇原理》，臺北，書林出版社，1992·02。

26. 施旭升，《中國戲曲審美文化論》，北京，北京廣播學院出版社，2002·10。

27. 胡星亮，《中國話劇與中國戲曲》，上海，學林出版社，2000·09。

28. 夏寫時、陸潤棠編，《比較戲劇論文集》，北京，中國戲劇出版社，1988·12。

29. 郭英德，《明清文人傳奇研究》，臺北，文津出版社，1991·01。

30. 郭英德，《明清傳奇綜錄》，河北，河北教育出版社，1997·07。

31. 陳亞先，《戲曲編劇淺談》，臺北，文津出版社，1999·08。

32. 張健，《幽默行旅與諷刺之門——中國現代喜劇研究》，中國人民大學出版社，1997·01。。

33. 曾永義，《詩歌與戲曲》，臺北，聯經出版社，1988·04。

34. 曾永義，《論說戲曲》，臺北，聯經出版社，1997。

35. 焦尚智，《中國現代戲劇美學思想發展史》，北京，東方出版社，1997·03。

36. 童道明主編，《戲劇美學》，臺北，洪葉文化事業有限公司，1998·03。

37. 程華平，《中國小說戲曲理論的近代轉型》，上海，華東師範大學出版社，2001·10。

38. 葉長海，《曲學與戲劇學》，上海，學林出版社，1999·11。

39. 韓昌雲,《《十五貫》在崑劇與京劇之探討》,臺北,台灣大學戲劇研究所碩士論文,1997。

40. 譚霈生,《論戲劇性》,北京,北京大學出版社,1984‧04。

四、導演與表演

1. 王傳淞,《丑中美—王傳淞談藝錄》,上海,上海文藝出版社,1987‧11。

2. 王詩英,《戲曲旦行身段功》,北京,中國戲劇出版社,2003‧01。

3. 李紫貴,《李紫貴戲曲表導演藝術論集》,北京,中國戲劇出版社,1992‧03。

4. 杜定宇主編,《西方名導演論導演與表演》,北京,中國戲劇出版社,1992‧03。

5. 徐凌雲演述,《崑劇表演一得》,蘇州,蘇州大學出版社,1993‧08。

6. 張仲年,《戲劇導演》,北京,中國戲劇出版社,2003‧01。

7. 章驥、程曙鵬主編,《藝海一粟——汪世瑜談藝錄》,香港,金陵書社出版公司,1993‧03。

8. 郭溥瀾、李偉華、李永軍編,《表演創作論》,北京,中國戲劇出版社,1999‧07。

9. (俄)瑪‧阿‧弗烈齊阿諾娃編,李珍譯,《斯坦尼斯拉夫斯基體系精華》,北京,中國電影出版社,1999‧06。

五、其 他

1. 伍蠡甫、胡經之主編,《西方文藝理論名著選編‧上中下》,北京,北京大學出版社,2003‧08。

2. 朱立元主編,《西方美學名著提要》,南昌,江西人民出版社,2002‧03。

3. (法)伯格森著‧徐繼曾譯,《笑—論滑稽的意義》,臺北,商鼎文化出版社,1992‧09。

4. 吳祖強編著,《曲式與作品分析》,北京,人民音樂出版社,2002‧10。

5. 胡妙勝,《充滿符號的戲劇空間》,臺北,文津出版社,2001‧01。

6. 孫惠柱,《戲劇的結構》,臺北,書林出版社,1994‧01。

7. 浦安迪,《中國敘事學》,北京,北京大學出版社,1998‧01。

8. (美)華萊士‧馬丁著、伍曉明譯,《當代敘事學》,北京,北京大學出版社,1990‧02。

9. (美)凱瑟琳‧喬治著,張全全譯,《戲劇節奏》,北京,中國戲劇出版社,1992‧04。

10. 薩伊德著‧李琨譯,《文化與帝國主義》,北京,三聯書店,2003‧10。

11. （法）羅蘭・巴特著，董學文、王葵譯，《符號學美學》，瀋陽，遼寧人民出版社，1987。

六、工具書

1. 中國大百科全書出版社編輯部編，《中國大百科全書・戲曲曲藝卷》，北京，中國大百科全書出版社，1983・08。

2. 朱建明編，《《申報》崑劇資料選編》，上海，上海文化系統史志編輯委員會，1992・05。

3. 佚名，《傳奇彙考》，北京，書目文獻出版社，1994・03。

4. 吳梅，《南北詞簡譜》，臺北，學海出版社，1997・05。

5. 吳新雷主編，《中國崑劇大辭典》，南京，南京大學出版社，2002・05。

6. 李修生主編，《古本戲曲劇目提要》，北京，文化藝術出版社，1997・12。

7. 杜穎陶校編，《曲海總目提要補遺》，北京，人民文學出版社，1959・05。

8. 姚燮，《今樂考證》（收錄於《中國古典戲曲論著集成》第十集），北京，中國戲劇出版社，1959・07。

9. 洪惟助主編，《崑曲研究資料索引》，臺北，國家出版社，2002・12。

10. 洪惟助主編，《崑曲辭典》，臺北，國立傳統藝術中心，2002・05。

11. 郭英德編著，《明清傳奇綜錄》，石家莊，河北教育出版社，1997・07。

12. 黃文揚著、董康等校訂，《曲海總目提要》，北京，人民文學出版社，1959・05。

13. 齊森華、陳多、葉長海主編，《中國曲學大辭典》，杭州，杭州教育出版社，1997・12。

七、影音資料（此處以劇目筆劃排列）

1. 《十五貫》，浙江崑蘇劇團，陶金導演，王傳淞、周傳瑛、朱國梁等主演，上海電影製片廠攝製，北京北影錄音錄像公司，1956。

2. 《十五貫》，上海崑劇團，方傳芸、鄭傳鑑、秦銳生導演，沈斌復排導演，計鎮華、劉異龍、蔡正仁、梁谷音主演，上海音像出版社，2000・02。

3. 《十五貫・見都》，浙江崑劇團，陶偉明、何炳泉、陶波主演，浙江文藝音像出版社，2003・10。

4. 《西園記》，汪世瑜、王奉梅主演，浙江京崑藝術劇院，1993。

5. 《西園記》，汪世瑜、王奉梅、陶鐵斧主演，浙江京崑藝術劇院，中央電視台、蘇州電視台的轉播錄影。

6. 《西園記》，汪世瑜、王奉梅主演，浙江京崑藝術劇院，中央大學大講堂演出，中央大學系曲研究室錄影，2000・1・10。

7. 《西園記》，汪世瑜、王奉梅主演，浙江京崑藝術劇院，台北新舞台演出，新象文教基金會出版，2000・1・12。

8. 《西園記・墜花、夜祭》、《俊醜記・驚醜》，《浙崑崑劇選場（一）》，汪世瑜、王奉梅等演出，未載明錄影時間、地點。

9. 《牡丹亭》上集，王奉梅、陶鐵斧主演，北京威翔音像出版社。

10. 《牡丹亭・上、下》，浙江京崑藝術劇院，汪世瑜、王奉梅主演，新象文教基金會，2000・01・14。

11. 《俊醜記》，浙江崑劇團，汪世瑜主演，1993。

12. 《風箏誤・驚醜、前親》，上海崑劇團，劉異龍、蔡正仁、成志雄主演，《中國喜劇研討暨展演》演出錄影，1992。

13. 《風箏誤》，江蘇省崑劇院，錢振雄、孔愛萍主演，1997・09・29。

14. 《風箏誤》，江蘇省崑劇院，錢振雄、孔愛萍主演，《秣陵蘭蘊・江蘇省崑劇院演出》，雅韻藝術傳播公司製作，國立傳統藝術中心籌備處發行，2000。

15. 《風箏誤・驚醜》、《療妒羹・題曲》、《鳴鳳記・寫本》，《浙崑折子戲》，中央大學戲曲研究室自錄於杭州群眾藝術館，1992・02・16。

16. 《風箏誤・前親》，浙江崑劇團，王世瑤、王世菊主演，浙江崑劇團自錄於杭州行歌劇院，1989。

17. 《風箏誤・前親》，浙江崑劇團，王世瑤、王世菊主演，1992。

18. 《風箏誤・前親》，浙江崑劇團，王世瑤、孫肖遠、李瓊瑤主演，浙江文藝音像出版社，2003・10。

19. 《浮沉記》，浙江崑劇團，汪世瑜、張世錚、龔世葵主演，未載明錄影時間、地點。

20. 《楊貴妃》，汪世瑜、王奉梅、王世瑤主演，未載明錄影時間、地點。

21. 《獅吼記》，浙江省崑劇團，汪世瑜、龔世奎、張世錚、王世瑤主演，未載錄影時間、地點。。

期刊、單篇論文部分

一、戲曲史與相關論著

1. 文，〈浙江崑蘇劇團在首都〉，《戲劇報》1956年6月號（總30），頁7，藝術出版社，1956・06。

2. 王復民、美成，〈「老調重談」三題——兼對（浙江）戲劇狀況之思考〉，《藝術研究》8（總17），頁171～182，浙江省藝術研究所，1988・02。

3. 朱建明，〈崑劇全福班軼聞〉，《大雅》第3期，頁49～51，雅韻傳播公

司，1999‧06。

4. 朱家溍，〈近代保留在京劇裡的崑劇〉，《大雅》第 3 期，頁 52～56，雅韻傳播公司，1999‧06。

5. 吳戈，〈浙江戲曲五十年〉，《戲文》1999 第四期，頁 4～7，戲文編輯部、浙江省藝術研究所，1998‧08‧15。

6. 李堯坤，〈咬定青山不放鬆——論陳靜的創作〉，《藝術研究》8（總 17），頁 81～170，浙江省藝術研究所，1988‧02。

7. 周洪良，〈戲劇雅俗談〉，《藝術研究》11（總 20），頁 181～190，浙江省藝術研究所，1989‧12。

8. 孟琪，〈姑蘇行（上）——參加中國首屆崑劇藝術節暨優秀古典名劇展〉，《大雅》第 9 期，頁 51～55，雅韻傳播公司，2000‧06。

9. 林曉峰，〈一九八四、八五年度的浙江戲劇文學〉，《藝術研究》5（總 14），頁 78～111，浙江省藝術研究所，1986‧11。

10. 社論，〈從「一出戲救活了一個劇種」談起〉，《戲劇報》1956 年 6 月號（總 30），頁 4～5，藝術出版社，1956‧06。

11. 洪毅，〈時代、戲曲、觀眾——戲曲觀眾學習札記〉，《藝術研究》1（總 10），頁 90～105，浙江省藝術研究所，1985‧07。

12. 洛地，〈習崑傳曲，推陳出新——記周傳瑛藝術生涯六十年〉，《藝術研究資料》1，頁 3～41，浙江省藝術研究所。

13. 倪傳鉞口述，唐葆祥記錄整理，〈往事雜憶（下）〉，《大雅》第 7 期，頁 42～47，雅韻傳播公司，2000‧02。

14. 倪傳鉞口述，唐葆祥記錄整理，〈往事雜憶（上）〉，《大雅》第 6 期，頁 22～28，雅韻傳播公司，1999‧12。

15. 鈕驃，〈與崑劇前輩們在一起〉，《戲劇報》1957 年第 4 期（總 40），頁 27～28，中國戲劇出版社，1957‧02‧26。

16. 趙景深，〈空前的崑劇觀摩演出〉，《戲劇報》1956 年 12 月號（總 36），頁 13～14，藝術出版社，1956‧12‧09。

17. 鄧長風，〈關於近代上海崑劇演出史料的幾點辨正〉，《藝術研究》11（總 20），頁 307～318，浙江省藝術研究所，1989‧12。

二、理論、研究著作

1. 文力，〈關於崑劇傳統戲的整理改編〉，《藝術研究資料》5，頁 89～108，浙江省藝術研究所，1983‧12。

2. 王安祈，〈從折子戲到全本戲——民國以來崑劇發展的一種方式〉，《傳統戲曲的現代表現》，頁 1～57，里仁書局，1996。

3. 王安祈，〈從結構觀念看大陸「戲曲改革」過程中的新編戲〉，《復興劇藝學刊》第 22 期，頁 1～14，國立復興劇藝實驗學校，1998・11。

4. 王安祈，〈關於京劇劇本來源的幾點考察——以車王府曲本爲實證〉，《民俗曲藝》第 131 期，頁 113～168，財團法人施合鄭民俗文化基金會，2001・05。

5. 王瓊玲，〈論明清傳奇名作中「情境呈現」與「情節發展」之關聯性〉，《中國文哲研究集刊》第四期，頁 549～588，中央研究院中國文哲研究所，1994・03。

6. 石雨、吳戈，〈一波三折，變化多姿——略談傳統戲曲的一種結構手法〉，《藝術研究資料》5，頁 55～62，浙江省藝術研究所，1983・12。

7. 安・索佛洛諾夫，林紜譯，〈作家與劇院〉，《戲劇報》1954 年創刊號，藝術出版社，1954・01・20。

8. 安葵，〈試談歷史劇創作中的幾個問題〉，《戲曲研究》第一輯，頁 189～218，吉林人民出版社，1980・07。

9. 何爲，〈論戲曲音樂的程式性〉，《戲曲研究》第十一輯，頁 98～127，文化藝術出版社，1987・12。

10. 吳戈，〈從《十五貫》到《胭脂》——略論傳統劇目的推陳出新〉，《藝術研究資料》1，頁 42～74，浙江省藝術研究所。

11. 吳乾浩，〈戲曲劇本文學體制的發展趨勢〉，《劇藝百家》第二期，頁 79～86、108，劇藝百家編輯部，1985。

12. 吳歌，〈崑曲唱腔伴奏的一些嘗試〉，《戲曲音樂》1960 年第 3 期，頁 8～11，音樂出版社，1960。

13. 李堯坤，〈著力刻劃好人物性格——談崑劇《十五貫》中況鐘性格的刻劃〉，《藝術研究資料》1，頁 75～87，浙江省藝術研究所。

14. 沈堯，〈戲曲文學的抒情性〉，《劇藝百家》第一期，頁 71～77、89，劇藝百家編輯部，1985。

15. 岡晴夫，〈關於李漁評價的考察〉，《藝術研究》11（總 20），頁 338～358，浙江省藝術研究所，1989・12。

16. 林顯源，〈以西方「戲劇學」理論探究中國戲曲「現代戲」之形式與內容的矛盾〉，《復興劇藝學刊》第 21 期，頁 5～11，國立復興劇藝實驗學校，1997・10。

17. 社論，〈反對戲曲工作中的過于執〉，《戲劇報》1956 年 6 月號（總 30），頁 4～5，藝術出版社，1956・06。

18. 洛地，〈「立主腦」、「減頭緒」——戲曲創作中的兩種手法〉，《藝術研究資料》7，頁 168～192，浙江省藝術研究所，1983・12。

19. 美成，〈論選材及裁減的審美意識——兼評我省第三屆戲劇節部分劇

作〉,《藝術研究》9（總18），頁125～147，洛地主編，浙江省藝術研究所，1988‧10。

20. 范鈞宏,〈唱唸安排縱橫談〉,《戲曲研究》第二輯，頁 237～270，吉林人民出版社，1980‧12。

21. 范鈞宏,〈唱唸安排縱橫談（續一）〉,《戲曲研究》第三輯，頁137～153，吉林人民出版社，1980‧12。

22. 范鈞宏,〈唱唸安排縱橫談（續二）〉,《戲曲研究》第四輯，頁42～54，吉林人民出版社，1981‧04。

23. 范鈞宏,〈唱唸安排縱橫談〉,《戲曲研究》第二輯，頁 237～270，吉林人民出版社，1980‧02。

24. 唐葆祥,〈《長生殿》的改編和演出〉,《大雅》第 12 期，頁 30～36，雅韻傳播公司，2000‧12。

25. 唐葆祥、宋光祖,〈論李漁的《風箏誤》〉,《藝術研究資料》1，頁120～134，浙江省藝術研究所。

26. 徐沙,〈從戲劇情境到戲曲情境——一個有待建設的藝術課題〉,《藝術研究》13（總22），頁164～181，浙江省藝術研究所，1991‧12。

27. 徐朔方,〈李漁戲曲集前言〉,《劇藝百家》第四期，頁 94～98，劇藝百家編輯部，1986。

28. 馬聖貴,〈論《長生殿》與《長恨歌》主題之區別〉,《藝術研究》11（總20），頁148～162，浙江省藝術研究所，1989‧12。

29. 高琦華,〈從《掃秦》看折子戲的改編〉,《藝術研究》11（總20），頁163～170，浙江省藝術研究所，1989‧12。。

30. 陸萼庭,〈清代全本戲演出述論〉,《明清戲曲國際學術研討會論文集‧上》，頁327～361，中央研究院中國文哲研究所籌備處，1998。

31. 崗晴夫著，張杰譯,〈李漁的戲曲及其評價〉,《戲曲研究》第十七輯，頁257～271，文化藝術出版社，1985‧12。

32. 富‧弗勞洛夫，克地譯,〈諷刺作品的力量〉,《劇本》1955 年 7 月號，頁161～166，人民文學出版社，1955‧07‧03。

33. 黃克保,〈王瑤卿先生怎樣設計京劇《柳蔭記》的唱腔〉,《戲劇報》1955年 4 月號，頁31～38，藝術出版社，1956‧12‧09。

34. 楊子才,〈歷史的經驗值得注意——對發展崑曲藝術的一點淺見〉,《藝術研究資料》5，頁81～88，浙江省藝術研究所，1983‧12。

35. 楊哲民,〈從況鐘與巡撫大人的鬥爭想起〉,《劇本》1956 年 7 月號（總53），頁71～73，人民文學出版社，1956‧07‧03。

36. 葉櫓,〈對諷刺劇中幾個問題的看法〉,《劇本》1955 年 7 月號，頁 155～160，人民文學出版社，1955‧07‧03。

37. 戴平,〈當代觀眾的審美心理定勢〉,《藝術研究》4(總13),頁151～177,浙江省藝術研究所,1986‧07。

38. 顏長珂,〈牝牡驪黃之外——戲曲文學的藝術特徵三題〉,《劇藝百家》第三期,頁108～113,劇藝百家編輯部,1986。

三、戲曲表演與導演

1. 丁修詢,〈試談崑曲表演的舞台動作方法〉,《戲劇報》1956年10月號(總34),頁25～30,藝術出版社,1956‧10。

2. 王傳淞,〈我演《十五貫》裡的婁阿鼠〉,《戲劇報》1956年6月號(總30),頁8～9,藝術出版社,1956‧06。

3. (蘇)尼‧米‧戈爾卡柯夫,孫維世譯,〈在莫斯柯藝術劇院——《史坦尼斯拉夫斯基的導演課程》選譯〉,《戲劇報》1954年9月號,頁29～34,藝術出版社,1954‧09‧20。

4. (蘇)尼‧米‧戈爾卡柯夫,孫維世譯,〈最初幾次會見史坦尼斯拉夫斯基——《史坦尼斯拉夫斯基的導演課程》選譯〉,《戲劇報》1954年8月號,頁38～43,藝術出版社,1954‧08‧20。

5. (蘇)尼‧米‧戈爾卡柯夫,孫維世譯,〈舞台調度的根據——《史坦尼斯拉夫斯基的導演課程》選譯(續)〉,《戲劇報》1954年二月號,頁37～42,藝術出版社,1954‧02‧20。

6. (蘇)尼‧米‧戈爾卡柯夫,孫維世譯,〈舞台調度的根據——《史坦尼斯拉夫斯基的導演課程》選譯〉,《戲劇報》1954年創刊號,頁42～49,藝術出版社,1954‧01‧20。

7. 白雲生,〈談浙江崑蘇劇團演出的《十五貫》〉,《戲劇報》1956年5月號(總29),頁12～13,藝術出版社,1956‧05。

8. 李少春,〈浙江崑蘇劇團《十五貫》的成就〉,《戲劇報》1956年6月號(總30),頁6～7,藝術出版社,1956‧06。

9. 祁兆良、劉木鐸、黃克保、唐湜,〈蕭長華先生談「一台無二戲」——中國戲曲研究院藝術處老藝人訪問記之二〉,《戲劇報》1954年9月號,頁20～25,藝術出版社,1954‧09‧20。

10. 阿甲,〈戲曲舞台藝術虛擬與程式的制約關係——談戲曲藝術的內部關係〉,《戲曲研究》第二十四輯,頁1～15,文化藝術出版社,1987‧12。

11. 俞振飛,〈談崑曲的唱唸做〉,《戲劇報》1957年第8期(總44),頁8～9,中國戲劇出版社,1957‧04‧26。

12. 格奧爾基‧托夫斯東諾戈夫,李志喬譯,〈簡論舞台形象〉,《劇藝百家》第二期,頁117～124,劇藝百家編輯部,1986。

13. 高宇,〈程硯秋的導演方法論——近代戲曲導演學探索之一〉,《劇藝百家》

第三期，頁 53～65，劇藝百家編輯部，1986。

14. 高宇，〈潘之**恒**論導演和演員的藝術〉，《戲曲研究》第三輯，頁 194～225，吉林人民出版社，1980·12。

15. 張拓，〈有關學習斯坦尼斯拉夫斯基體系的幾個問題〉，《戲劇報》1956年 12 月號（總 36），頁 33～37，藝術出版社，1956·12·09。

16. 梅蘭芳，〈我看崑劇《十五貫》〉，《戲劇報》1956 年 5 月號（總 29），頁 10～11，藝術出版社，1956·05。

17. 郭亮，〈戲曲導演藝術的歷史畫卷——《審音鑒古錄》〉，《藝術研究》1（總 10），頁 241～274，浙江省藝術研究所，1985·07。

18. 傑羅李·雷禮夫，張育華譯，〈歌舞劇場表演〉，《復興劇藝學刊》第 18 期，頁 83～86，國立復興劇藝實驗學校，1998·11。

19. 焦菊隱，〈向史坦尼斯拉夫斯基學習〉，《戲劇報》1954 年創刊號，頁 38～41，藝術出版社，1954·01·20。

20. 焦菊隱，〈表演藝術上的幾個問題〉，《戲劇報》1954 年 11 月號，頁 3～8，藝術出版社，1954·11·20。

21. 黃在敏，〈戲曲表演的觀眾意識〉，《中華戲曲》第五輯，頁 24～37，山西人民出版社，1988·03。

22. 黃克保，〈崑劇《十五貫》中過于執形象的創造〉，《戲劇報》1956 年 6 月號（總 30），頁 12～13，藝術出版社，1956·06。

23. 黃克保，〈戲曲表演程式〉，《中華戲曲》第五輯，頁 7～23，山西人民出版社，1988·03。

24. 維·斯米爾諾娃，孫劍秋譯，〈論《史坦尼斯拉夫斯基的導演課程》〉，《戲劇報》1954 年 7 月號，頁 35～40，藝術出版社，1954·07·20。

25. 蔡敦勇，〈論我國戲劇舞台上的實與虛之表演藝術〉，《復興劇藝學刊》第 5 期，頁 1～11，國立復興劇藝實驗學校，1993·07·01。

26. 蕭賽，〈談《十五貫》中三個官員的表演〉，《戲劇報》1956 年 9 月號（總 33），頁 15，藝術出版社，1956·09。

27. 錢世明，〈論程式〉，《戲曲研究》第二十輯，頁 96～111，文化藝術出版社，1986·11。

28. 戴不凡，〈周傳瑛和他在《十五貫》鐘的藝術創造〉，《戲劇報》1956 年 6 月號（總 30），頁 10～11，藝術出版社，1956·06。

29. 戴平，〈一個獨特的信息符號系統——論戲曲程式〉，《戲曲研究》第二十輯，頁 71～95，文化藝術出版社，1986·11。

30. 藍凡，〈「鑽進去，跳出來」——中國戲曲表演體系新探〉，《藝術研究資料》9，頁 29～77，浙江省藝術研究所，1984·12。

四、舞台美術

1. 龔和德，〈戲曲景物造型論（續）〉，《戲曲研究》第六輯，頁 79～106，文化藝術出版社，1987·12。

2. 黃克保，〈戲曲的舞台風格〉，《戲曲研究》第二輯，頁 104～135，文化藝術出版社，1987·12。

3. 龔和德，〈戲曲人物造型論〉，《戲曲研究》第二輯，頁 136～188，文化藝術出版社，1987·12。

4. 龔和德，〈越劇《西廂記》和《梁山伯與祝英台》的美術設計〉，《戲劇報》1956 年 3 月號（總 27），頁 38～39，藝術出版社，1956·03。

5. 龔和德，〈關於京劇的藝術改革中舞台美術的創作問題〉，《戲劇報》1955 年 1 月號，頁 44～49，藝術出版社，1955·01·22。

6. 韓尚義，〈談舞台美術設計問題〉，《戲劇報》1954 年 9 月號，頁 26～29，藝術出版社，1954·09·20。

五、其他

1. 大珂，〈防止《十五貫》化〉，《戲劇報》1957 年第 6 期（總 42），頁 8～9，中國戲劇出版社，1957·03·26。

2. 王永敬，〈戲劇觀眾學芻議〉，《劇藝百家》第一期，頁 8～17，劇藝百家編輯部，1985。

3. 田漢，〈一年來的戲劇工作和劇協工作〉，《戲劇報》1954 年 10 月號，頁 3～6，藝術出版社，1954·12·20。

4. 吳祖光，〈談談戲曲改革的幾個實際問題〉，《戲劇報》1954 年 12 月號，頁 15～19，藝術出版社，1954·12·20。

5. 吳乾浩，〈去蕪存菁，推陳出新——關於戲曲傳統劇目的整理改編問題〉，《戲曲研究》第一輯，頁 218～231，吉林人民出版社，1980·07。

6. 吳乾浩，〈關於中國戲曲劇種現實發展的幾個問題〉，《藝術研究》4（總 13），頁 198～213，浙江省藝術研究所，1986·07。

7. 李堯坤，〈戲曲不景氣與戲曲改革〉，《藝術研究》2（總 11），頁 92～109，浙江省藝術研究所，1985·12。

8. 沈祖安，〈對當前戲曲工作的幾點看法〉，《戲曲研究》第六輯，頁 42～53，文化藝術出版社，1987·12。

9. 馬少波，〈關於京劇藝術進一步改革的商榷〉，《戲劇報》1954 年 10 月號，頁 7～14，藝術出版社，1954·10·26。

10. 張郁，〈南方崑曲界的呼聲〉，《戲劇報》1957 年第 12 期（總 48），頁 34，中國戲劇出版社，1957·06·26。

11. 郭漢城,〈現代化與戲曲化——在「1981 年戲曲現代戲匯報演出」座談會上的發言〉,《戲曲研究》第六輯,頁 1～14,文化藝術出版社,1987·12。

12. 陳朗,〈集中藝人發展崑劇〉,《戲劇報》1956 年 12 月號(總 36),頁 15～16,藝術出版社,1956·12·09。

13. 編輯部,〈「百花齊放,推陳出新」的榜樣——記文化部與中國劇協召開《十五貫》座談會〉,《戲劇報》1956 年 6 月號(總 30),頁 14～16,藝術出版社,1956·06。

14. 蔣中崎紀錄整理,〈了解觀眾——浙江省藝術研究所召開觀眾座談會〉,《藝術研究》2(總 11),頁 110～127,浙江省藝術研究所,1985·12。

15. 楊子才,〈歷史的經驗值得注意——對發展崑曲藝術的一點淺見〉,《藝術研究資料》5,頁 81～88,浙江省藝術研究所,1983·12。

16. 戴平,〈當代觀眾的審美心理定勢〉,《藝術研究》4(總 13),頁 151～177,浙江省藝術研究所,1986·07。